민통선

평화기행

민통선

평화기행

이시우 글·사진

창비

비포장길을 달리는 버스 창으로 빗물이 흘러내렸다. 승객들의 온기로 창에는 금세 김이 서렸다. 앞자리의 여학생이 소매를 말아쥐고 김을 지우려 했다. 그러나 창문 바깥에 달라붙은 흙먼지 때문에 노력은 무위가 되고 말았다. 풍경을 보려는 간절함 때문인지 그녀의 소매는 자꾸 원을 그렸다. 유리창의 한 면을 점령한 흙먼지를 털지 않고서는 소용없는 일이란 걸 모를 리 없을 텐데, 그녀는 자꾸 창의 한쪽만 지우는 것이었다.

안과 밖을 한꺼번에 닦지 않으면 창밖 풍경은 우리에게 다가오지 않는다. 달리는 버스에서 창의 안쪽을 닦는 일은 쉽지만, 창밖 사정은 다르다. 승객들의 양해를 구해 버스를 세우고 몸을 움직여야 가능하기 때문이다. 조건과 체계를 바꾸는 데 따르는 어려움 때문에 우리는 종종 포기를 택하곤 한다. 그러나 역사의 창을 통해 미래의 명징한 모습을 보려는 마음까지 쉽게 포기할 수는 없다. 많은 사람들이 불편을 감수하며 역사의 창을 닦기 위해 나서는 이유가 여기에 있다. 그들은 자신만의 결백함을 뛰어넘어 진흙길 위의 역사를 만나러 간다.

어느새 버스는 경원선과 금강산선이 합쳐지는 철원역 터에 닿았다. 민통선기행에서조차 소외된 철원역. 지나온 길을 돌아보니 작은 웅덩이가 있다. 웅덩이엔 푸른 하늘이 담겨 있다. 허리를 낮춘다. 제작년도인 '1911'이 뚜렷하게 양각된 경원선의 레일이 보인다. 혁명 이후 추방된 러시아인들을 동원해 부설한 경원선이 이제 다시 비무장지대를 가로질러 유라시아로 뻗을 채비를 하고 있다. 미래의 청사진과 고단한 과거가 한꺼번에 떠오른다. 미래로 갈수록 과거가 절실해지는 것은 시간이 과거로도 흐르기 때문이다.

침목에 박힌 굵은 못이 눈에 들어온다. 그는 90년 넘게 철로를 부여안고 스스로를 한곳에 박아놓았다. 포화와 싸우며, 무관심과 싸우며, 무엇보다 자신과 싸우며. 기다림이 간절한 자는 먼 곳을 본다. 그리하여 기다림은 역사가 된다.

그들의 기다림이 있어 경원선은 전선(戰線)이었다. 분단과 통일, 반도의 울타리와 유라시아의 광야, 그리고 전쟁과 평화를 가르는 전선. 운이 좋으면 금강산선이 갈라지는 갈대숲에서 인기척에 놀라 유연한 허리를 날래게 튕기는 노루가족을 만날지 모른다.

금강산선은 철원에서 시작해 정연·유곡과 지금은 북녘이 된 창도를 지나 단발령을 넘어 내금강으로 들어갔다. 이 길은 송강(松江)이 서울에서 금강산을 거쳐 관동팔경(關東八景)을 노래하던 코스와 일치한다. 조선 후기 기행가사는 거의 송강의 코스를 따른다. 금강산선은 금강산유람 코스의 결정판이라고 해도 좋으리라. 바다로 에돌아가는 지금의 금강산기행도 의미가 있지만, 제대로 된 금강산기행은 금강산선의 복원과 함께 시작될 것이다.

그러나 이 희망을 막고 있는 게 있다. 종전이 아닌 정전을 선언한 정전협정문서이다. 이 문서 하나로 반백년이 지난 지금까지 우리는 전쟁 '상태'에 있어야 했다. 분단이란 생활 속으로 들어온 전쟁이다.

동해의 영롱한 일출마저 철책선을 통해 봐야 하니 말이다. 민통선기행은 곧 역사의 과제와 만난다.

신탄리와 철원역 사이의 폐터널을 찾아가던 기억이 생생하다. 마을에서 일러준 길을 따라 한시간을 걸었지만, 십분쯤 가면 나온다던 터널은 없었다. 마을로 되돌아가 물으니, 어쨌든 계속 가라고만 했다. 하는 수 없이 다시 한시간 하고도 몇십분을 걸었다. 과연 터널이 나타났다. 지하수의 힘으로 갈라진 콘크리트벽에는 삐죽삐죽 자갈이 드러나 있어 마치 자연동굴 같았다. 길게만 느껴지는 터널 안을 걷고 또 걸으니 씨멘트로 막아버린 터널의 끝이 나왔다. 무엇인가 봐야 할 것을 못 본 듯한 허탈함이 갑자기 밀려들었고, 나는 고개를 돌리다 문득 터널 입구를 돌아보았다. 순간 빛이 쏟아졌다. 눈부셨다.

그후로 나는 눈부시다는 말을 좀처럼 입에 올리지 않는다. 가장 어두운 자리에서 가장 밝은 빛을 볼 수 있음을 배웠기 때문이다. 세상이 빛을 잃은 게 아니라 내가 빛 속에 빠져 있었음을 어둠속에서 보았기 때문이다.

자유의 반대가 구속이라고 생각한 적이 있었다. 그러나 자유의 반대는 관성이었다. 저항하고 꿈꿀 자유까지 막는 것은, 놀랍게도 구속이 아니라 관성이었다. 관성은 자유와 구속의 경계를 모호하게 만들어버리고, 살아 있음의 확인조차 막아버린다. 그뒤로 '어둠'은 내 미학의 기준이 되었다.

고백하건대, 흔히 민통선이라고 부르는 비무장지대 접경지역을 찾아간 나의 여정은 내 메마른 가슴을 때리는 한줄기 소나기였다. 이 책을 읽는 분들께 권하고 싶다. 민통선 어느 곳이라도 좋다. 그 가슴 싸한 소나기를 맞아보시라.

여기 실린 글들은 철들고 나서 처음 떠난 철원행 이후, 동행한 이들과 함께하기 위해 쓴 것이다. 오랫동안 기행을 하면서 풍부해졌고, 1년간 한 방송국에 출연하면서 정확해졌으며, 한 잡지에 연재하면서 다듬어졌다. 그리고 이제 창작과비평사를 통해 다시 빛을 보게 되었다. 두루 감사의 인사를 전한다.

나는 처음 출발했던 그 어둠의 자리를 잊지 않고 있다. 어둠 내린 공단의 거리와 빗물에 얼룩진 천장을 이고 사는 한 지뢰피해자의 좁은 방을 여전히 기억한다.

2003년 6월
이시우

차례

통일기행 일번지

철원

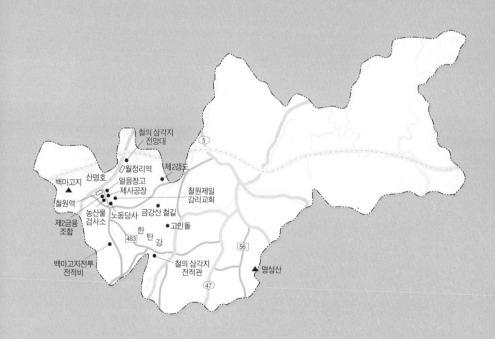

철원평야

예닐곱해가 지났을까.

한참 춥던 겨울날 나는 눈 내린 철원평야에 서 있었다. 사진을 공부하다 제적되고 공장에서 거리로 15년간 정신없이 떠돌다보니 동료들은 모두 떠났고 나는 혼자였다. 휴가니 여행이니 하는 단어를 한번도 품어보지 못한 내게 몇몇이 머리나 식히자며 어딘가로 끌었다. 그리고 끌려온 곳이 철원평야였다. 평야로 들어오는 순간, 나는 일행의 차를 무작정 세우고 넋을 잃은 사람처럼 사진기를 눌러댔다.

눈 내린 들판의 태허(太虛). 설원도 하늘도 잿빛이었다. 그 사이로 허허로이 날아가는 철새. 아련한 아름다움도 잠깐. 세찬 바람이 아프도록 몰아쳐왔다. 쌔앵, 하며 쓸고 가는 바람결에 환청처럼 들려오는 소리가 있었다.

"아프지 않은 아름다움도 있다더냐."

문득 직감했다. 내 마음의 풍경과 철원평야의 풍경이 닮아 있음을.

그 이후로 다시 사진기를 들었고, 몇년이 지나 간혹 '비무장지대 가이드'를 할 때 웬만하면 사람들을 이곳으로 끌고 왔다. 외국단체의 철원평야의 철새. 눈 내린 뒤 집 나서니 길이 만 갈래. 어느 것이 길인가.

사람들이 판문점에 가고 싶어할 때도 굳이 이곳으로 데리고 왔다.

이전에 비해 많은 것들이 무서운 속도로 변해가지만 그래도 통일기행의 일번지를 꼽으라면 나는 아직도 철원이다.

철원역

철원의 민통선 여행코스에서 철원역은 보통 제외되기 십상이다. 월정리역만큼 볼거리가 없는 것이 그 이유일 텐데, 철원역의 폐허야말로 전쟁의 상처를 더 아리게 전해주니, 월정리역이 보이는 것과의

밤새 내린 봄비로 철원역은 제 얼굴 비출 수 있는 거울 하나 얻었다.

만남이라면 철원역은 보이지 않는 것과의 만남이다. 철원역은 월정
리역에서 노동당사로 가다 구철원시가지로 꺾어지는 즈음의 지뢰밭
뒤에 있다.

경원선은 용산역에서 갈라져 한강 전철을 따라 서빙고, 왕십리,
의정부, 동두천을 거쳐 철원으로 이어진다. 용산에서 원산까지 긴
여정을 15절로 그리는 「경원철도가」는 경원선의 경쾌한 여정뿐 아니
라 당시의 풍광을 손에 잡히듯 그려주고 있다.

한 여울의 철교를 얼른 건느니
전곡리의 정거장도 등에 버렸고
연천대광(連川大光) 두 정거장 잠간 거치니
철원색(色)의 변화함이 눈을 흐리네

철원은 철원색이라 불릴 정도로 변화한 곳이었다. 노동당사가 있
는 관전리에서 서던 철원장은 인근 최대의 시장이었다. 1930년대에
는 거래액이 130만원을 넘었다. 일제가 미국인 모스(J. Morse)에게
서 경인선을 사들인 가격이 180만원이었다는 걸 감안해보면 얼마나
큰 돈이었는지 짐작할 수 있다. 때문에 철원장의 명성은 전국적이었
다. 그러나 이러한 시장의 풍요함은 식민지 지배가 계속됨에 따라
심각한 빈부의 분열로 깊어진다.

철원역 터의 드높은 하늘과 그보다 더 깊은 물의 마음이 야생벼를 키워간다.
지난 여름과 다른 새로운 여름에 서 있음을 문득 불어온 바람이 일깨워준다.

『동아일보』 1931년 4월 25일자에는 당시 궁농(窮農)의 신세를 다음처럼 묘사하고 있다.

조선소야전 시멘트공장이 있는 천내리에 모여든 궁농민이 3월 초순부터 지금까지 60여호가 된다. 소야전 시멘트공장이 있는 곳이라 행여나 공장에서 풀칠이라도 할까 하여 자꾸자꾸 모여드는데 그들은 오도가도 못하는 중이다.

몰락한 농민이 공장 주변으로 몰려들어 노동자가 되는 것이 자본주의의 역사지만 우리의 경우엔 수탈만 있을 뿐 자본주의적 투자가 없었다. 모든 부가 일본으로 직접 빠져나갔기 때문이다. 그 때문에 갈 곳 없어진 사람들이 급증하니, 이들이 빈민이다. 1920년대 일본에서는 월수입 20원인 자를 빈민이라 불렀다고 한다. 이런 기준을 조선에 적용하면 당시 조선인은 90% 이상이 빈민이었다. 소작농은 12원, 운 좋게 공장에 취직한 노동자조차도 16원이었으니 말이다.

그러니 도시나 군(郡)에서 도저히 생활할 수 없어 원시인의 상태로 돌아간 화전민, 토막민(土幕民), 걸인, 부랑아 등의 생활은 생활이라고도 할 수 없었다. 이들의 주거환경은 '풀을 베어서 지붕을 덮었으나 바람과 비에 부대껴서 퇴폐'해지는 영락없이 선사유적의 움집이었다. 다른 것이 있다면 토기 대신 양은냄비 하나가 화덕에 걸쳐져 있는 점이었다. 일제는 자신들의 침략적 정책으로 생겨난 이들을 한번 더 착취하게 되는데 그중 가장 큰 사업이 바로 철도공사였다.

경원선은 이들의 피와 땀으로 건설된 것이었지만 이 자유로운 물류 수송과 관광의 기적을 누리는 대신 이들이 택할 수 있는 것은 목숨을 건 탈주였다. 그 심정이 어떠했을까? 「신고산타령」을 들어보자.

못은 90년 동안 철로를
부여안고 자신을 박아놓았다.
때론 포화와 싸우며,
때론 무관심과 싸우며,
무엇보다 자신과 싸우며.

신고산이 우루루 화물차 가는 소리에

지원병 보낸 어머니 가슴만 쥐어뜯고요

어랑어랑 어허야

양곡 배급 적어서 콩깻묵만 먹고 사누나

신고산이 우루루 화물차 가는 소리에

정신대 보낸 어머니 딸이 가엾어 울고요

어랑어랑 어허야

풀만 씹는 어미소 배가 고파서 우누나

신고산이 우루루 화물차 가는 소리에

금붙이 쇠붙이 밥그릇마저 모조리 긁어갔고요

어랑어랑 어허야

이름 석 자 잃고서 족보만 들고 우누나

누군가 무참한 포화에도 금고방은 건재하다고 감탄한다.

신고산은 경원선이 지나던 함경남도에 있는 역의 이름이다. 이런
역사와 이어지기라도 하듯 경원선은 민중의 울분을 삭이고 나선 젊
은 청년들의 사상의 통로가 된다. 경원선은 원산까지 이어지지만 함
경선과 다시 이어져 두만강 연안에 이르고, 국경에 닿으면 러시아를
관통하는 대륙철도와 연결되므로 산업군사상 무척 중요한 철도였
다. 이북에서 두만강 개발계획과 그 거점도시로 나진선봉지구가 일
찍부터 주목받은 것은 이미 일제강점기에 형성된 지리개념에 뿌리
를 두고 있다. 북한과 중국, 러시아가 태평양으로 나갈 수 있는 몇 안
되는 부동항이 나진항이기 때문이다. 이런 이유로 군용철도로 건설
된 경원선엔 군수물자와 산업물자에 묻어 러시아의 혁명사상도 심
심찮게 실려왔으니 당시 철원은 고리끼의 『어머니』나 맑스의 『자본
론』 등이 양양(襄陽)과 더불어 가장 많이 나돌던 곳이었다. 때문에

독립운동에 나선 젊은 청년들은 기독교처럼 중앙의 사상통제가 강한 집단을 제외하고는 독립을 위한 방법으로 사회주의사상에 열중하게 된다. 김화군 창도면(현 북한의 창도군)에 본부를 두고 있던 1944년의 백의동맹(白衣同盟)사건이 대표적이다. 철원을 중심으로 서울, 원산, 흥남, 함흥에 유난히 사회주의자들의 출현과 적색농조, 노조 사건이 집중된 것은 우연이 아니다.

철원역 철길의 덤불을 걷고 몸을 바짝 낮추어 레일의 옆구리를 들여다보면 '1911'이란 제작년도가 찍혀 있다. 그뒤로 침목도 레일도 바뀐 적이 없다.

구철원시가지

철원역을 전후로 하여 노동당사를 지나 5검문소 사이 가장 번성했던 구철원읍의 시가지 흔적이 길을 따라 전쟁박물관의 유품처럼 늘어서 있다. 철원의 역사는 폭파되는 순간에 멎어버린 것 같아 오히려 생생하다. 철원역을 출발하여 처음 눈에 들어오는 건물은 오른편에 금고방(金庫房)만을 남기고 폭파된 철원 제2금융조합이다. 그리고 제2금융조합 터를 좀더 지나면 오른편에 얼음창고가 서 있다. 얼음창고는 일본인 식당주인이 철원역 뒤쪽에 있는 산명호(山明湖)의 얼음을 캐와서 보관했다가 여름에 판매했던 곳이다. 당시에 철원에는 10여명의 기생을 두고 일본인이 경영하던 대정관(大正館), 태화관(泰華館) 등의 요정이 있었고, 103개의 접객업소가 있어서 얼음 수요가 컸다. 가진 자들의 호사스런 생활을 상징했던 이 얼음창고 벽에는 인민들의 자유와 해방의 붉은 구호가 아직도 남아 있다.

좀더 가면 오른쪽으로 부대 막사와 붙어서 농산물검사소 건물이 거의 완벽하게 남아 있다. 농산물검사소는 전근대적인 농업이 자본주의화되는 과정의 산물이다. 이제 쌀은 먹고살기 위한 것이 아니라 상품으로 비꿔었기에, 정성이나 노력 같은 가치보다 높은 가격을 받기 위한 상품등급을 이곳에서 만들어냈다. 갑작스럽게 도입된 이 어색한 제도는 금융조합이니 은행이니 하는 곳에서 주도했다. 이렇게 해야 잘살 수 있다는 얘기에 따르긴 했지만 해가 갈수록 느는 건 빚이고 쪼그라드는 건 뱃가죽이었다. 결국 가난한 빈농들은 예외없이 길바닥으로 쫓겨났으니 그중 일부는 자기 땅을 빼앗아간 만석꾼 고진내 농장(고희원高熙源 소유의 농장으로 고진내는 별칭이었음)의 계절별 농업노동자가 되거나 제사(製絲)공장의 노동자로 들어갔다. 그나마 이들은 행복한 것이었다. 공장문에 들어가보지도 못한 숱한 사람들은 토막민이 되거나, 화전민, 부랑자, 거렁뱅이가 되었다. 이들은 일제의 경원선 공사판에 헐값으로 팔려가 혹사당했다.

1930년대 일본인이 찍은 것 같은 철원시가지 사진이 몇장 남아 있어서 유심히 관찰하니 지금 폐허가 된 철원역과 노동당사 사이엔 제사공장 굴뚝말고는 거의 농경지다. 그렇다면 이렇게 폐허가 된 집터들은 언제 지어진 것일까? 이 건물들은 해방 후 1년쯤 지나면서부터 지어진 집들이다. 해방이 되자 그 암담한 상황에서도 건설경기가 살아났다. 토지개혁 덕택이었다. 토지개혁으로 땅은 농민들의 것이 되었고, 공장은 노동자들에게 돌아갔다. 그때까지 집을 가져볼 생각을 못했던 많은 민중들이 꿈에 부풀어 자기 집을 짓기 시작했다. 해방 후 소련군 점령지역이었던 이곳은 해방의 기쁨을 제대로 느낀 지역이었다.

거기서 좀더 가면 바로 제사공장터가 보인다. 하수구로 환경오염 물질을 내뱉던 공장은 지금은 지뢰밭에 둘러싸여 환경보존늪지 지정을 받아야 할 곳으로 부각되어 있다.

철원제사공장 터 앞의 늪지는 이제 지뢰밭이 되어버렸다. 물 위에 뜬 지뢰표지.

철원제사공장 터

철원제사공장 터는 철원역에서 철원 제2금융조합과 얼음창고, 농산물검사소를 지나 한참을 가다보면 나온다. 지금은 지뢰밭으로 둘러싸인 채 거의 폐허가 되었고 정문의 한쪽 기둥만 남아 그곳이 예전에 공장이었음을 어렴풋하게 알려준다. 여공들의 기숙사 자리 네모꼴 씨멘트 초석을 경계로 칸칸이 파, 마늘, 상추 등 갖가지 농사를 짓는 모양이 재미있다. 이 때문에 어떤 이들은 여기가 농산물시험장 터냐고 묻기도 한다. 철원문화원에 따르면 원래 이름은 종연방적 철원공장이다. 1932년까지 이곳은 일본인들의 경마장이었는데, 1935년 경마장을 폐쇄하여 생긴 3150평 부지에 목조건물로 공장을 설립했다. 철원·평강·김화·연천·포천·화천의 누에고치를 수집하여 명주실을 생산하던 공장인데, 거의 수출용이었다. 처음엔 여공만 550명이 근무했고, 일제강점기 말에는 1천명의 노동자가 근무하는 국내 유일의 견사공장으로 성장했다. 연간 50톤이 넘는 명주실을 생산했는데, 해방 후엔 철원군 인민위원회에서 관리·운영하였다.

조선총독부는 자본가들이 조선에 투자하여 일본 내의 산업과 경쟁하는 것을 염려해 기업투자를 통제했고, 산미증식계획도 그에 일조해 1920년대 말까지 조선의 공장은 대부분 단순한 원료가공공장이거나, 또는 다소 발전된 기술을 갖고 국내시장의 일상용품을 제조해 공급하는 공장들이었다.

이러던 것이 1930년에 들어오면서 변화했다. 조선공업화정책과 만주개발정책이 본격적으로 추진되고 만주경기가 활성화되자 갑자기 대규모 일본자본이 전기화학, 방적, 금속 등의 군수산업에 쏟아져들어왔다. 당시 만주와 중국대륙은 중저가 조선상품, 특히 직물판매를 위한 이상적 시장이었다. 일본-만주-조선으로 이어지는 블럭에 따라 종연방적의 명주실도 일본을 통해 만주로 수출되었다.

종연방적은 1996년 건국훈장 애족장을 받은 독립운동가 이병희 여사가 위장취업해 노동운동을 벌인 곳이기도 하다. 종연방적 철원 공장이 설립될 당시는 이렇듯 1920년대부터 일기 시작한 노동쟁의와 사회주의자들이 개입한 조직적 노동운동, 함남 영흥(1928)과 원산의 장기총파업(1929) 등의 영향을 받아 노동운동에 반제국주의적 색채가 강해지고 있었다. 그러나 1934년 경찰의 총공세로 노동운동은 급속히 쇠퇴하고 1930년대 후반에는 잠시 지하로 잠적한다. 철원제사공장은 이런 시기에 건설되었다.

당시의 노동환경은 우리 머릿속에 새겨져 있는 1970년대의 노동환경과 놀라우리만치 흡사했다. 덥고 습기 많은 실내공기와 희뿌연 솜먼지, 유년의 여공들, 분무장치가 계속 토해내는 물방울, 습진, 습진, 땀띠, 부스럼, 호흡기병, 폐결핵 등.

해방 직전 종연방적 전남공장에 근무했던 한 할머니의 증언에 따르면, 폐결핵에 걸려 죽은 사람들은 광주 양동초등학교 근처 공동묘지에 갖다 묻었다. 몇년간의 사망자 수인지는 확실하지 않지만 한 일본인이 기숙사 2층에 사망한 사람들의 이름을 써붙이고 4월 초파일이 되면 기도를 해주곤 했는데 확인된 인원만 83명에 이르렀다고 한다.

이런 조건에서 노동쟁의가 일어나지 않으면 오히려 이상한 것이었으리라. 제사공장에서 얼마 떨어지지 않은 곳에 철원경찰서가 있었다. 1936년 당시 34명의 경찰병력이 있었고, 철원역파출소에 4명의 경비원을 배치했던 것으로 기록되어 있다. 노동운동도 해방 직전까지 이 지역에서 치열하게 전개되었다.

천안의 제사공장을 배경으로 한 이기영(李箕永)의 소설 『고향』에서 당시의 모습을 상상해볼 수 있다.

『고향』의 주인공인 지식인 김희준(金喜俊)은 『상록수』와 『흙』에서 농민을 계몽의 대상으로 삼는 그런 인물이 아니다. 마름 안승학의 협박에도 당당히 농민들을 지도하는 김희준은 스스로 많은 결함을 가진 인물이지만 농민들의 충고와 부단한 자기반성을 통해서 새로운 인간형으로 발전해간다.

그는 제사공장에 다니며 월급을 모으거나 결혼반지를 잡혀서 농민들의 쟁의 지원금을 마련하는 갑숙이와 방개의 모습에서 노동자를 발견한다.

그는 몇천년 전부터 대대로 물려내려오던 농민의 아들이 아닌 것 같다. 그는 전고미문인 노동자란 이름을 가졌다. 수로는 몇억만, 해로는 몇천년 동안에 농민의 썩은 거름이 노동자를 탄생케 하였던가? 농민의 아들 노동자는 새로 깐 병아리처럼 생기있게 새 세상을 바라보는 것 같다. 그리고 이 병아리는 오히려 밤중으로 알고 늦잠이 고이든 농민에게 새벽을 알리는 것 같다.

철원에 그같은 실존인물이 있었다. '고광수(高光洙)'란 이름을 우리는 한국 사회주의운동사에서 어렵지 않게 찾아볼 수 있다.

1926년 6·10만세운동 이후 제2차 조선공산당사건으로 간부들이 대부분 검거되자 그는 잠복하며 분파투쟁 청산과 전위조직 통일을 위해 청년조직 부흥에 힘쓴다. 그리고 결국 제3차 조선공산당을 조직하는데 이것을 통일공산당 또는 ML당이라고 한다. 그러나 모스끄바로 가는 도중 그만 체포되고 만다. 그는 보안을 위해 가지고 있던 면도칼로 자살을 기도했으나 절명하진 않았다. 일제경찰은 그를 가혹하게 고문했고, 그 때문에 보석으로 풀려났지만 5일 만인 1930년 2월에 31세의 나이로 세상을 떠났다. 당시 코민테른 집행위원인 카따야마 센(片山潛)은 그를 조선 공산주의진영의 젊은 명장이라고 칭찬했고, 그후 다른 조직원 수십명이 체포되어 서울로 압송되는 도중 그가 자살을 시도한 지점을 통과할 때 일제히 통곡하자 일본인들도 감동했다는 기록이 남아 있다. 그러나 이젠 제사공장도 새로운 해방의 꿈에 부풀었던 철원시가지도 폐허로만 남아 지나가는 바람의 노래를 듣고 있을 뿐이다.

예전 노동자들이 출퇴근하며 도란거리던 제사공장의 허물어진 담벼락을 따라 펼쳐진 아름다운 지뢰밭 늪지에 재두루미 무리가 허공을 쓸어 담듯 날개를 접으며 내려앉는다.

노동자들의 잿빛 작업복과 같은 색의 재두루미들이 완상(玩賞)하듯 담벼락을 따라 걸어간다.

폭파된 철원제일감리교회. 현재는 복원작업이 한창이다.

철원제일감리교회

1991년 5월 30일 당시 북한의 조국평화통일위원회(조평통) 부위원장 한시해(韓時海)는 뉴욕에서 열린 한 쎄미나에서 '민족주체성 확립과 사회주의 건설'이라는 주제연설을 통해 북한정권 수립 초기 기독교 탄압과 관련된 해명을 했다. 북한정부는 사상·이념을 존중하자는 것이었고 많은 기독교인들이 이에 동조, 국가건설에 기여했으나 일부지역에서 북의 주체적 노선을 잘못 이해하고 집행과정에서 일부 오해가 생겨 많은 기독교인들이 남하했으며 그후 서로 이해하려는 의지가 없어 오해가 풀리지 않고 있다는 것이다. 그리고 이 점에 대해 사과한다는 뜻을 밝혔다.

그뒤 남측 교회의 북한 방문은 잦아졌고 한번 간 통일의 물길을 따라 더 깊고 큰 물길이 만들어졌다. 생각해보면 사회주의와 기독교가 항상 불편한 관계만은 아니었다. 지금은 사망한 전 주석 김일성(金日成)의 모친인 강반석(康盤石)은 베드로의 한문식 표기 이름이다. 그만큼 기독교와 인연이 깊은 집안이었던 것이다. 그리고 해방 후 외척인 강양욱(康良煜)을 중심으로 기독교연맹을 결성하여, 많은 기독교인들이 여기에 가입했다. 특히 함경도지역은 교계 내의 분열 없이 모두 가입했다. 그러나 평안도를 중심으로 한 몇몇 지역은 끝까지 반발하며 투쟁하다 대부분 월남한다. 이들은 대부분 미국과 깊이 연관된 교계 엘리뜨 세력이었다.

삼팔선이 그어지면서 북측지역이 된 철원에 뿌리내리고 있던 세력은 감리교였다. 감리교는 창시자인 웨슬리(J. Wesley)의 표어대로 도덕적 완전보다 사랑의 완전을 추구한다. 또한 깔뱅(J. Calvin)의 예정설에 따른 조건부 구원관을 거부하며, 예수를 추상적 구세주로 믿지 않고, 자신의 체험 속에서 감격하는 체험신앙을 강조한다. 이런 경향은 교회 자체의 관심에 머물지 않고, 사회문제에 깊은 관심과 실천을 강조했다. 이런 이유로 3·1운동 전에도 철원 남감리교회는 아펜젤러(H. Appenzeller)가 서울에서 배재학당(培材學堂)을 열었듯, 배영학교(培英學校)를 지어 민족교육과 노동야학을 활발히 벌였고, 3·1운동에서도 배후에서 큰 역할을 하였다. 임시정부를 지원하기 위한 대한독립애국단 활동에 박연서(朴淵瑞), 강대려(姜大呂) 등 남감리교의 지도급 인사들이 대거 참여하여 옥고를 치르기까지 한 것은 평안도 장로교단이 근본신앙적 교리에 따라 '신사참배 거부 운동'을 한 것과는 다른 사회적 참여의식의 발로였다. 그러나 옥고를 치른 후 박연서, 강대려의 행보는 크게 달라진다. 강대려는 철원양조주식회사의 사장이 되었고 박연서는 서울로 올라온다.

1930년에 서울의 감리교계와 기독교청년회(YMCA)의 핵심인 신

지금은 폐허로 남아 있는
철원제일감리교회의 현관

흥우(申興雨)가 중심이 되어 적극신앙단이 결성된다. 신흥우는 이승
만 계열의 리더였는데, 세계공황과 함께 유럽에 퍼져 있던 절대지도
자론에 매료되어 파시즘을 제창하며 감리교의 사회복음주의와 조선
적 기독교론 수립에 공감하는 기독교 인사들을 적극신앙단을 매개
로 결집시켰다.

　박연서는 3년 동안의 감옥생활을 마치고 『기독신보(基督新報)』의
주필을 맡는 동시에 적극신앙단의 핵심으로 활동했다. 1940년경부
터 일제는 신사참배와 조선기독교단의 통합과 일본화를 추진했다.
감리교는 이 방침에 순응하기로 결정하고 일부 장로교 세력과 친일
화를 추진했다. 결국 교단 내부의 강력한 반발로 실패했지만 이 운
동을 주도한 것이 박연서가 속한 적극신앙단 세력이었다. 당시 기독

교엘리뜨들은 안창호(安昌浩)와 이승만(李承晚)을 정점으로 대립되어 있었는데 안창호는 보수적인 평안도 세력을 대표했고 이승만은 자유주의적인 기호(畿湖) 세력을 대표했다. 적극신앙단은 이승만 계열이었다.

이는 철원교회사에 또다른 인물을 등장시키는 원인이 되는데 그가 김윤옥 목사이다. 그는 해방 이듬해인 1946년 철원제일감리교회 부목사로 부임해온다. 부임이라기보다는 잠입이라는 표현이 어울릴지 모른다. 삼팔선 이북인 철원을 중심으로 한 강원도 일대에 대규모 반공조직을 꾸리라는 이승만 정부의 밀령을 받고 온 것이었기 때문이다. 그는 이승만이 주도한 샹하이(上海)임시정부에서 활동한 김병조(金秉祚) 목사의 아들이었다. 그는 1946년 3월 '신한애국청년회'를 결성한다. 그리고 같은 해 8월 이 단체는 발각되었고, 김목사는 평양형무소에서 사망한다. 유득신(劉得信) 목사도 비슷한 인연으로 철원에 파견되었다. 그는 1920년 항일무력단체인 암살단에 가입, 군자금을 마련하여 임시정부에 보내는 일을 하였다. 해방 후 그도 철원에 파견되어 반공사업에 주력하다가 1951년 전쟁 당시 피신해 있던 곳에서 병사한다.

기독교에서 유래한 '하나는 전체를 위하여, 전체는 하나를 위하여'라는 말을 사회주의에서도 똑같이 사용한다. 기독교가 '하나의 밀알'이 되기를 강조하듯이 사회주의도 '나 하나부터의 실천'을 강조한다. 그리고 보면 서구사회주의의 뿌리는 서양문명의 경계를 완전히 벗어났다고 볼 수 없다. 북한이 '주체적 사회주의'로의 변화를 시도한 것처럼, 기독교도 한반도 하늘 아래서 변화와 진통을 모색해왔던 것이다. 우리는 교회의 뒤를 따라 제국주의 군대가 들어오는 장면을 목격한 민족이다. 1882년 조미수호통상조약과 더불어 물밀듯 들어온 미국교회를 우리는 교회의 전부로 볼 것을 강요받아온 것인지 모른다. 기념하기에 앞서 반성할 것이 더 많은 역사를 살아온 것이다.

1947년 5월 신한애국청년회 사건 이후 이를 수습하기 위해 파송된 서기훈 목사가 있었다. 전쟁이 터지자 마을의 반공청년들이 겉만 빨간 사과빨갱이와 속까지 빨간 토마토빨갱이를 구분해두었다가 유엔군이 인천상륙작전 성공 후 북진할 때, 국군이 철원에 들어오자 토마토빨갱이 30명을 감금하고 처형하려 하였다. 이때 서목사가 '원수를 사랑하라'며 청년들을 꾸짖고 이들을 살렸다.

후에 다시 인민군이 진주했을 때 서목사는 처형을 면했다. 그러나 얼마 뒤 다른 이유로 서목사는 결국 인민군의 손에 죽은 것으로 기록되어 있다. 한시해의 표현대로 '집행과정의 착오'였는지 모른다. '원수를 사랑한다'는 것은 목숨을 건 용기가 필요한 일이라는 사실을 서목사는 보여준다. 웨슬리가 추구한 '사랑의 완전'이란 원수에 대한 사랑에서 극명하게 드러난다.

이런 일화가 있다. 남과 북 교회의 목사님들이 일본에서 만났을 때의 일이다. 서로 대화 중에 북의 목사 한 분이 전쟁 때 미군에게 자신의 아버지가 죽는 것을 봤기 때문에 자신은 그 원한을 잊을 수 없다는 얘기를 하자, 남쪽의 한 목사님도 자신의 아버지가 인민군들에게 당산나무에 목이 매달려 처형되는 것을 나무 뒤에서 보았던 기억을 얘기했단다. 분위기는 무거워졌다. 얼마간의 시간이 흐른 뒤 누가 먼저였는지 모르게 두 목사님은 서로 울며 부둥켜안았다. '눈물이 강물 되도록' 자신을 흘려보내고서야 부둥켜안는 것을 우리는 '만남'이란 단어로 기억하고 있다.

원수에 대한 목숨을 건 사랑. 이보다 더 큰 비극의 힘이 있는가?

가을햇살이 참 고왔다. 그 빛을 바라보는 당신의 눈은 더욱 곱다.
이제 노동당사는 가을을 가을로, 햇살을 햇살로 볼 수 있는 눈을 갖는가.

노동당사

　패배한 자에게 역사는 항상 가혹하다. 역사란 이긴 자의 역사이기
때문이다. 역사는 이긴 자에겐 미래를 주고, 패배한 자에겐 비극을
준다. 그럼에도 비극이 아름다운 이유는 패배할 수밖에 없었던 질문
속에 이미 해결의 전제를 포함하고 있기 때문이다. 누구의 말처럼
사람은 해결할 수 있는 문제만을 제기한다. 언제나 비극은 허공이
아니라 현실에 뿌리내리고 있다. 눈보라 치는 밤길을 눈감고도 갈
수 있는 것은 우리가 눈으로 걷는 것이 아니라 발로 걷기 때문이다.
그래서 이상은 일하고 싸우며 몸부림치는 사람에게 선명하며, 그렇
지 않은 사람에게 공허하다. 비극은 한동안의 외로움을 동반하는데,

햇살을 등지고서야 비로소 웅장하다. 강한 것은 외로운 것인가.

외로움은 쓸쓸함과는 다른 감정이다. 쓸쓸함이 외부에서 오는 수동적 반응인데 비해, 외로움은 텅 빈 상태의 자각에서 비롯되기에 텅 빈 상태를 극복하려는 에너지를 갖게 된다. 해서 비극 속에서 외로움이 갖는 에너지는 이상에서 연유하여 방향을 갖게 된다. 하지만 그것은 정해져 있지 않은 방향이다. 때문에 수많은 실패와 좌절을 만나게 되고 그런 가운데 방향을 찾아가게 된다. 노동당사를 감상하며 느끼는 감정이 쓸쓸함인가 외로움인가는 미학적으로 그래서 큰 차이가 있다.

노동당사처럼 극단적인 해석이 존재하는 곳도 드물다. 그것은 우리가 대한민국의 국민으로 살며, 조선민주주의인민공화국의 국민과 같은 민족으로 살고 있기 때문일 것이다.

노동당사는 승일교(承日橋), 농산물검사소와 함께 거의 기적적으로 보존된 건축물이다. 일제강점기를 지나고 해방 이후에 건설된 이 건물의 건축적 평가는 지금까지 없었다. 우선 노동당사를 제대로 보기 위해 광장 끝 길가에 서보는 게 좋겠다. 노동당사 건물이 그 이전의 건축과 다른 가장 큰 특징은 바로 이 광장이다.

일제강점기 철원의 시가지는 억압과 치부와 향락을 위한 거리였다. 길의 주인은 곧 도시의 주인이다. 도시의 공간이란 그대로 정치경제적 이해관계의 모형일 때가 많은데, 때문에 신작로의 주인은 따로 있었고, 가난한 민중들은 거리를 활보할 자유조차 없었다. 해방이 되자 철원에서 이 모든 상황은 바뀌었다.

만석꾼이네 천석꾼이네 하던 고진내 농장을 비롯한 10개 농장의 땅은 토지개혁으로 농민들에게 분배되었다. 농민들은 모두 자기 땅을 갖게 되었고, 금융조합과 은행에선 종자와 비료대금을 융자받아 '생산운동'에 들어갔으며, 방직공장은 노동자들의 것이 되었다. 일본인들의 별장은 노동자와 농민들의 휴양소로 바뀌었다. 1947년 서방인으로서는 최초로 북한을 방문해, 김일성과 인터뷰하여 세상을 놀라게 한 미국인 스트롱(A. L. Strong)은 북한에서 진행되던 토지분배와 관련해 북한 민중들의 "신비할 만큼의 신념"을 보았다고 했다.

자신의 힘을 확인하고 그것을 무한히 넓히려는 분위기가 당시 북한의 분위기였다. 이런 상황은 새로운 공간을 필요로 했고, 그에 대한 건축적 결론이 광장이었다. 다른 지역이 역 광장이나 학교운동장을 쓰고 있던 시절에 철원이 당사 앞에 이런 광장을 마련할 수 있었던 것은 다름아닌 철원사람들의 변화에 대한 역량의 표현이다. 일제의 밀실정치는 이때에 이르러 광장정치로 바뀌었던 것이다. 지금은 사람 대신 관광버스가 광장을 채우고 있지만.

아이들은 아무렇지도 않게 상처를 건너뛴다. 그래서 미래란 비극의 역사보다 비장한 것이다.

광장을 만드느라 노동당사는 산 중턱으로 좀더 밀려올라갔다. 그리다 보니 노동당사는 더 높아 보인다. 넓은 광장과 높은 당사건물. 남쪽과는 또다른 해방을 맞이한 철원사람들은 자신들의 미학적 이상을 이렇게 표현한 것인가?

건물 중앙을 강조하는 방법에서 또 하나의 전환이 일어났다. 다른 건물이 중앙에 뾰족탑이나 바로끄양식의 시계탑 등을 세워 높이에 차이를 둔 것에 비해, 노동당사는 시각적 비례를 이용하여 이 문제를 해결한 점이다. 중앙부로 오면 창문과 기둥의 간격이 급격히 좁아지며, 마치 위로 솟구쳐오르듯 배치되어 있다. 다른 창문이 수평아치(flat arch)를 쓰고 있는 반면, 중앙부는 반원아치(rounded arch)를 사용하여 솟아오르는 느낌을 강조한다. 또한 2층 아치의 폭에 비해 3층 아치의 폭이 좁아지면서 체감률(遞減率)을 강조했다.

그리고 유심히 보면 3층 아치의 하부가 3층 바닥보다 내려와 작은 세 개의 사각형 창이 생긴 것을 볼 수 있다. 이것은 건물의 기능적 구조와 관계없이 중앙부의 상승감을 주기 위한 미학적 고려가 더 중요하게 작용했음을 의미한다. 그런데 의아한 것이 하나 있었다. 건물의 재료이다. 겉은 콘크리트 처리로 마감되어 있지만 내부는 벽돌이다. 보통 벽돌건물은 일제강점기에도 많이 사용되었는데 왜 벽돌을 일부러 감추었을까? 나는 그 답을 3층에서 찾아보았다. 3층은 지붕과 함께 전부 소실되었는데 어떻게 거짓말처럼 그렇게 폭격으로 날아갈 수 있는가?

3층에 해당하는 벽면을 보면 벽돌구조가 그대로 띠를 두르며 노출되어 있다. 2층 바닥처럼 콘크리트를 쓴 흔적이 없고 대신 벽돌 중간에 일정한 간격으로 홈이 파인 벽감(壁龕)을 발견할 수 있다. 이 벽감은 나무로 된 들보기둥을 박기 위한 것임을 어렵지 않게 알 수 있다. 건물 앞벽과 뒷벽에는 몇개의 기둥다발로 된 들보를 박았던지

류운형 선생

길쭉한 오각형 모양의 큰 벽감이 늘어서 있다. 옆벽에는 들보와 직각으로 엇갈리도록 박은 굵은 기둥 한 개 정도의 벽감이 늘어서 있다. 그리고 다시 그 위에 마루를 깔기 위한 귀틀이 박혀 있던 벽감이 있다. 귀틀의 간격으로 봐서 마루바닥은 덕수궁 석조전(石造殿)에 쓰인 모자이크마루가 아니라 우리 마루에 깔리던 넓적한 청널(마루청)이었을 가능성이 크다. 3층은 전체가 마루였다. 3층 벽면에 공간을 나눠 쓴 흔적이 없는 것으로 봐서 하나의 통방이었던 것 같다.

건물의 꼭대기 부분을 보면 역시 벽돌구조가 띠를 두르고 노출되어 있다. 그리고 일정한 간격으로 작은 벽감이 정렬해 있는 것을 봐서 지붕 역시 나무기둥을 이용한 목재구조임을 알 수 있다. 지붕의 모양은 이같은 구조라면 우진각지붕(모임지붕)만이 가능하다. 우진각지붕은 조선시대까지는 숭례문(崇禮門, 남대문) 등 문에 주로 쓰이는 양식이었으나, 기둥의 역할을 벽이 하게 되면서 근대건축의 본관에 거의 예외없이 사용되었다. 지붕의 마감재료는 기와나 동판 슬레이트 등이 쓰였는데 여기엔 무엇을 썼는지 알 수 없다. 당시 낭의 시책으로 봐서 기와를 썼을 가능성이 높다. 결국 벽돌은 서울대병원 안에 있는 대한의원 본관처럼 목조와 콘크리트를 혼합할 수 있는 가능성 때문에 채택되었을 가능성이 크다. 대한의원 본관은 1층 바닥이 콘크리트이고, 2층 바닥이 목재이다. 노동당사는 2층 바닥을 콘크리트로 할 수 있는 기술인데 왜 3층은 목조를 사용했는지가 또 의문이었다. 이 의문을 풀 수 있는 기회가 우연히 찾아왔다. 당시 철원군 노동당의 청년위원장이었던 비전향장기수 류운형(柳雲衡) 선생을 소개받게 된 것이다.

출소 후 봉천동 '만남의 집'에 기거하던 선생과 노동당사를 찾았다. 기억이 가물가물해졌다고 하지만 각 층의 용도를 정확히 기억하고 있었다. 1층은 민원이나 선전 등 실무를 주로 하던 사무실이었고 2층은 위원장과 부위원장 등 집행간부들의 사무실이었으며, 3층은 큰 강당 같은 것이었단다. 당시 노동당은 교육과 각종 모임을 위해서 사람들이 신발을 벗고 편하게 활동할 수 있는 공간이 필요했다.

북한의 건축학자 리화선이 쓴 『조선건축사 3』에는 민주선전실이 전국적으로 지어졌다고 기록되어 있는데, 이 3층은 교육과 노래와 춤 등 문화활동을 위해 만든 민주선전실이라는 공간이 아니었나 싶다. 그제서야 의문이 풀리는 듯했다. 그런데 류선생이 2000년 9월 북한으로 송환되고 난 뒤 새로운 의문이 생겼다. 3층을 마루방으로 하면 2층 천장과의 사이에 쥐떼가 진을 치는 쥐소굴이 되는 것은 그렇다 쳐도 교육이나 모임이 있을 때마다 그 소음이 2층 간부들 방으로 직접 전달될 것이기 때문이다. 더구나 3층으로 올라가는 계단은 위원장과 부위원장 방을 거치도록 되어 있다. 오가는 사람마다 문을 열어보진 않더라도 어쨌든 사람들의 잦은 인사를 외면할 순 없는 일이다. 당위원장실과 부위원장실을 평당원과 민중들의 수위실처럼 배치한 꼴이다.

왜 이런 구조가 생겨났을까? 스트롱은 자신이 직접 본 1947년 3월의 선거를 축제분위기였다고 전한다. 또 그는 자신이 만나본 그 어떤 북한인도 '인민의 힘'으로 지배되는 해방조국에 살고 있음을 의심하지 않았다고 적고 있다.

나는 위원장만을 위해 노동당사를 짓지 않는다는 당시의 건축정신이 반영되었기 때문이라고 판단했다. 당사는 찾아오는 주민 중심이 되었던 것이다. 그리고 간부의 소임은 더 많은 주민이 3층에 밀려들어오게 하는 것이었으리라. 간부들은 어쩌면 인민의 집을 지키는 수위로 자신을 생각했을지도 모를 일이다.

궁예산성과 마찬가지로 노동당사는 비록 현재는 온갖 역사적 오명을 뒤집어쓰고 있지만 이상을 잃지 않고 있다. 비극이 아름다운 것은 그 안에 생생한 이상이 살아있기 때문이다.

이 건물의 주인 중 한 사람이었던 류선생이 북으로 송환됨으로써 살아 생전에 자신의 이상을 실현했듯, 우리의 그날은 언제나 올 것인가?

백마고지

강원도 철원군 철원읍, 노동당사에서 백마고지를 가다 지나게 되는 개척마을 대마리(大馬里)는 심리전 효과를 위해 1968년 8월 29일 조성되었다. 한국전쟁 참전용사 7명이 1인당 150만~300만원씩 투자했다. 백마고지 전투의 앞마당이었던 이곳에서 수십대의 트럭에 폭발물이 실려나갔지만 그래도 여전히 지뢰가 사방에 널려 있었다.

대마리에 정착한 첫 150세대 830명의 가족은 2만 5천여개의 지뢰를 제거하며 논밭을 넓혔다. 당시 남방한계선은 대마리를 관통하고

민통선마을 대마리에서 본 백마고지.
포성은 사라지고 연기만 하늘로 올라 저렇게 맴도는 구름이 되었을까.

있었다. 휴전된 지 15년 되던 해이기도 했지만 아이들의 유일한 장
난감은 지뢰밖에 없었다. 지뢰를 마치 도시락 뚜껑처럼 열어 그 속
에서 뇌관을 제거하고 화약을 뽑아 마을 앞 한탄강에서 수뢰를 터뜨
려 물고기를 잡았다. 잘못 건드려 팔다리가 잘려나가고 폭사하는 사
태도 속출했다. 이주세대들은 죽은 자식을 화장해 한탄강에 뿌렸다.
먹을 것이 궁했던 그 시절, 어른아이 할 것 없이 비무장지대 철조망
에 걸어둔 수류탄을 빼내 엿장수에게 팔아 생계를 유지하기도 했다.
사정을 뻔히 아는 군인도 이들을 나무랄 수 없었다. 매년 8월 30일이
되면 입주기념행사를 하면서 체육대회와 함께 지뢰사망자 위령제를
지내고 있다. 1968년 이후부터 해오고 있는 이 행사에는 국회의원과
사단장 등도 참석한다. 그러나 개간이 끝나자 마현리나 생창리처럼

땅의 원소유자가 나타나서 땅을 내줄 수밖에 없었다. 국가에 두 번씩이나 목숨을 걸고 희생을 바쳤던 이들 군인들은 누구보다도 서운한 감정을 가눌 수 없게 되었다. 이처럼 고단한 사연을 간직한 채 입주자 명단을 새긴 개척비가 1990년 8월 마을 한가운데 세워졌다.

검문소를 지나 노동당사에서 좌회전하여 대마리로 들어가서 오른쪽으로 고개를 돌리면 예리한 기념탑이 보인다. 백마고지전투 기념비다. 백마고지는 군사분계선이 지나가는 선이므로 비무장지대 안에 있다. '철의 삼각지'의 꼭지점에 해당하는 고지로 미군 제3사단이 한국군 제9보병사단에게 넘겨주고 간 고지다.

우선 백마고지란 이름이 처음부터 문제였다. 백마부대 김영선 장군은 자신의 회고록인 『백마고지의 광영』에서 자신들이 싸우던 전장이 하루아침에 마술처럼 'White Horse'로 바뀌어 있었다고 쓰고 있다. 공중에서 보니 심한 포격으로 파괴되어 백마(白馬) 같다고 해서 미국 기자가 임의로 명명한 이름이 대표성을 갖게 되자 유쾌하지 않았던지 철원의 지명과 연관하여 새로운 해석을 내놓았다. 인근에 상마산(上馬山), 중마산, 하마산이 있으니 '말'이란 이름이 잠재했다가 표출된 것 아니겠느냐는 것이다. 목숨을 걸고 고지전투를 수행한 군인다운 애착심이 보인다. 그러나 그뒤로 철원의 말과 관련된 서낭제와 김응하(金應河) 장군의 용마(龍馬)전설 등을 끌어들여 백마고지의 한국화(韓國化)를 위해 애쓰는 걸 보면 애처롭기까지 하다.

사실 한국전쟁 당시 고지나 봉우리의 이름은 거의 다 영어다. 펀치볼, 크리스마스, 유엔, 아이스크림, 베티 등. 이런 이름들이야말로 전쟁의 성격을 그대로 함축하고 있다. 한국군에겐 싸우다 죽을 자유가 있었던 대신 미군에겐 자기 식으로 비석을 세울 자유가 있었던 것이다. 한국군은 당당하게 유엔군에 참여하고 있다고 생각했지만 미군은 한국군을 자신들의 하위부대로 생각하고 있었다. 전쟁의 속성 중 하나는 선동과 선전이다. 그 상황을 누가 어떻게 명명하는가에 따라 그 전쟁은 규정된다. 그 결정권한은 군사가 아니라 정치가 가진다. 미 제8군 사령관 밴 플리트(Van Fleet)는 휴전회담장의 내외 신기자들을 모두 백마고지로 데리고 갔다. 백마고지전투는 당사자들의 의지와는 관계없이 일종의 전시용 전투가 되어 있었다. 『타임』과 『라이프』 등으로 전송된 전투사진과 기사는 미국인들이 얼마나 안전한 국가에 살고 있는가를 다행스럽게 여기게 하는 한편 아이젠하워(D. Eisenhower)라는 군인 출신 대통령을 선출하는 분위기에 합의하도록 만들어갔다.

인민군과 중국인민해방군(중공군)은 1952년 10월 6일 전선 전체에 걸쳐 일제히 공격을 개시한다. 전선을 둘러본 주한 유엔군사령관 클라크(M. Clark)는 이것을 탐색전으로 판단했다. 착오였다. 이후 전선의 주도권은 중공군과 인민군에게 넘어갔다. 클라크는 이를 만회하기 위해 판문점에서의 휴전회담을 무기한 연기하고 밴 플리트의 이른바 '김화공세'를 승인한다. 이는 김화 상감령(上甘嶺)의 삼각고지, 저격능선, 오성산(五聖山)을 목표로 했다. 유엔군이 오성산을 빼앗으면 상대의 방어선이 뚫리고 평강평야를 확보할 수 있었다. 때문에 양측의 양보할 수 없는 전투가 되었고 '철의 삼각지'란 이름이 붙여질 정도로 치열한 격전지가 되었다.

전투를 지휘한 유엔군사령부의 입장에서 본다면 주요 전장은 백마고지가 아니라 삼각고지와 저격능선, 오성산이었다.

그렇다면 백마고지에서는 승리한 것일까? 승자가 있으면 패자가 있어야 하는데 북한은 백마고지전투를 자신들의 승리로 기록하고 있다.

1980년대 중반 북한에서 폭발적 인기를 끌었던 영화 중 하나가 백마고지전투를 소재로 한 것이다. '이름없는 영웅들'이란 제목의 20

부작이다. 첩보물의 긴장감을 갖춘 기본 구도는 당시 북한에서는 엄청난 파격이었다고 한다. 줄거리는 이렇다. 인민군 첩보원 '유린'은 영국 옥스퍼드대학을 졸업하고 첩보활동에 본격적으로 뛰어든다. 유학시절의 동창생들을 통해 각국의 첩보를 수집하는 것이 임무였다. 급기야 한국전쟁이 일어나고, 유엔군은 전세의 유리함을 홍보하기 위해 '모범전투'를 계획한다. 종군기자들을 백마고지 후방에 불러놓고 중대병력에 불과한 인민군이 연대병력의 유엔군에 의해 초토화되는 모습을 보여준다는 것이다. 유린은 디데이 사흘 전 유엔군 보도처장이던 대학동창에게서 이 계획과 그 공격이 새벽 6시에 이루어진다는 것까지 알아내 상부에 보고한다. 인민군은 후방 포병대를 백마고지로 대거 배치하고 유엔군 계획보다 1시간 빠른 새벽 5시에 먼저 공격해 큰 승리를 거둔다. 결국 유엔군이 세계적으로 망신을 당한다는 게 영화의 줄거리이다. 이 영화에 따르면 북한은 전투당사자에 대해서도 '한국군 대 중공군'이었다는 남한과 달리 '인민군 대 유엔군'이라고 주장하고 있다. 백마고지는 남과 북 어디에도 기울지 못하고 비무장지대에서 아무 말 없이 누워 있다.

그러나 백마고지전투는 승리했다 치더라도 김화공세는 실패했다. 전투에서 이기고 전선에서 진 것이다. 전쟁에서 이기고 진다는 것은 어떤 의미인가? 1984년 미 국방장관 와인버거(C. Weinberger)가 군사정책의 교리로 재도입한 『전쟁론』에서 클라우제비츠(K. von Clausewitz)는 "전쟁의 유일한 원인은 정치이다. 이것들의 수행은 정부와 국민 간의 상호작용"이라고 충고한다. 국민과 함께 이기는 전쟁만이 승리한 전쟁이다.

1952년 10월 12일부터 백마고지라는 말이 생겼고, 이 부대는 백마부대가 되었다. 그리고 백마라는 이름은 우리 군사(軍史)에 계속 등장하는 이름이 되는데, 당시 제9보병사단의 참모장이 뒤에 대통령

이 된 박정희(朴正熙)였기 때문이다. 백마부대와 박정희의 인연은 이렇게 맺어졌다. 박정희는 미국 대통령 존슨(L. Johnson)과 한국군 지휘권을 추가로 넘겨받는다는 약속을 맺고 베트남전쟁에 백마부대를 필두로 파병한다. 베트남전쟁에서 한국군이 저지른 양민학살은 구조적으로 한국전쟁의 백마고지전투에서 연유했던 것이다.

그리고 그 결과 한미연합사의 지휘체계에서 1970년대 말 분리된 특수부대들의 직접지휘권을 넘겨받는다. 전두환(全斗煥)을 중심으로 한 신군부세력은 이 특수부대를 등에 업고 1980년 5월 광주에서 계엄령 철폐를 요구하는 시민들을 무자비하게 진압해 엄청난 희생을 낳았다. 한국의 군부는 그렇게 국민과 멀어져갔다. 이른바 이들 정치군인 탓에 수많은 군인들까지 공범의 오명을 쓰고 말았다.

전쟁이 끝나지 않은 지금 과연 백마부대와 한국의 군부는 전쟁에서 승리하고 있는가?

월정리역

이태준(李泰俊)의 소설 「사냥」에서 몰이꾼 중 한 청년이 죄를 짓고 도망친 역. 으슥한 밤에 청년에 관한 소문이 퍼졌다. '월정리역에서 차표를 사는 것을 보았다.' 청년은 그날 밤 기차를 타고 아마도 두만강을 건넜을 것이다. 일제강점기 월정리역은 어떻게 해도 죄인이 될 수밖에 없는 민중들이 운명을 거는 곳이었다.

해방이 되자 남과 북의 기차 안 풍경도 바뀌었다. 1946년 발표된 채만식(蔡萬植)의 「역로(歷路)」는 해방 직후 기차 안 풍경을 이렇게 그리고 있다.

남편이 없는 새 장성한 딸자식이 보는 데서 실컷 못된 짓을 하구

월정리역. 시리게 맑은 가을하늘로 문득 찾아온 여유. 그 덕에 내 마음처럼 활짝 갠 하늘을 본다.

댕기던 계집이 있다구 하세. 그래 그 계집이 남편이 돌아오니까는 그 딸자식 앞에서 남편과 마주앉아 정절을 말하구 주장하구 한다면? 첫째 왈 그 딸자식이 에미를 신용을 하며, 정절을 배우기보다는 부정하고도 숨기기만 하면 고만이라는 것을 배우구 할 것이 아니겠나? 금세 미국 영국을 악당으루 몰구 황국신민이 되라구 소리 지르구 써대구 하던 그 입 그 붓으루다 방금 또 왜놈이 죽일 놈이요 조선사람은 애국심을 분발해야 한다구 소리 지르구 써대구 하는 걸 백성들이나 특별히 어린 사람들이 보구 무어라구 하겠나?

피난열차를 방불케 하는 부산행 급행열차 안에서 글쟁이, 우익신사, 좌익청년, 농민 등이 우연히 마주앉아 벌이는 이야기는 두말할 깃도 없이 일제상섬기에 친일을 하다가 금방 입장을 뒤바꾼 지식인들을 통렬하게 비판하는 내용이다. 1945년 9월 6일 미군정청에 교통국이 설치되면서 5일 뒤인 11일엔 남북철도도 운행이 정지되었다.

> 월정리를 잠간 거쳐 평강 이르니
> 금강산의 탐승객(探勝客)은 끄치지 않아
> 길을 덮고 팔을 메여 오고가니
> 자동차는 승객 운반 분주하구나

누워 있던 침목은
이제 풀숲에 묻혀버렸다.
풀보다 낮게,
풀보다 깊게,
풀보다 오래.

鐵馬는
달리고 싶다

서울 104㎞   평강 19㎞   성진 478㎞

철마는 '날고' 싶다.

「경원철도가」중 월정리를 그린 이 대목은 해방이 되자 민중들의 현실로 나타났다. 그리고 다시 월정리역이 비극적인 역사의 한 장에 등장하는 것은 길게 누워 있는 철마와 함께이다.

1951년 11월 전선은 월정리를 지나고 있었다. 그 직전 미국의 대규모 집중폭격을 수반한 공중봉쇄전인 이른바 '질식전(窒息戰)'이 시작되었다. 1944년 한반도와 거의 비슷한 지형의 이딸리아에서 이루어졌던 공중봉쇄전을 본뜬 전술이었다. 구체적인 작전은 공군과 해군항공대를 거의 전부 동원하여 전후방을 차단함으로써 전장의 군인들을 질식시킨다는 것이었다. 집중목표는 철도와 도로의 파괴, 그리고 인명 살상이었다. 질식전 초반 중공군과 인민군의 피해는 대단했다. 그러나 그뒤 공습을 피할 수 있는 묘안이 백출하며 미군폭격기의 폭격을 피해 보급작전에 성공한다.

철도는 폭격 대상 1호였지만 이들은 악천후나 야음을 틈타 이동했고, '유격역'을 만들어 효율적으로 수송물자를 내려놓음으로써 공습을 피해나갔다. 유격역은 호치민 루트와 비교할 만하다. 서구인들에게 호치민 루트가 '길 아닌 길'이었다면, 유격역은 '역 아닌 역'이었던 셈이다.

이때 기관사들의 활약이 대단했던 모양이다. 목숨을 걸지 않으면 운전대를 잡을 수 없었던 상황에서 결심을 하고 뛰어든 젊은 기관사들의 행동을 북한에서는 노래를 지어 기억하였는데 노래가 의외로 서정적이다.

노을 비낀 철길 위에 젊은 기관사
기적소리 울리며 기차를 몰았네
포연을 헤쳐온 용감한 그 젊은이
준엄한 그날에도 기차를 몰았네

녹슨 철마와 개똥풀.
내 항상 슬픈 것은
철마의 비극을 모르고도
천연덕스런 아름다움으로 피었다가
이내 지는 저 꽃 때문이다.
내 항상 흐뭇한 것은
잠시 피었다가 질 뿐인 들꽃을
자기의 녹을 내어
아름답게 빛내주는
저 철마 때문이다.

1952년 4월 유엔군은 결국 질식전을 포기했다. 밴 플리트는 기자 회견에서 "유엔군의 공군과 해군이 총력을 기울여 공산당의 보급을 차단하려 했지만 공산당은 믿을 수 없을 만큼 완강하게 물자를 전선으로 운반해 경악"했다고 밝혔다.

1953년 5월 13일과 26일 사이 북측은 정전협정을 종결짓기 위한 1차 공격을 시작한다. 이 기간 동안 월정리는 전투장이었다. 이미 폭격으로 해체된 열차는 이때 총격전의 엄폐물로 쓰여 만신창이가 되었다. 그리고 월정리엔 역사의 시계가 멈었다. 50년을 넘기고서야 경원선에도 봄바람 같은 소식이 들려왔다. 러시아가 경원선 복원에 적극 협력하겠다는. 확인되지 않은 사실이지만 경원선에는 당시 볼셰비키혁명 과정에서 나라를 떠난 러시아인들이 인부로 동원되었다고 한다. 거의 90년이 지나 다시 러시아가 나서서 경원선 복원을 돕겠다니 1백년 전의 역사가 무성영화처럼 살아나는 것 같다. '철마는 달리고 싶다'는 간판을 보고 있노라니 이기영의 『고향』에 나오는 한 구절이 내 맘과 같다.

정거장에서 북으로 떠나는 북행열차가 우렁차게 기적을 불며 검은 연기를 솟구친다. 차는 성난 말같이 코를 불며 무거운 바퀴를 천천히 움직인다. 겨울은 패전한 군대처럼 물러가자 앞내에는 어느덧 얼음장이 풀리고 먼산에 쌓인 눈사태도 녹았다.

철길은 누워 있는 시간이다. 지나온 시간이 과거이듯 다가올 시간은 미래이다. 미래의 길을 묻기 전에 지나온 길의 의미를 되새겨볼 일이다.

한국전쟁 당시 평강, 원산 등 경원선 지역과 경의선 등 지역에서 광범위하게 실시된 세균전, 즉 생물학전은 아직까지도 해결하지 못하고 있는 숙제이다. 9·11사태 이후 미국에서 일어난 탄저균 사건이 세균을 무기로 삼은 사건이었고, 이라크 공격의 명분 중 하나도 생화학무기였다.

존 파월(John Powell)이란 사람이 있다. 그는 중국에서 태어나 제2차 세계대전 중 미국 전쟁홍보국에서 일했다. 그런데 그가 한국전쟁 당시 미군이 세균전을 수행했다고 폭로한 것이다. 그는 반란죄로 기소되었지만, 케네디(J.F. Kennedy) 정부는 그에 대한 기소를 취하한다. 그는 그후 미군과 일본군 사이의 '세균전 커넥션'을 밝혀냈다. 더글러스 매카서(Douglas MacArthur)와 그의 정보참모였던 찰스 윌로비(Charles Willoughby), 미 국무부와 육군, 해군 등이 정책 조정을 위해 설치한 삼성조정위원회(SWNCC) 사이에 교환된 메모를 통해 미군과 일본군 사이에 '빅딜'이 있었음을 발견한 것이다.

한국전쟁 기간에 미군이 세균전을 수행했느냐는 큰 논란이 되었다. 인민군과 중공군은 1952년 1월, 미군기가 지나간 곳마다 전염병이 돌고 한겨울에 느닷없이 모기나 벼룩, 파리가 날뛴다며 미국이 세균전을 벌이고 있다고 주장했다. 그에 따라 국제조사단이 파견되기도 했다. 영국의 학자 조지프 니덤(Joseph Needham)까지 낀 국제조사단은 1952년 3월 하순부터 4월 초순까지 북한은 물론 세균전 흔적이 있다는 중국 동북지방까지 둘러보았다. 조사단은 한겨울 한국의 산악에서 세균에 오염된 파리와 벼룩을 발견해 세균전에 대한 의혹을 제기했다. 그러나 미국은 의혹을 제기하는 인사들을 모두 공산주의자로 몰며 이를 완강히 부인했다.

미국은 1969년 모든 공격용 생물무기 프로그램을 종식한다고 선언했으며, 이 선언 직후 소련·영국 등과 협상을 시작하여 1972년 생물무기금지협약을 체결하는 데 결정적인 역할을 했다. 그러나 미국은 방어용 생물무기 연구는 제외로 한다는 예외조항을 잊지 않았고

협약의 이행을 확인할 수 있는 조치들은 거부했다. 미국의 생물무기 연구작업은 방어용이라는 명분 아래 적어도 2001년까지 계속되었다.

세균이 공격무기라면 이에 대한 방어무기는 위생이다. 북쪽에서 1년 동안의 위생방역활동이 진행되자 미군은 1952년 겨울에 세균전을 종료한다. 그러나 정전이 되었다고 해서 생물학전도 정지된 것이 아니었다. 유행성출혈열은 이제 군대를 갔다오지 않아도 알 만한 이름이 되었다. 유행성출혈열은 비무장지대 인근에서 발생해 전국으로 퍼진 병이다. 이는 온갖 세균의 잡종교배로 만들어진 세균폭탄에 의한 것이니 전쟁은 끝났어도 세균은 살아남아 어떤 방향으로 진화할지 모를 '혼란의 폭탄그물'을 형성한 것이다. 태평양의 핵실험 순간에도 살아남은 강인한 생명력의 상징인 들쥐가 그만 숙주로 변하고 만 것이다. 전방부대에서 유행성출혈열 환자가 발생하면 준비 상사태가 된다. 그러니 유행성출혈열 환자는 전쟁피해자인 셈이다. 풀밭에 누워 푸른 하늘을 바라볼 가을의 동화는 전방지역에서 사라졌다. 일반적으로 알려진 것과는 달리 환경천국처럼 알려진 비무장지대는 전염병의 근원지이다. 이미 완전히 사라진 것으로 알려졌던 광견병이 비무장지대 접경지역인 연천 등에서 지속적으로 발병하는 것이나 양구의 독수리가 군부대 운동장에 시름시름 떨어져 머리를 박고 죽는 사건, 파주군 파평면 금파리에서 처음 발생한 구제역 등 이상 전염병들의 출처가 비무장지대 접경지역이란 사실을 우연으로만 받아들일 수 없다는 게 전문가들의 분석이다. 사정이 이러하니 직접 세균폭탄이 투하된 지역의 피해는 또 어떠할까. 일제강점기부터 미국이 벌인 생물학전의 역사에서 지금까지 가장 큰 피해국 중 하나가 바로 한반도이다.

묵묵히 침목을 하나둘 밟으며 걷다보니 노란 개똥풀꽃이 녹슨 철마에 기대어 피어 있다.

아련한 기억도 결국 역사임을 금강산 가는 철길에서 깨닫는다.

금강산철도

당시 역무원이었던 엄영섭씨의 증언에 따르면, 금강산철도는
1921년 착공하여 1926년까지 창도(昌道)까지 운행되었다. 철도를 부
설한 회사는 철춘철도주식회사로 일본인이 운영하는 회사였다. 이
철도는 당시 일본이 창도에서 생산되는 풍부한 유화철(流化鐵)을 흥
남의 제련소를 경유하여 일본으로 반출할 목적으로 부설하였다.
1921년부터 6년 동안 주민들을 강제로 동원하고 중국인들을 고용하
여 철원역에서 창도역까지 철로를 놓고 운송수단으로 운용했다. 그
후 일제는 1926년부터 1931년 7월 1일까지 창도에서 내금강(內金
剛)까지 50km에 걸친 철로를 연장해 부설하고 전기철도로 전환하면

서 국내외 사람들의 금강산관광과 자원수탈 등을 병행하여 1945년 해방 전까지 운행하였다. 1936년 이래로 금강산전기철도주식회사가 가졌던 운영권을 1942년 1월 1일부터 경성전기주식회사가 넘겨받기에 이르렀다.

그러나 금강산철도를 이용해 창도광산에서 수탈한 것은 유화철이 아닌 중정석(重晶石)이라는 견해도 있다. 중정석은 석고와 비슷하나 진공관, 광학용 렌즈, 화학약품, 제지 등의 생산에 많이 쓰여 1924년부터 광산이 개발되기 시작했다. 그 질이 세계 5위 안에 들어 지금도 북한에선 중요한 수출품 중 하나이다.

1934년 조선송전주식회사가 공동출자로 설립되는데 예정됐던 경성전기가 빠지면서 금강산전철이 7%의 지분을 가지고 참여한다. 조선송전은 장진강(長津江)과 평양 간 송전간선과 평양과 경성 간 송전간선을 완공하여 장진강수전주식회사에서 15만kw의 전기를 구입해 서선합동전기회사와 경성전기회사에 반반씩 공급하였다. 경성전기는 당시의 배전체계에서 중부지역을 담당하고 있었으므로 금강산철도는 경성전기에서 전력을 공급받았을 것이다. 1931년 일제는 '발전송전망 계획'에 따라 조선의 전기사업에 대한 통제를 시작한다. 처음엔 발전과 배전 사이의 송전선을 국영으로 하여 발전, 송전, 배전사업 전체를 통제하려 했으나 조선총독부에 발전소 건설비를 감당할 만한 예산이 없었기 때문에 민영 전기사업을 지원하면서 전력사업에 대한 통제는 배전사업을 통해 관철시켰다. 일제는 제1차 통제 때부터 전국을 네 지역으로 나누어 서선합동전기회사가 조선 서부의 배전을, 남선합동전기회사가 남부의 배전을, 북선합동전기회사가 북부의 배전을 그리고 경성전기회사가 중부의 배전을 담당하는 체계로 기존 전기회사들의 통폐합을 이루어갔다. 경성전기의 경우 1942년 통합이 완료되는데 금강산전철이 이때 경성전기로 흡수된 것이다.

그러나 1937년 중일전쟁으로 전쟁이 확대되어 전력필요성이 극대화되자 일제는 전면적 통제형태로 전환한다. 경성전기가 금강산전철을 인수한 것은 전력통제정책의 결과였다. 이미 이때 일본에서는 전력의 국가통제가 마무리된 상태로 조선에서도 전쟁확대에 따라 군수공업과 직결된 전력통제가 불가피해짐에 따라 1939년 10월 전력조정령(칙령 708호)이 공포되었다. 이로써 조선총독이 전력의 수급에 관한 일체의 명령권을 장악하게 되었다.

일본이 조선민중을 착취하여 건설하고, 그나마 민족자본이 힘을 모아 운영하고자 했던 금강산철도는 일제의 가혹한 전시통제정책으로 결국 실패하고 만다. 총독부가 키운 군수산업과 연결된 독점재벌 탓에 파행화할 수밖에 없었던 역사가 금강산전철에서도 되풀이된 것이다.

1924년 8월 1일 개통 당시에는 철원과 김화 사이에서만 승객을 운송했고, 나머지 구간은 창도광산을 수탈하기 위한 것이었다. 그러다가 1931년 7월 1일이 되어서야 내금강까지 전구간이 개통되었다. 그 예전의 '금강산 유람기'에 등장하는 김화, 창도, 단발령(斷髮嶺), 내금강 노선이 그대로 적용된 것은 금강산전철이 협궤열차로 곡선 반경이 작아 기존 지형을 활용할 수 있었기 때문이다. 금강산전기철도주식회사는 최초의 민간철도회사로 금강산전철을 하루 네 번 왕복 운행하다가 해방을 맞아 운행을 중단했다. 철원역에서 구시가지 쪽으로 갈라져 노동당사 가까이 있는 사요역 터를 지나고 월하리를 지나다보면 교각만 남아 있는 작은 하천이 보인다. 여기서 동철원역과 동송역 터를 지나 한참을 가면 민통선 관광객들이 거쳐가는 제2 검문소 앞 대위리에 '금강산 가는 철길'이라고 씌어진 대위교가 보인다. 검문소를 지나 직진하면 관광버스는 좌회전하여 제2갱도로 향하

금강산선 침목에 새순들이 노래한다. 그러나 침목은 풀에게 제 몸을 맡긴 채 침묵하고 있다.

고, 금강선은 직진하여 양지리, 정연리로 이어진다. 이곳에 들어가려면 군부대의 허가를 받아야 한다. 그 길을 따라가면 왼쪽에 낡은 건물이 파괴된 채 넝쿨에 덮여 있는데 이것이 철원금융조합 정연리지소의 금고방이다.

거기서 지뢰밭이 있는 숲의 군용도로를 지나면 한탄강을 건너는 다리를 만난다. 여기서 오른쪽을 보면 '끊어진 철길! 금강산 80km'이란 글씨가 눈에 들어온다. 금강선에서 가장 규모가 큰 정연리철교이다. 다시 검문소를 통과하면 면회객들만 들어올 수 있는 전선휴게소가 있다. 부부가 오랫동안 농사를 지어가며 운영해온 식당인데 근처 부대에 있는 장병들에겐 잊을 수 없는 추억의 장소로 남아 있다. 이곳에서 계속 이어지는 길이 이전 금강선의 노반(路盤)이다. 왼쪽으로는 남방한계선의 콘크리트장벽이 이어지고 오른쪽으로는 중간중간 검은 현무암이 널려 있는 벌판이 펼쳐진다. 민들레벌판이다. 민들레가 많아서가 아니라 검은 돌을 뜻하는 먹돌이 멍돌로, 멍돌이 민들로, 민들이 민들레로 바뀌어 전해진 말이라 한다. 좀더 가면 군부대 초소가 나온다. 또 가면 유곡리. 금강선 노반은 유곡리의 철조망 앞에서 끊긴다. 여기서 암정리를 지나 너른 벌판의 광삼리와 금강산을 구경하기 위해 아침에 떠나는 동네라는 아침리로 이어진다. 여기서 보면 북방한계선 너머 시선을 압도하는 우람한 산이 나타난다. 오성산이다.

밴 플리트의 김화공세는 바로 이 산을 뺏기 위한 작전이었다. 만일 우리가 1952년 이 철길을 지나왔다면 한국전쟁에서 가장 처절한 전장인 철의 삼각지대 한가운데를 지나온 것이다. 백마고지 이후 미군은 엄청난 공세를 취했음에도 승리를 이끌어내지 못했다. 이 기간 동안 미국의 주요 언론은 '한국전선에서 명분도 없는 싸움에 미군이 쓰러져가고 있다'고 연일 보도했고 대통령으로 당선된 아이젠하워가

1952년 12월 2일 한국을 방문한다.

이 방문은 오늘날까지 미국이 한국에 끼치는 막대한 영향력에 결정적 의미를 갖는 사건이다. 그의 목적은 겉으로는 전쟁을 하루빨리 종결하는 것이었지만, 내심 핵무기 사용을 검토하기 위한 것이었다. 이른바 아이젠하워의 '확전으로 우위를 확보하는 전략'인데, 이 생각에 절대적인 영향력을 끼친 사람이 덜레스 형제이다.

존 덜레스(John Dulles)는 국무장관으로 이미 전쟁 전에 한국을 방문하여 '전쟁이 일어날 기미가 없다'고 하여 국군이 무방비상태가 되도록 유도했다. 그러나 전쟁이 일어나자마자 매카서와 함께 미군의 참전과 삼팔선 이북으로의 북진을 제일 먼저 주장했던 인물이다. 동생 앨런 덜레스(Allen Dulles)는 1947년 중앙정보국(CIA)을 창설한 인물로 두 형제는 국무장관 애치슨(D. G. Acheson)과 더불어 월가(Wall Street)에서 백악관으로 옮겨온 최초의 은행가·변호사 집단 중 일부였다. 이른바 '씨빌리언그룹'(civilian group)이다. 이들의 행보 하나하나는 제2차 세계대전 후에 새로이 등장할 세계체제에 기업이 어떤 역할을 할 것인가를 묻고 있는 듯 보였다. 존 덜레스는 전면전쟁에는 못 미치는 전역(戰域)전쟁에 전술핵무기를 처음으로 배치한 장본인이었는데 그는 이를 '아이크(아이젠하워) 행정부의 뉴룩(new look)정책'이라 이름붙였다. 앨런 덜레스는 CIA의 은밀한 개입을 통해 확전을 부추겼다.

한국전쟁이 벌어지는 동안 이들의 부상은 이후 미국 군부와 씨빌리언그룹 간의 지속적인 갈등으로 나타났다. 군부를 중심으로 한 공화당이 '전투'에서 과격하다면 씨빌리언들을 중심으로 한 민주당은 전략에서 '잔인'했다. 한국전쟁에서 그토록 오랫동안 전선이 교착된 채 한반도가 파괴되기를 기다렸던 것은 매카서 같은 군부가 아니라 덜레스와 트루먼(H. S. Truman) 같은 씨빌리언그룹이었다. 덜레스가 미국에서 갖는 지위는 수도 워싱턴에 도착하면 실감한다.

워싱턴에 있는 두 개의 국제공항 중 하나가 존 포스트 덜레스 공항이다. 어떻게 대통령도 아닌 국무장관에게 이런 권력이 생길 수 있었던 걸까? 매카서는 당장 이기는 데 관심이 있었고, 덜레스는 1백년 후까지 미국의 이익을 창출할 체제를 마련하는 데 관심이 있었다. 미국을 움직이는 국가기획의 한 축은 덜레스 형제의 기획이라고 봐도 과언이 아니다. 한반도에서 그 기획은 어떻게 적용되었을까? 그것은 분단이었다. 때문에 트루먼은 승리만을 추구한 매카서를 해임했고, 한국전쟁은 분단으로 고착화되었다. 1953년 10월 정전협정을 무효화시킨 한미상호방위조약의 서명자가 덜레스였다는 사실도 많은 것을 상징한다.

백악관과 군부가 화해했던 것은 아버지 부시(G.H.W. Bush) 정권 때의 걸프전쟁말고는 한 번도 없다. 소위 핵전략가와 재래전략가의 대립은 미국 군부 읽기의 핵심이다. 현재 아들 부시(G.W. Bush) 정권의 국방장관 도널드 럼즈펠드(Donald Rumsfeld)는 핵옹호론자이고, 국무장관 콜린 파월(Colin Powell)은 재래전 옹호론자이다. 전통적으로 무모한 전쟁을 시도한 것은 재래전을 옹호하는 군부보다 핵전쟁이나 정치적 이유를 앞세우는 씨빌리언그룹 쪽이었다. 한반도에서 남북간의 연방국가 건립운동이 급진전하게 되면 미국은 비핵지대화 선언이나 재래식 군비통제 협상 등 한반도를 완전히 중립화하기 위한 주변국가들의 요구에 어떻게든 대답해야 하는 사태에 직면하게 된다. 미국은 중국과 러시아, 일본이 장래에 한반도에 군사력을 끌어들이지 않기로 공식적으로 서약할 경우 한반도에서 잔여군사력을 철수해야 하고, 그렇게 되면 미국과 중국은 동시에 한국과 북한과 각각 맺은 상호안보조약을 끝낼 수 있게 된다.

6·15선언 이후 한반도에는 화해의 분위기가 무르익어 비무장지

미 항공우주센터에 있는
전략핵미사일
미니트맨(Minuteman).
이곳에선 아이들에게
군복을 입힌 채
체험학습을 시키는 모습이
자주 눈에 띈다.

대를 평화지대로 하자는 요구가 여기저기서 터져나왔다. 내 생각으로는 평화의 축배를 들기 전에 할 일이 있다. 비무장지대를 비핵지대화하는 것이다. 1991년에 걸프전쟁 이후 부시는 재래전 전술을 중심으로 치른 전쟁에서 얻은 자신감을 기반으로 핵전략가들의 입지를 축소시키고 남북이 비핵화선언을 하는 데 강력한 역할을 했다. 그리고 미군이 한반도에 배치한 핵을 철수했다는 발표를 했다. 그러나 비핵화는 핵전쟁의 위협을 완전히 소멸시키지 못한다. 일본에 주둔하고 있는 핵무기들을 발사하겠다고 위협하면 하루아침에 한반도는 핵전장이 될 수도 있기 때문이다. 한반도를 중심으로 한 비핵지대 대화 선언만이 이 지대에서의 핵무기의 배치, 훈련, 발사, 이동 등을 통제할 수 있다.

비핵지대를 설정하는 방법은 비무장지대를 중심으로 한 원형과 타원형이 있는데, 원형은 비무장지대를 중심으로 지름 4천km의 원형으로 설정하는 것이다. 이는 한국, 북한, 타이완, 일본을 주로 포함하므로 정작 중요한 미국이 빠지게 된다. 따라서 알래스카와 타이완까지 포함하는 타원형지대를 설정하면 원형보다 더 진보적인 대안이 될 수 있다. 한반도와 아시아 평화의 실질적 위협은 국가미사일방어체제(NMD)·전역미사일방어체제(TMD)와 더불어 핵문제이다.

이 가운데 NMD는 재래전과 핵전쟁 전략가들의 이해가 일치하는 사안인데 비해, 핵문제는 파월 같은 재래전 중심론자들이 이해를 달리하는 사안이다. NMD보다 핵문제가 빈틈이 많다는 것이다. 따라서 비무장지대를 기점으로 한 동북아시아의 비핵지대화는 미국의 핵옹호론자들에게 큰 갈등을 안겨줄 것이다. 백악관을 중심으로 한 핵전략가들은 재래전을 옹호하는 군부를 지지세력으로 만드는 데 50년을 노력했지만 결국 실패했기 때문이다.

철원군에서는 일찍부터 금강선을 복원하기 위한 계획으로 부산했다. 아무리 보수적인 사람도 금강산으로 향하는 관광선에 타기만 하면 햇볕정책의 지지자가 되더라는 정부관계자의 말이나, 경의선 복원과 백두산과 한라산의 교차관광 등 남북교류의 대부분이 관광인 것을 보면, 관광은 정치다. 많은 사람들이 자연스럽게 참여한다는 점에서도 제법 힘있는 정치행위라고 볼 수 있다. 이곳에 정연리역과 유곡리역이 새로 서고 금강산철도로 오가게 된다면 우리는 무엇을 관광의 주제로 삼을 것인가? 통일·평화·핵, 이 모두를 총체적으로 연관해서 보는 지혜가 필요하나 중심고리는 있을 터이다. 내가 보기에 그것은 핵이다. 조선 후기 금강산 유람기들은 거의 모두 처음을 인생무상을 한탄하는 것에서 시작한다. 홀홀 털고 떠나 단발령(斷髮嶺)에 이르러서 내금강이 한눈에 들어오면 '불국정토(佛國淨土)가 다름아닌 여기로구나' 하고 발길을 재촉한다. 그래서 금강산의 봉우리와 계곡들은 모두 불국정토의 궁궐이 되고 도피안(到彼岸)의 귀의처가 된다. 화려강산이란 말이 금강산처럼 어울리는 곳이 어디 있겠는가? 화려는 눈부신 아름다움이니 역사적 짐을 다 털지도 못한 채과연 그 눈부신 아름다움을 제대로 완상할 수 있겠는가? 속초를 떠나는 금강산호와는 다른 기대가 금강산철도에 생기는 이유이다.

한탄강

한탄강과 철원평야는 뗄 수 없는 관계에 있다. 멀지 않은 곳에서 화산이 열한 번 폭발하며 간헐적으로 쏟아놓은 용암이 철원평야의 기반암이 되었다. 7~8m만 땅을 파고 내려가면 이 지역 사람들이 널개라고 부르는 현무암괴가 나타난다. 이 널개가 있어 뛰어난 배수시설의 역할을 하고 구조곡인 한탄강이 있어 홍수에 의한 범람을 모르는 천혜의 곡창이 바로 철원평야다. 탄식의 의미와 큰 강의 의미를 모두 품고 있는 한탄강(漢灘江)은 탄식의 역사를 딛고 큰 강물을 이룰 수도, 큰 강물을 이루었다가 한탄의 좌절로 추락할 수도 있다는 극단의 긴장을 안고 흐른다.

나는 한탄강을 '보지 말고' '들어보라고' 권하고 싶다. 고석정(孤石亭) 내려가는 곰보돌계단 어디쯤엔가 서면 돌에 부딪히며 흐르는 물소리가 협곡의 벽과 만나 울림통처럼 들려온다.

물소리는 물이 바위나 자갈 같은 장애물을 만나 생긴 기포가 터지면서 난다. 구멍 많은 현무암에 부딪히며 자신을 터뜨려 해방시키는

쉼없이 흐르는 물의 본성과 현무암에 부딪혀 터지는 한탄강의 아우성은
좌절과 이상을 운명으로 한 철원사이다.

물소리는 차라리 아우성에 가깝다. 사람은 역사에서 배운 것을 문명
으로 창조하기도 하지만, 자연에서 은유하고 음미하기도 한다. 그래
서 사람은 인생의 유장함을 강에서 음미하고, 운명의 숙연함을 산에
서 은유해보는 것이 아닌가. 철원의 역사가 이 강을 중심으로 바뀌
고 이어지는 동안 사람은 강물에 제 얼굴을 비춰 자신임을 확인했
고, 역사는 강이 되어 돌아보지 않고 흘렀다. 그렇게 들어온 저 물소
리, 나는 다시 그 물소리의 아우성에서 함성을 듣고 절규를 듣는다.
그리고 지그시 눈을 감고 계곡을 울리며 낮은 데로 무리 지어 내려
가는 물소리의 장엄한 행렬을 본다.

　　그러나 아직도 한탄강에서 끝나지 않은 전투가 있으니 화학전이
다. 1951년 5월 6일부터 B29전투기들은 가스폭탄을 투하하기 시작

했다. 캐나다의 역사학자 에드워드 헤이저먼(Edward Hagerman)과 스티븐 엔디컷(Stephen Endicott)은 비밀 해제된 문서를 근거로 『미국과 생화학전』이란 책을 펴 화학전을 폭로했다. 또한 1968년을 전후하여 베트남전쟁에서와 마찬가지로 한국의 비무장지대에 고엽제가 뿌려진 것을 확인하며 화학전의 악몽을 되살려냈다.

베트남에는 전쟁박물관 외에 전쟁범죄박물관이 있다. 프랑스와 미국의 전쟁범죄를 낱낱이 밝혀놓고 있는 곳이다. 이곳을 가장 많이 찾는 관광객이 프랑스인과 미국인들이니 박물관은 제 몫을 다하고 있는 셈이다. 여기서 나는 오렌지색 고엽제폭탄을 보았다. 작고 예쁜 이 폭탄을 볼 때는 몰랐는데 그 옆방에 진열된 고엽제피해자들의 사진과 고엽제의 후유증으로 몸이 붙은 채 태어나자마자 숨진 태아

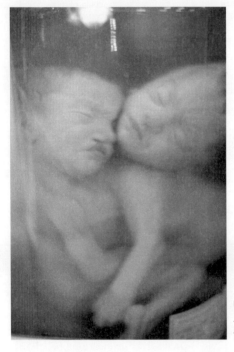

베트남 전쟁범죄박물관에서 본 그 아이들. 전쟁은 종전선언으로 끝나지 않는다.

의 포르말린 병 앞에선 나도 모르게 고개를 돌리고 말았다.

피기도 전에 진 생명체의 얼굴표정을 본 것이다. 아픔이란 그렇게 추한 것이다. 그러나 그 추함을 사랑하지 않을 수 없게 만드는 역사는 참으로 잔인하다.

지난 1968~69년 사이에 한국의 비무장지대 일대에는 주한 미군의 주도하에 약 8만리터(315드럼)의 고엽제가 뿌려졌다. 그 당시 주한 미군사령부가 작성한 「식물통제계획서」에는 주한미군이 미 국무부의 승인을 받아 한국정부와 논의한 후 고엽제를 살포한 것으로 기록되어 있다. 한탄강 상류인 김화읍 생창리에서는 주민들이 신통하게 풀을 쓰러뜨리는 이 가루를 얻어다가 논밭에 뿌렸다. 한국휴전선고엽제피해자연합 회장인 장을기(張乙基)씨는 금강산철도의 남쪽 마지막역이 있었던 유곡리에서 근무했다. 고엽제는 철원뿐 아니라 비무장지대 전지역에 살포되었다. 부대창고에 가득 쌓아두고 철모에 분배받아서 할당량만큼 뿌리고, 또 뿌리는 식의 작업을 반복했다. 동부전선처럼 산악지대에서는 물조차 귀해서 작업을 하고 나서 땀과 흰가루가 범벅이 된 몸을 씻을 생각조차 못했는데 제대하고 시간이 흐를수록 전신이 마비되고 당뇨가 생기며, 그들의 자식 중 어떤 이는 이름 모를 병을 앓아가곤 했다.

미국은 10여년 전에 핵확산금지조약(NPT)과 더불어 화학무기금지조약(CWC)을 주도하려고 했다. 한국은 미국의 입장에 따라 서둘러 이 조약에 가입했다. 화학무기는 매우 저렴한 가격으로 만들 수 있는 대량살상무기로 핵무기가 확산되는 것만큼 미국의 군사패권에 위협이 된다는 것이 이를 주도한 미국의 생각이었다. 특히 북한과의 전쟁씨나리오를 검토할 때 미군은 핵무기와 더불어 대량의 화학무기를 사용할 것이라는 전제에서 출발한다.

미국은 평시의 한반도에 고엽제를 살포하여 가장 많은 고엽제 피해자를 생기게 했던 것이다. 이들 피해자와 생태계 오염에 대한 어떠한 배상책임도 지지 않고 추진하는 '화학무기의 개발·생산·비축·사용금지 및 폐기에 관한 협약'(화학무기금지조약)이 성공할 리 없다. 네덜란드 헤이그에 있는 유엔 화학무기통제위원회 건물은 삼엄한 경계를 펴는데, 위원들을 향해 접근하는 각국의 로비스트들을 막기 위함이라고 했다. 아직까지 이런 국제기구들이 패권국가의 전횡을 막을 만큼 강하지는 않다. 그래도 로비스트들을 막기 위해 삼엄한 경계를 서고 있는 경비들이 오히려 마음이 놓이게 했다. 고엽제 피해자들에 대한 배상전망이 순탄한 듯하다가 미국정부가 한국정부에 책임을 떠넘기면서 공전되고 있다. 한반도와 세계 평화의 도도한 강물은 한탄강에 손짓한다. 합류하여 같이 흐르자고.

궁예와 통일미학

종이의 접힌 금이 두려워 펴볼 엄두를 못내는 게 실패한 사람의 마음이다. 그러나 접혔던 마음을 다시 펴게 하는 것은 비극의 힘이다.

포천군 관인면 중리의 보개산(寶蓋山)과 연천의 환희봉을 마주하는 골짜기에 궁예산성이 있다. 왕건(王建)의 배신으로 쿠데타가 일어나자 궁예가 자신을 따르는 군사들과 함께 싸우기 위해 쌓은 성이다. 보개산에만 서른한 곳의 성터가 있고, 궁예(弓裔)의 궁궐터가 남아 있는 것을 보면 궁예 측과 왕건 측 간의 싸움은 『삼국사기』의 기록보다는 오랫동안 지속되었던 모양이다. 비무장지대 안에 궁예의 황궁터가 있다고는 하나, 우리 눈으로 볼 수 있는 곳은 그래도 이 산성뿐이다.

누군가 꿈이 모이면 현실이 된다고 했다. 허나 현실에서 패배하면 꿈꿀 자유마저 빼앗기는 게 역사였다. 이는 꿈의 뿌리가 현실에 있

포천군 보개산에 있는 궁예산성.
왕건에게 배신당한 궁예가 후퇴하여 쌓은 산성으로 고구려식 성 쌓기 방식을 보여준다.

음을 말한다. 꿈꿀 수 있음은 현실에서 새로운 관계의 가능성을 발견했음을 의미한다. 원대한 꿈일수록 현실의 패배를 딛고 일어나게 하지만, 원대했던만큼 좌절의 상처도 크니 결국 꿈은 크기보다 질이 중요하다. 얼마나 많은 현실의 가능성을 품었는가가 아니라, 얼마나 본질적인 가능성에 뿌리내리고 있는가가 중요한 것이다.

미륵보살은 석가가 구제하지 못한 중생을 마저 구제하기 위해 오는 보살로, 보살이 성불하면 미륵불이 된다고 했다. 미륵보살이 원대하다면 미륵불은 본질적이다.

궁예가 미륵불을 자처한 것은 상상력이 원대했기 때문이 아니라 현실에 대한 투철함 때문에 가능했다. 부처도 구하지 못한 중생을 부처가 되게 하는 것이 미륵불이라면, 그가 본 것은 꿈으로서의 보살이 아니라, 현세의 주인으로 나서고 있던 민중이었을 것이다.

구제나 교화의 대상이 아니라 주인인 민중을 발견했다는 것은 태봉국(泰封國)의 권력구성에서 잘 드러난다. 태봉국을 구성한 사람의 절반은 민중세력이었다. 왕실과 호족에 인연이 없던 미륵계 승려들과 신라 말 농민반란의 실패 후 초적(草賊)이 되어야 했던 무장세력이 그 반이었고, 이들에 합류한 호족세력이 나머지 반이었다.

미륵사상은 인도에서 중국을 거쳐 들어온 것이다. 우리나라에 이르러서는 미륵이 화랑으로 화현했다는 설화도 있었고, 김유신이 이끄는 낭도를 용화낭도(龍華郎徒)라고도 했다지만 이들 지배층의 뒤를 이은 미륵세력은 없었다. 그들이 본 것은 꿈꿀 자유에서 빚어낸 보살이었지 현실에 살아 있는 민중은 아니었기 때문이다. 원대함은 본질적인 것만 못하고, 본질적인 것은 살아 있는 것만 못하다. 궁예의 미륵은 그것을 다 갖추고 있었으니 비록 꿈일지언정 1천년간 살아 있는 꿈이다. 궁예의 저술이 20여권을 넘었다고는 하나 모두 분서(焚書)된 것이고 보면 민중들이 궁예에게 얻은 것은 분명 이념은

궁예가 왕건에게 쫓겨 후퇴한 길. 산 너머 비무장지대가 있고 궁예의 철원 황성터가 있다.
그곳에서 군대를 이끌고 담터계곡을 지나 이곳 보개산성까지 후퇴한 것으로 추정된다.

아니다. 반면 인도와 중국 어디에서도 시도된 적이 없는 미륵불의
출현과 미륵국가의 실현은 지울 수 없는 역사요 기억이기에 민중들
은 그에 의거하여 미륵의 이상을 이어온 것이다. 이념이 논리적이라
면 이상은 살아있는 형상이고, 희망이 살아있는 상이되 사소한 요구
라면 이상은 전망적이고 원대한 요구이다.

　궁예의 이상이 1천년간 생존한 것에 비해, 이념은 분단과 함께 혹
독하게 그 허리를 꺾이고 말았으니, 메마른 이념의 궤적이 아니라
생생한 이상에서 통일의 꿈을 찾고자 할 때 나는 궁예가 떠오른다.

　궁예의 사상적 궤적과 관련해 우리가 알 수 있는 사실은 그가 미
륵불을 자처했다는 것과 미륵관심법(彌勒觀心法)을 사용하였다는
것이다. 『삼국사기』에는 궁예가 저술한 불경의 내용 일부가 전해진
다. 그에 따르면 지나간 세상에 미륵이 석가와 함께 도를 닦았는데
먼저 도를 이루는 자가 세상에 나가 교를 펴고 다스리기로 하였다.

하늘을 꿈꾸는 마른 들풀들. 이상을 품은 이들의 운명처럼 들풀도 말라죽거나 꺾였을 것이다.
그러나 봄이 되면 들풀은……

한 방에서 자면서 무릎 위에서 모란꽃이 먼저 피는 자가 이기는 것
으로 내기의 원칙을 삼았던 것이다. 그날 밤 석가가 거짓으로 잠든
체하고 미륵을 바라보니 무릎에서 꽃이 피어오르고 있었다. 이에 석
가는 도둑의 마음으로 그 꽃을 꺾어 자기 무릎에 꽂았다. 미륵은 이
사실을 알고 석가에게 더럽다고 욕하면서 먼저 세상을 다스리라고
하였다. 그러므로 석가시대에는 사람들이 도둑의 마음을 가지게 되
었으며 지금이야말로 미륵인 궁예의 시대라고 주장하였다. 궁예는
불교 공동문명권에서 일찍부터 회자되던 미륵을 전혀 새로운 차원
에서 재해석함으로써 민족문명이 도약할 수 있는 기회를 제공했다.
　공동문명권의 성과를 민족문명권으로 흡수하여 재창조할 수 있었
던 것은 그가 민중이라는 새로운 존재를 깨닫고 있었기 때문이다.
그러나 민중과 부처의 불이(不二)를 인식한 화엄(華嚴)사상의 아미
타불이나 비로자나불(毘盧遮那佛)에 비해 미륵불은 다른 점이 있다.
　아미타불이나 비로자나불이 역사적 존재인 석가여래와 달리 관념

이 만들어낸 추상적 불성이라면 미륵은 석가처럼 역사적 존재이면서 구체적 형상이 있는 미래불(未來佛)이란 점이다. 때문에 대중성과 불성의 통일을 관념에서가 아니라 구체적으로 형상할 수 있는 조건이 미륵불에서는 성립된다. 궁예는 미륵불을 자처함으로써 민중성과 불성을, 종교와 정치를 통일시켜 전혀 새로운 불교의 가능성을 열어놓은 것이다.

궁예가 말한 미륵관심법의 실체가 무엇인지는 정확히 알 수 없다. 불타버린 20여권의 경전 속에 그 실체가 있을 것이기 때문이다. 그러나 다른 경전을 통해 상상해볼 자유까지 사라진 것은 아니다. 원효(元曉)는 『미륵상생경종요(彌勒上生經宗要)』에서 "관(觀)은 전념으로 관찰하는 삼매를 말한다"라고 했다. 심법(心法)은 유식학(唯識學)에 그 개념이 있는데, 심소(心所)와 심왕(心王)을 모두 일컫는 말이다. 심소란 마음의 개별적인 속성으로 심리와 의식을 가리키고, 심왕은 마음의 본성으로 개별적인 작용의 근본이 되는 아뢰야식(阿賴耶識)을 말한다.

관심법이란 마음의 연관을 삼매하는 것인데, 삼매(三昧)란 평온하며 집중된 상태이므로 심법에서 아뢰야식과 통한다. 『삼국사기』는 미륵관심법을 독심술로 표현하고 있는데 실제로 인간의 평상적 뇌파상태인 베타파보다 더 깊은 알파파 상태에서는 투시나 독심, 염력 같은 초정신적 현상이 가능한 것으로 보고되어 있다. 또한 아뢰야식은 온갖 현상의 종자를 모아 표상으로 현출시킨다고 했다. 이 말은 아뢰야식이 논리적인 것이 아니라 형상적인 것임을 말한다.

베타파 상태에서의 인식활동은 가설과 회의를 통해 진실을 검증한다. 달리 말하면 대비를 통해 대상을 분석한다. 그러나 알파파 상태에서는 '살아있는 형상'을 통해 진실에 접근한다. 달리 말하면 유비를 통해 대상을 비유한다. 논리는 가치가 개입되면 혼돈에 빠지지

갈 때마다 흐려지던 날씨는 또 어두운 구름을 몰아오고 있었다.
울음산의 하늘이 꼭 울고 있는 것 같다. 아니나다를까 금방 비가 되어 내린다.

만 '살아있는 형상'은 가치가 개입되면 추동력을 갖는다.

중국 선종의 신수(神秀)는 『관심론(觀心論)』이란 책을 썼는데 그는 이념의 본질을 '관심'이라고 하였다. 관심법이 이미 불교문명권의 방법론으로 정착되어 있었음을 알 수 있다. 궁예는 이러한 관심법을 어떻게 민족문명의 성과로 흡수했을까? 미륵관심법이란 말에서 그 단서를 짐작해볼 수 있다. 어법상 관심의 주체가 개인이 아니라 미륵이라고 해석해볼 수 있지 않을까. 미륵은 이미 민중의 염원을 집중하여 성불한 존재이다.

미륵을 자처한 궁예가 민중들의 본질적인 이해와 요구를 집약하고 관통할 수 있는 걸출한 존재였다면 그것을 통해 민중들을 추동해낼 수 있는 능력이 있었을 것이다. 그가 논리나 신앙에 머물지 않고 정치와 군사까지 확장시킨 것은 사람의 추동력을 가장 극대화하는 정치의 기능을 정확히 파악했기 때문이리라. 만약 그랬다면 '미륵' 관심법은 민중을 서서히 파악해가는 점법(漸法) 대신, 순식간에 깨우치는 돈법(頓法)이 핵심이었을 것이니, 점수(漸修)의 진화보다는 돈오(頓悟)의 비약에 더 무게가 실렸던 셈이다.

그러니 궁예의 미륵관심법은 단순한 독심술이 아니라 민중과 고락을 함께하며 창조된 '살아있는 전망'이었다는 것이고, 달리 말하면 이는 '이상'이었다. 그의 이상은 태봉국의 성립으로 더욱 생생하게 현실에 뿌리내리게 되었고, 고려의 이금(伊金), 조선의 여환(呂還)이 그 뒤를 이어갔던 것이다. 그러나 그들 모두 궁예만 못했다. 누구도 국가권력에까지 뿌리내리진 못했기 때문이다. 그런 점에서 궁예는 10세기적 인물이기보다는 19세기적 인물형의 조건을 갖추고 있다. 때문에 그의 패배에도 불구하고 우리 역사는 고대사를 청산하고 중세사로 나아갈 수 있었다. 시대를 앞서간 사람들의 운명이 그렇듯 그의 이상은 민중세력보다는 호족세력이 득세할 수밖에 없었던 시대의 한계에 부딪혀 좌절하고 말았다. 비극을 아름답다고 하는 것은 패배했지만 그 안에 원대하고 본질적이며 살아있는 '이상'이 있기 때문이다.

통일을 국시(國是)로 하자고 해서 현역 국회의원이 철퇴를 맞았던 때부터 남한의 대통령이 조선인민군에게 정식사열을 받기까지 통일을 향한 끈질긴 움직임을 일궈낸 밑바탕에는 바로 이러한 민족문화와 사상이 밑거름이 되어 있었다. 천년이 흐른 뒤에도 우리의 꿈은 이루어진다는 원대한 사상, 즉 통일미학의 시작이다.

광주산맥에서 뻗어나와 철원평야 동남단을 위압하고 웅장한 자태를 자랑하는 '울음산'은 왕건의 배신으로 혁명에 실패한 궁예의 슬픈 전설 때문에 붙은, 명성산(鳴聲山)의 다른 이름이다. 웅장한 산세에 서려 있는 슬픔의 명성산을 단 한마디의 미학용어로 표현하라면 비극미란 단어만큼 적합한 것이 없을 것이다.

전쟁범죄박물관과 홀로코스트박물관

호치민시에 있는 전쟁범죄박물관은 미군범죄의 진상을 폭로하기 위한 곳이다. 미군이 베트콩의 목을 잘라 들고 있는 장면, 베트콩 포로를 자동차에 매단 채 질주하거나 헬리콥터에서 떨어뜨리는 장면 등 끔찍한 사진들이 미군에게 노획한 무기들과 함께 두 개의 방에 가득 전시되어 있다.

제1관에는 베트남전쟁은 패배한 전쟁이라는 당시의 국방장관 맥나마라(R. McNamara)의 회고록 문장이 적혀 있고, 제2관에는 미군의 만행사진 끝에 자유와 인권, 세계의 평화를 위한다는 미국 헌법의 전문이 있어 미국이 스스로 자국의 헌법정신을 위배했음을 비판한다.

과거 미군 소유의 건물이었던 이 박물관의 전시실 뒤편에는 베트콩 포로들을 신문했다는 비밀감옥이 천장이 뜯겨나간 을씨년스런 모습으로 남아 있다. 각 감방의 씨멘트 침상에는 포로의 발목을 묶었던 철제 족쇄가 녹슨 채 박혀 있고 벽마다 '통일'과 '승리'를 절규하는 듯한 낙서가 있다. 베트남 정부가 전쟁박물관과 별개로 전쟁범죄박물관을 만든 것은 전쟁을 증오하지 않고 평화를 말하는 것이 얼마나 위선인가를 보여주기 위한 것 같았다.

그 옆에는 새로 지은 고엽제피해박물관이 있다. 오렌지색 띠를 두른 통에 담겼다고 해서 '에이전트 오렌지'라는 이름이 붙은 고엽제. 그 화학약품은 자궁암을 유발하고 각종 기형아를 양산하면서 베트남인들에게 끊임없는 고통을 안겨준다. 호치민시에서 가장 큰 병원인 투도산부인과에서 한 해에 태어나거나 사산된 기형아만 165명이다. 병원 2층 전시실에는 이곳에서 사산된 온갖 기형아들이 수백개의 유리병에 담겨 있다. 기형아 출산이 언제 멈추게 될지 아는 사람은 아무도 없다.

베트남 중부 밀라이(My Lai)마을에는 '밀라이양민학살박물관'이 있다. 미국 종군기자 세이무어 허시(Seymour Hersh)가 폭로해 세상을 경악시켰던 밀라이학살사건을 전시하고 있다. 아무 죄의식도 없는 모습으로 불을 지르고 사람을 죽이는 사진들에서 전쟁의 잔혹함을 뼈저리게 느낀다. 미군의 양민학살의 상징이 된 이 박물관은 민간인들의 손으로 지어져 그 의미가 더욱 선연하다.

한편 1993년 4월 개관한 홀로코스트박물관의 관람객들은 엘리베이터 안에

호치민시 전쟁범죄박물관에 전시된 고엽제

서부터 어둠으로의 여행을 시작한다. 4층까지 올라가는 동안 48년 전, 독일에 파견되었던 미군 병사들의 목소리가 들려온다. 그들은 길에서 공포에 질려 비틀거렸다고 말한다. 엘리베이터 문이 양쪽으로 갈라지면서 벽면 크기의 대형 사진이 관람객들을 맞는다. 사진 속에는 숯처럼 타버린 주검들이 장작처럼 차곡차곡 쌓여 있다. 이곳은 고통스런 역사적 사실을 일깨움으로써 보는 이를 괴롭게 한다. 건축물과 체험이 공존하는 홀로코스트박물관은 나찌의 사악한 만행이 있었기에 세워졌지만 걸작품이라 할 만하다.

뉴욕에도 1997년 9월 홀로코스트박물관이 문을 열었다. '유대인유산박물관: 홀로코스트의 산 증언'으로 명명된 이 박물관은 3층인데, 각 층은 '유대인의 삶과 전통' '홀로코스트' '재탄생'을 주제로 꾸며졌으며 사진 2천여점과 유물 8백여점이 전시되어 있다. 유대인박물관은 50여개에 달한다. 하지만 미국의 '홀로코스트 붐'은 이스라엘의 온당치 못한 정책을 정당화하고 유대인의 지위를 확고히하려는 등 부당하고 이기적 목적에 동원되고 있다.

워싱턴의 홀로코스트박물관은 팔레스타인 독립에 호의적이었던 전 대통령 카터가 유대인의 불만을 무마하기 위해 건립을 약속해서 세운 것이다. 사실 워싱턴에는 유대인 학살을 반성하는 박물관보다는 흑인노예 학대와 인디언 학살을 반성하는 박물관이 훨씬 어울린다. 홀로코스트를 팔아 먹고사는 산업은 과거에 유대인들이 겪었던 아픔을 착취하는 것과 마찬가지이기 때문이다.

평화와 홍익을 찾아

강화

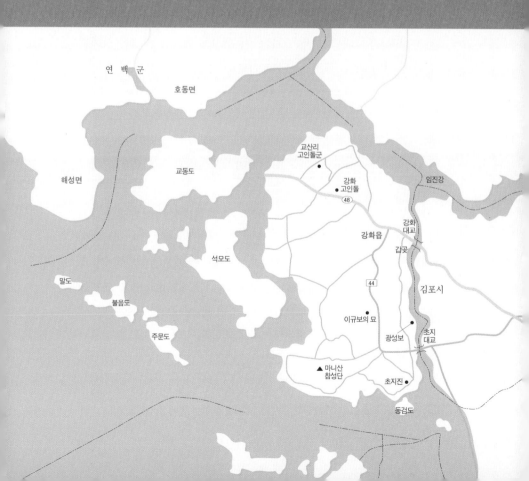

연백군

호동면

해성면

교동도

교산리
고인돌군

강화
고인돌

48

임진강

강화
대교

강화읍

갑곶

말도

석모도

44

김포시

불음도

이규보의 묘

초지
대교

주문도

광성보

▲ 마니산
참성단

초지진

동검도

부근리 고인돌과 통일미학

우리는 그간 통일을 정치나 경제의 측면에서만 접근했다. 그러나 금강산으로 관광을 떠나고, 남북의 대규모 인원이 오가는 통일시대는 '요구하는' 시대를 넘어 '즐기는' 시대이다. 통일을 즐기는 시대를 더 활짝 열기 위해서는 지루한 논리보다 아름다움의 추진력이 필요하다. 통일의 미학을 건설하는 데 역시 그 바탕은 민족미학이다. 민족미학의 가장 원초적 소재 중 하나가 바로 고인돌이다. 고인돌은 우리 문화유산의 거대한 창고에 최초로 등장한 독창적인 재산이다. 통일미학의 목표이자 추동력인 민족미학의 보고에 고인돌을 재평가하여 올려놓는 일은 그래서 중요하다.

부근리 고인돌은 북방식으로 분류되는데 북방식과 남방식의 형식적 차이는 굄돌〔支石〕을 쓰느냐, 바둑판처럼 작은 돌을 네 귀퉁이에 받치느냐이다. 그러나 더 본질적인 차이는 시신을 땅에 묻는가 땅위에 놓는가이다. 매장문화는 농경문화이고, 비매장문화는 기마문화이기 때문이다. 농경문화는 이전에 없던 공간 개념을 만들어냈다.

부근리 고인돌의 측면에 서서 보면 뒤쪽은 덮개돌과 굄돌의 끝이

농경은 천문을 낳았고, 천문은 권력을 낳았고, 권력은 새로운 고인돌을 낳았다.

일치하는데 앞쪽은 굄돌에 비해 덮개돌이 튀어나와 있다. 즉 덮개돌 아래에 여유공간이 만들어진 것이다. 이 공간은 무엇일까? 북한에서 발견된 고인돌과 비교해볼 때 이 공간은 문에 해당하는 공간이다. 죽은 자를 산 자와 함께 살게 할 뿐 아니라 산 자가 그와 만나기 위한 통로를 설정한 것이다. 이로써 산 자와 죽은 자의 소통이 이루어지고, 죽은 자에 의한 통치가 가능해진다. 새로운 공간 개념의 창안은 시간 개념의 창안이다. 결국 과거를 통해 현재와 미래를 지배하는 게 가능했으니 말이다. 무덤의 공간은 사회를 지배하는 구심이 되었고, 여기서 창안된 시간 개념은 역사를 지배하는 뿌리가 되었다.

고인돌 정면에서 한 점에 시선을 고정하고 서서히 물러나보면 고

고인돌의 문(門)인 듯한 부분. 문은 권력이다. 삶과 죽음을 갈라놓은 면에서 그렇고
그들을 다시 연결시키는 대목에서 더욱 그렇다.

인돌이 눈에 가득 들어오는 한 지점에 서게 된다. 그 지점에서 몸을
서서히 낮추면 고인돌을 우러러보게 되는 또 하나의 위치를 발견하
게 된다. 그 위치는 거의 땅에 닿은 지점이다. 관광객의 입장이 아닌
당시 사람들은 바로 그곳에서 이 무덤을 바라보았던 것이다. 실제
사진모임을 했던 사람들도 대부분 고인돌의 뒤에서 찍는다. 뒤쪽이
밭을 만드느라고 사람 키만큼 내려가 있기 때문이다. 땅에 가까운
지점에서 올려봐야 그 웅장한 자태가 가장 잘 드러나는 것이다. 또
두 개의 굄돌이 60도 정도 기울어져 있는데, 직각으로 굄돌을 세워
놓았을 때보다 웅장한 느낌이 더해진다. 굄돌에 기울기를 준 것은
다른 고인돌에서도 발견된다.

　내가 고인돌에 빠져든 것은 바로 이 기울기 때문이었다. 모델이론
이란 것이 있다. 연구하고자 하는 사물의 모델을 실제와 가장 유사

기운 굄돌에 기운 상석으로 균형을 이룬 이 절묘한 원리를
한마디로 말하자면 '부조화의 조화'이다.

하게 만들어가면서 사물의 법칙을 밝혀내는 방법론이다. 과학과 미
학을 결합할 수 있기 때문에 나는 이 방법에 호감을 갖는다. 고인돌
도 모델을 만들어보기로 했다. 비슷한 돌을 뒤뜰에 날라다 쌓을 때
까지만 해도 이렇게까지 해볼 필요가 있겠는가 하는 자문이 있었다.
그러나 고인돌을 몇번씩 쌓아도 쓰러지는 것을 보고서야 경솔함을
후회했다. 고인돌을 기울어지게 세우는 것은 우연하게 될 수 있는
것이 아니었다.

억지로 버팀돌을 대서 고인돌을 세워놓고 어떻게 기울어진 채 고
인돌이 서 있는지를 궁리했다. 내가 아는 모든 과학이 동원되었다.
그러던 중 기울어진 굄돌이 땅과 직각을 이루고 있음을 깨달았다.
'피타고라스의 정리'가 연상되었다. 그런데 기원전 1천년경, 고조선
시대에 피타고라스의 정리 같은 것이 있었을까.

중국에는 있었다. 천문학서인 『주비산경(周髀算經)』과 『진서(晉書)』에 나오는 '구고현(句股弦)의 정리'가 그것이다. 고(股)란 허벅지를 뜻하는데 무릎을 구부렸을 때 만들어지는 삼각형에서 추상된 것이라 한다. 구(句)는 밑변이고 현(弦)은 빗변이다. 구와 고로 현을 구하는 방법이다. 그러나 『진서』는 당 태종 때 만들어진 책이니 고조선보다는 시대가 한참 지난다.

이에 비해 『주비산경』은 기원전 1천년경 전국시대 이전인 주(周)나라 때로 올라간다. 피타고라스의 정리가 기원전 5백년경에 만들어졌으니 그보다 5백년 정도 앞선다. 고조선은 중국과 인접해 있었고 은(殷)나라를 무너뜨리고 주나라가 서던 초기의 역사를 기록한 『서경(書經)』에는 훗날 기자조선(箕子朝鮮)의 주인공이 된 기자의 고사가 전한다. 기자는 청동기문명의 고대국가인 은나라의 엘리뜨로 주나라 무왕(武王)이 고조선의 제후로 책봉한다. 무왕이 기자를 찾아가 우왕(禹王)이 하늘에서 받았다는 국가 경영의 아홉 가지 근간인 '홍범구주(洪範九疇)'에 대하여 설명을 듣는 대목이 있다. 그중 네번째 항목이 천문역법에 관한 이야기이니 이미 이때 『주비산경』 같은 천문역법에 관한 세련된 체계가 존재했음을 알 수 있다.

그러나 주비산경의 기하학만으로는 기울어진 고인돌을 설명할 수 없다. 고작 할 수 있는 것이라고는 굄돌 사이에 채울 흙의 양과 인력이 얼마나 동원되었는가를 계산해내는 정도이다. 기하학이 아닌 역학의 개념이 필요했던 것이다.

수소문 끝에 만난 건축공학자인 김인성 선생의 도움으로 이 문제를 해결했다. 김선생에 따르면 기울기가 아니라 기울어지게 하려는 힘이 문제였다. 이를 '모멘트'(moment)라 한다. 예컨대 손으로 막대기의 중간을 잡으면 균형을 잡기가 쉽다. 그런데 막대기의 끝을 잡으면 똑같은 힘을 주었어도 막대기는 한쪽으로 기울어지려 한다. 모든 힘은 모멘트와 함께 존재한다. 그런데 막대기의 중간을 잡았을 때는 모멘트가 0이 되기 때문에 힘만 작용하는 것처럼 느껴질 뿐이다. 그러나 막대기의 끝을 잡으면 모멘트가 극대화되기 때문에 한쪽으로 기울게 되는 것이다. 때문에 굄돌의 기울어지려는 힘을 상쇄해서 0이 되어야 고인돌은 기울어진 채 서 있을 수 있게 된다. 굄돌의 기울어지는 힘을 상쇄해주는 것은 상석(床石)의 기울기이다. 상석이 기울어져 있어야만 굄돌의 모멘트를 상쇄할 수 있는 것이다.

어쨌든 기울어진 고인돌이 서 있을 수 있는 조건은 세 가지이다. 상석이 무거울수록, 상석이 기울수록, 굄돌이 낮을수록. 다시 공식에 따라 고인돌을 쌓았다. 성공했다. 고인돌은 너무나 아름답게 기울어진 채 섰다.

고조선의 기록 어디에도 이런 고도의 역학공식이 남아 있지 않다. 그러나 고인돌을 이렇게 세우려면 직관적으로든 논리적으로든 이 내용을 이해해야 한다. 『주비산경』의 기하학만으로는 고인돌을 세울 수 없지만 이 고인돌 역학에는 『주비산경』의 '구고현의 정리'가 응용된다. 즉 기울어진 물체의 힘인 작용점은 2/3 지점이다. 이 지점에서 바닥의 핀까지가 빗변의 길이가 되고 기울어진 각도에 따라 핀에서 힘 작용점까지의 거리가 결정된다. 중력에 의해 힘은 직각으로 작용한다. 직각삼각형의 원리이다. 단 직각삼각형의 원리가 기하학이 아니라 역학에 적용된 것이다. 당시 고조선의 과학수준이 이 부분에서만큼은 탁월했다는 증거이다.

나는 고인돌을 틈만 나면 보고 또 보았다. 그러다가 새로운 의문이 생겼다. 왜 이렇게까지 힘들게 기울기에 집착했던 것일까. 부근리에는 상석 없이 서 있는 15번 굄돌이 있다. 굄돌의 높이나 기울어진 각도가 137호 고인돌과 비슷하다. 상석은 어디에 있을까? 나의 추정으로는 이 굄돌은 처음부터 하나였다. 실험용이었던 것이다. 고인돌이 오래되어 붕괴된 경우라면 이 정도 규모의 고인돌은 반드시 그 자리나 멀지 않은 곳에서 그 잔해가 발견되어야 한다. 아니면 누군가 굴삭기 같은 큰 장비로 들고 간 것이다. 그러나 앞서 본 것처럼 상석 없이 굄돌이 기울어진 채 서 있을 순 없다. 즉 상석을 들어내는 순간 이 굄돌도 쓰러졌어야 한다. 고인돌은 세 개의 돌로 구성되지만 기울어진 채 건축되는 순간부터 한 물체이기 때문에 어느 하나만 이상이 생겨도 무너지게 되어 있다. 때문에 부근리식 고인돌은 굄돌을 기울여놓고 그 위에 상석을 올리는 것이 거의 불가능하며 수직으로 세운 굄돌 위에 상석을 올리고 한쪽을 밀거나 잡아당겨 기울게 하는 수밖에 없다.

137호 고인돌의 상석 남쪽 모서리 부분에는 네 개의 정교한 사각형 홈이 파여 있다. 이 홈은 성혈(性穴)과는 다르고 채석 흔적으로 보기에도 부적합하다. 나는 남쪽에서 무엇인가를 걸어 잡아당긴 흔적으로 보았다. 이와 더불어 북쪽의 굄돌 뒤쪽이 깨져 있다. 이는 직각으로 세워져 있다가 상석을 남쪽으로 기울이는 과정에서 힘의 과부하로 깨진 흔적인 듯하다.

다시 15번 굄돌로 돌아오자. 이 굄돌이 상석 없이 서 있을 수 있는 이유는 묻힌 부분에 돌을 쌓아 받쳤기 때문이다. 내가 처음 고인돌을 세울 때 썼던 방식이다. 흙이 유실되고 돌이 치워지면 이 돌은 쓰러진다. 그러나 기울기의 역학을 이용하면 땅에 깊이 묻거나 돌을 쌓아 받치지 않아도, 어떤 힘의 도움도 필요없이 설 수 있게 된다. 인근에 있는 대산리 1호나 점골 24호 등 대부분의 고인돌이 쓰러진 이유는 돌과 지반의 유실과 관련있어 보인다. 기울기 역학 대신 돌과 흙 같은 보조적 힘에 의존했다가 그것들이 유실되면서 쓰러졌을 가능성 말이다. 때문에 15번 굄돌은 사적 137호 고인돌의 축성을 위한 실험용이라는 생각이다.

실험용인 듯한 굄돌 하나

왜 이토록 기울기에 집착하고 공을 들였던 것일까?

모든 문화양식은 있는 것과 있어야 할 것과의 관계에 따라 결정된다. 있는 것을 있어야 할 것으로 바꾸려는 노력이 문화를 창조한다. 이런 기울기가 우연이 아닌 이상 당대의 고조선인들은 기울어지도록 해야만 하는 이상(理想)을 가지고 있었던 것이다. 그렇지 않고는 이렇게 고난도의 기술을 적용할 수 없다. 그들을 흥분시켰던 이상이 무엇일까?

고대에는 동서양을 막론하고 미의 이상을 조화라는 개념으로 집약하고 있었다. 그러나 부근리 고인돌은 조화의 이상만으로는 설명되지 않는다. 나는 보면 볼수록 고인돌이 낯설었다. 뒤늦게 깨닫게 된 사실은 이 고인돌이 건축과 공간학의 측면에서 어떤 계보와도 연결되어 있지 않다는 것이다. 부근리 고인돌은 기울기를 통해 부조화와 비정형의 미학을 추구한다. 죽은 자의 입장에서 이 공간은 기울어진 방과도 같다. 어떤 민족의 건축에서도 일부러 기울어진 방을 창조하진 않았다. 더구나 무덤공간을 이렇게 일부러 기울인 경우는 그 유래를 찾아보기 힘들다. 때문에 부근리 고인돌은 그냥 쉽게 지나치든지, 볼수록 난해해져 탈현대적인 느낌까지 받게 된다. 부조화 속에 감춰진 조화, 비정형의 정형, 이것이 부근리 고인돌에 고도의 과학적 능력을 투여한 사람들의 미학적 이상이라고 나는 생각한다.

중국 미학의 시초 개념인 '화(和)'는 조화로 번역하기보다는 화해로 번역하는 게 맞다. 왜냐하면 조화는 화를 다시 줄서게 하는 것, 즉 정제되지 않은 것을 가지런하게 한다는 의미가 있다. 화해는 불화를 풀어 어우러지게 한다는 의미 아닌가. 즉 불화와 화가 서로 배제하지 않고 존재한다는 의미이다. 그러나 화는 불화를 평정하고 질서를 바로 세운다는 의미로 해석되어왔다.

고인돌을 비롯한 우리의 민족미학은 화와 불화가 상극으로 대치할 뿐 아니라 상생하기도 한다는 원리에 기초해 있다. 기울기라는 불화를 파괴하여 화로 만드는 것이 아니라 불화를 풀어서 화와 어울리게 하는 것 말이다. 여기서 풀기가 바로 상생과 상극을 어우러지게 하는 방법이다.

풍물에 '내고 달고 맺고 풀기'라는 원리가 있다. 내는 것이 동기라면 달구는 것은 동기의 발전이고 맺는 것은 결말이자 절정이다. 서양은 여기에서 끝난다. 기승전결이 바로 그것인데 우리나라엔 맺은 다음에 반드시 풀기가 있다. 어우러짐은 다양성의 방만한 수용이 아니다. 거기에는 맺음과 바탕이 있다. 그리고 서로 좁혀지지 않은 차이를 이해하고 관용하며 공존하는 것이다. 대동놀이가 이것이다. 대동놀이가 즐거운 것은 맺고 풀기가 자재(自在)이기 때문이다.

한편 껴묻거리로 출토된 청동칼, 청동거울, 청동방울 등은 실용적 목적이 아닌 주술적 목적의 무속용구로 제사의 기능까지도 죽은 자에게 부여되었음을 알 수 있다. 죽은 자의 통치가 고인돌이라는 거점에서 현실화되어 있는 것이다. 권력의 상속과 계승을 위한 치밀한 장치가 고인돌 무덤의 건축적 의미이다. 단군신화의 천부인(天符印)이 무속의 기본 도구인 청동거울인 명두(明斗), 칼, 방울이란 점으로 미루어 고조선의 사상적 기반은 무속이었을 것으로 판단할 수 있다.

무속에서 인격신은 주로 당시의 인간사에 큰 영향을 준 신들이다. 단군이 그렇고 김유신, 최영, 임경업이 그렇다. 무속신은 한(恨)을 품은 존재로 본다. 한이야말로 무덤을 통해 공간과 시간을 지배하는 사상이다. 무속신에 대해서는 한풀이설과 영웅숭배설이 있다. 풀지 못한 한 때문에 신이 된 것이란 게 한풀이설이고, 영웅적인 활동력을 숭배하기 위한 것이 영웅숭배설이다. 그러나 이는 대립하는 게 아니다. 영웅숭배의 숭고미가 지극한 이상적 '상태'에 대한 미감이라면, 한풀이의 비극미는 '과정'에서 발생하는 미감이다. 비극도 숭고한 이상이 전제되어 있기 때문에 발생하는 것인데, 숭고가 완성을 향해 실천되는 과정에서 유린될 때 비극이 발생한다. 따라서 한의 미감은 장구한 시간 개념을 전제로 숭고미와 비극미를 통합한다. 때문에 죽었어도 살아 있고, 미래를 보기 위해 과거를 보는가 하면, 하늘족이 곰족과 결합할 수 있고, 온갖 잡종문화의 교차에도 접화군생(接化群生)할 수 있는 문화가 만들어지게 되는 것이다.

단군신화에는 창조신이 없다. 고조선의 무속신은 신적 조화를 전제하지 않는다. 때문에 부조화의 조화라는 한의 미학이 나온다. 이러한 한의 미학에서 다시 과학과 철학이 나온다. 고조선시대부터 형성된 한의 미학사상은 숭고한 이상을 갖기 때문에 발생하는 것이며, 현실적 공간에서 이를 유린하는 상황을 만났을 때 슬픔과 함께 희망을 동시에 갖는 사상이다.

통일미학이란 고인돌에서 시작된 한의 미학을 전국적으로 실현하는 것이니, 그것은 곧 통일신명풀이다. 이런 통일미학을 정치적인 논리에도 연결시킬 수 있을까.

물론이다. 정치가 즐거움을 줄 수 없지만, 즐거움 속에서는 정치도 기적을 일으킨다. 정치가 미학을 대신할 수 없지만 미학은 정치를 보완할 수 있다.

통일의 시대라는 말과 함께 화해와 협력의 시대라는 말이 등장했다. 1991년 남북기본합의서는 그 자체로는 통일문서라기보다는 화해문서이다. 이것이 잘 지켜지지 않고 여러번 한반도에 전쟁위기가 다녀갔지만 남북정상회담은 화해의 시대를 결정적이게 했다. 만남 자체는 우리의 미학을 완전히 바꾸어놓았다. 미학적 사변이 일어난 것이다. 뿔 달린 도깨비에서 동반자이자 이웃으로 바뀌었다. 이제 구석구석 이 통일미학을 적용하는 일이 남았다.

통일미학의 중요한 과제 중의 하나가 바로 분단미학을 극복하는 것이다. 이를테면 군사정권 시절에 「유쾌한 청백전」이란 프로그램이 있었다. 세계 어느 나라에도 청색과 흰색을 대비하는 곳은 없다. 음양사상이 아니라도 파랑의 대비는 빨강이다. 그런데 우리나라에선 청홍전이 아니고 청백전이 되었다. 빨강을 곧 공산주의로 생각하는 극단적인 편견이 빨강의 자리에 흰색을 세운 것이다. 초등학교의 운동회에서도 청백전을 만들 정도여서 누구나 청백전을 자연스럽게 받아들이는 지경이 되었다. 대상을 있는 그대로 보지 못하고 상식을 파괴하면서까지 내 맘대로 조작해야 인식하기 편한 선험주의철학이 분단미학의 사상적 기반이다.

화해는 그 자체가 통일미학의 내용이다. 통일의 시대가 논리의 법칙이 아니라 미학의 법칙을 중심으로 움직이고 있는 것이다. 남북연합과 연방제의 공통점을 발견하는 순간 이미 우리는 화해의 시대에서 통일의 시대로 들어선 것이다. 기울어진 것을 바로 세우려는 원칙은 통일의 미학도 민족미학도 아니다. 기울어졌다고 보이는 북한의 체제와 상생하기 위해 우리를 기울이는 일이 필요하다.

부근리 고인돌은 어느새 세계문화유산이 되었다.

최첨단 세계화의 구호가 명멸하는 시대에 고대의 고인돌이 세계성을 획득한 역설 앞에 우리는 서 있다. 관계의 풍향에 흔들리지 않고 꿋꿋이 수천년 세월을 견뎌온 존재의 힘. 그러나 그 존재의 힘도 알고 보면 고조선이 도달한 관계의 높이로 가능한 것이었다. 다양성을 조화시킬 수 있었던 힘이 바로 고조선의 힘이었다. 고인돌은 단군이 폐쇄적인 민족신화의 틀을 벗어나 세계를 계몽할 수 있는 가능성을 보여준다.

승천포

여행을 다니다 보면 기분 좋을 때 가는 곳, 외로울 때 가는 곳들이 있다. 막막함에 미쳐버릴 것 같은 심정일 때 갈 만한 곳으로 한강다리말고 권할 곳이 있다면 승천포(昇天浦)이다. 미친다는 것은 밑을 친다는 말이다. 미치지 않으면 새로운 도약이 불가능할 것 같을 때가 있다. 밑을 치고 새로운 도약의 상상력을 펼쳐볼 만한 곳이 승천포이다. 철책에 심장이 꽁꽁 묶이고도 바라볼 수 있는 아름다움이 있다는 것을 나는 승천포에서 보았다.

강화읍에서 부근리 고인돌 유적지로 가기 전 삼거리에서 송해면으로 들어가는 301번 지방도를 타면 검문소를 두 번 거쳐 당산리에 이른다. 훈련을 하는지 여부에 따라 검문소의 경계상태가 다르지만 출입통제를 전제로 하는 게 좋다. 관광을 위해서는 출입이 안되고 민통선 안에 사는 사람을 찾아가거나, 벌초와 부동산 매입 등 목적이 뚜렷하다고 판단되면 출입이 가능하다. 강화시민연대 등 강화 사

승천포 앞바다가 유달리 푸르다. 하늘이 푸른 까닭이다.

람과 함께 가는 것도 방법이다. 군에서 요구하는 방법은 일주일 전쯤 군부대에 출입신청을 하고 결과를 기다리는 것이다. 당산리 검문소를 통과하자마자 오른쪽으로 난 농로를 따라가면 집들을 지나 산굽이를 돌면서 철책선이 눈앞에 들어온다. 그리고 그 앞에 고려 고종(高宗)이 몽골을 피해 강화로 천도하면서 첫발을 디딘 것을 기념한 비가 세워져 있다. 이곳이 승천포이다.

철책 너머 지척에 있는 건너편 북쪽에도 승천포가 있었다. 지금은 주체조선, 자주통일, 백두명장 같은 대형 선전판과 민둥산이 우리를 맞이한다. 전쟁 전까지 이곳은 개성과 통하는 가장 가까운 나루터여서 사람의 왕래가 빈번했고, 뱃사람들의 안녕을 빌어주는 무낭들이 많이 모여 살았기 때문에 이름이 당산리가 되었다. 강화군청에 있는 당시 지적도를 보면 빼곡하게 들어선 건물들에서 번창하던 나루터의 모습을 그려볼 수 있다.

강화도를 두고 지정학적으로 중요하다는 말을 많이 한다. 지리적

미군의 통신시설이 있는 고려산

조건이 정치적으로 민감해 이를 떼어놓고 보기 힘들다는 이야기이다. 더구나 정치군사적 충돌과 교류가 반복되면서 이는 역사적 법칙처럼 작동한다. 그래서 지정학은 미래를 예측할 수 있는 중요한 단서이다. 승천포는 비무장지대가 아니면서도 남북이 대치해 있고, 몽골의 침략 이후 유라시아대륙 전체 차원에서 지정학적 질서가 작용해온 곳이다. 유라시아대륙 전체 차원에서 강화도의 지정학적 가치가 본격화된 것은 몽골의 침입부터다. 다시 말하면 고종의 강화 천도는 한반도적 사건이 아니라 유라시아적 사건이었다. 그뒤 병자호란, 병인양요, 신미양요, 강화도조약을 거쳐 지금까지도 이 지정학적 질서는 크게 바뀌지 않았다. 때문에 지정학적 구도를 확인하는데 고종이 승천포에 첫발을 내디딘 사건은 아직까지도 우리가 풀지 못하고 있는 지정학에 대한 숙제이다.

당시에도 화의파와 주전파는 있었다. 현실론자 유승단(兪升旦)이 전자에 속했고, 삼별초(三別抄)의 김세충(金世沖)은 후자에 속했다.

그러나 당시의 집권자 최우(崔瑀)는 항전을 명분으로 도읍을 강화로 옮겼지만, 국가의 위기를 집권 유지에 이용했을 뿐이다. 그러나 중요한 것은 당시의 어느 누구도 세계사적 구도를 읽고 대응하려는 전략이 없었다는 점이다. 전술적 선택만 있었지 전략적 대안이 없었던 것이다. 고려는 뱃길로 유라시아대륙 남단을 오간 해양국가였다. 그럼에도 경제교역에만 머물고 국제정치적 안목으로 발전시키지 못한 것은 물론 시대적 한계였으리라. 천도 이후 항전의 겉모습은 굴하지 않는 고려 앞에 대제국 몽골이 30년이나 쩔쩔매며 진퇴를 거듭한 것으로 되어 있다. 수전(水戰)에 약한 몽골군이 갑곶(甲串)의 갯벌을 넘지 못한 것으로 되어 있어, 강화의 지정학적 가치가 위세를 떨치기도 했다.

그러나 몽골의 입장에서 보면 고려와 강화는 주요 전선이 아니었다. 아시아를 넘어 유럽으로 진출하는 것이 제국 건설의 우선 순위였던 것이다. 당시에는 유럽 정벌을 끝내고 금(金)을 공격하던 시기였다. 때문에 몽골의 병력이 집중되지 않았고 그때그때 고려가 응전할 수 있었던 것이다. 오히려 몽골의 입장에서 이해가 되지 않는 것은 임금이 수도를 버리고 도망갔음에도 민중들이 끊임없이 저항을 한 것이다.

항몽전쟁을 주도한 세력은 삼별초였다. 삼별초에 대해서는 군사정권 시절 민족의 위엄을 떨친 항전사(抗戰史)로만 기록했는데, 그후 사가들은 삼별초가 최씨 정권의 하수인이란 점을 부각하여 폄하했다. 그러나 그렇게만 볼 수 있는 게 아니다. 분명 삼별초는 최씨 정권의 사병조직 역할을 했다. 그러나 몽골에 투항하는 것을 거부하고 민중을 규합하여 진도(珍島)로 옮겨가는 과정에서는 몰락한 무신정권의 잔당세력이 아니라 민중중심의 항몽세력이었다. 이 변화를 눈여겨봐야 한다. 이것을 부정하면 원종(元宗)의 사대행각을 찬양하는 결과를 가져온다. 역사에 가정은 없다고도 하는데 당시 고려가 택할 수 있는 현명한 입장은 어떤 것이었을까. 군사적 자위와 정통한 외교 아니었겠는가.

고종이 승천포에 발을 딛었던 순간은 우리에게도 많은 교훈을 던진다. 세계를 보지 못하는 민족은 지정학적 중심에 서고도 변경에 머물 수밖에 없다는 뼈아픈 교훈 말이다.

몽골 이후 최대의 제국을 건설한 미국이 제국의 완성을 시도하며 벌여온 유라시아대륙의 전장에서 20세기 절반을 우리는 고종보다 못한 신세로 살아왔는지 모른다. 승천포는 그토록 잔인한 몽골 시절에도 없었던 철책으로 아예 막혀있으니 말이다. 승천포에서 생각한다. 유라시아대륙이 지정학적 전략의 기적을 일으킬 방법은 없는가?

강화 북부 민통선

관광객들은 강화도에 민통선이 있다는 사실을 잘 알지 못한다. 그러나 북한과 코를 맞대고 있는 강화도의 북부지역인 송해면 월곶리부터 양사면 인화리까지 모두 민통선이다. 그러나 한강 하구지역의 민통선은 불법이다. 민통선은 군사분계선에 인접한 지역 중 군작전상 민간인의 출입을 통제하기 위해 군사분계선 남쪽에 설정하는 선이다. 그러나 강화도와 북한의 개풍군 사이 바다에는 군사분계선이 존재하지 않는다. 정전협정을 잘못 이해한 것이자 헌법상 국민의 권리를 침해한 것이다.

게다가 강화도의 고려산에는 미군부대가, 별립산에는 공군부대가, 도장리에는 해병대가 주둔하고 있어 강화도에 들어와 살려는 사람들은 군작전에 필요하다면 자기 땅이라도 군대에 내주어야 한다는 서명을 해야 등기를 할 수 있다.

강화도 북부의 민통선. 바다와 닿은 부분의 막대처럼 생긴 것이 용치이다.

강화도 북부의 가장 중요한 사적인 국방유적은 현재 해안초소나 부대로 사용하고 있어 접근조차 불가능하며 인화리에서는 공사용 석재 채취로 산의 반이 깎인 상태다.

2000년 추석 즈음에 갯벌을 거닐던 안승철씨 부자가 대인지뢰를 밟아 다리를 잃었다. 그리고 한달도 되지 않아 이복남씨가 얼마 떨어지지 않은 장소에서 또다시 지뢰사고를 당했다. 몇년 전에는 강화와 김포 사이 염하해류의 이동로인 강화도 남단 세어도에서 신동선씨가 홍수 뒤 해안가로 떠내려온 쓰레기더미에 숨어 있던 대인지뢰로 역시 사고를 당했다. 강화도지역을 흐르는 모든 해류를 타고 지뢰가 이동하고 있다는 것이 증명된 셈이다. 사고 후 군부대에서는

지뢰가 폭발한 석모도 그 자리엔 철없는 노을이 눈부시다.

연천, 철원 등에서 홍수로 유실된 지뢰로 추정하고 자신들의 부대에
불똥이 튀는 것을 막는 데 급급했다. 어떤 책임있는 조사나 제거작
업, 피해자에 대한 배상조치도 없었던 것이다. 만일 이들의 말대로
연천이나 철원에서 홍수로 유실된 지뢰가 강화까지 흘러왔다면 그
이동거리는 130km에 달한다. 서울에서 구미까지의 직선거리이다.

한국대인지뢰대책회의는 M14 대인지뢰와 똑같은 무게와 모양에
색깔만 다른 분홍형광색 실험용 지뢰를 만들어 장마 전에 연천의 차
탄천과 한탄강에 방류했다. 실험용 지뢰에 전화번호가 음각되어 있
어 발견한 사람들이 신고하도록 함으로써 지뢰의 유실범위를 실증
하고자 한 실험이었다. 국방부에서 할 일을 민간단체가 사재를 들여

한 것이다. 지뢰뿐 아니다. 남과 북에서 온갖 폭발물과 탄피 등이 해마다 쓰레기더미와 함께 갯벌에 쌓인다. 안승철씨의 경우 국립과학수사연구소에서는 북한에서 사용하는 지뢰라고 발표했고, 국가배상의 의무가 없다는 판결이 나왔다. 다치는 국민은 있는데 책임질 국가는 없다. 강화도 북부의 한강 하구수역이 반백년간 축적한 모순을풀기 위해서는 강화 차원의 작은 인권운동에서 시작해 세계의 전략과 조우하게 될 만남의 순간을 준비해야 할 것이다.

강화의 평화주의

평화통일에서 평화는 통일의 내용이다. 평화와 홍익인간은 어떻게 만날 수 있을까? 평화(平和)의 '和'는 원래 쌀이 입에 들어가는 형상인데, 먹고사는 것이 충족되면 화해롭다는 생각이 들어 있다. 때문에 평화는 먹고사는 이해관계에서의 넓음과 포용이다. 이에 비해홍익(弘益)의 '益'은 모든 이해관계이며 '弘'은 넓음과 키움이니 홍익은 모든 이해관계에서의 넓음과 키움이다. 따라서 홍익은 평화의 상위개념이자 목적인 셈이다.

여러 나라에서 평화의 사상을 발전시켜왔지만 한반도에서의 평화사상에 대해 한마디로 말하라고 한다면, 나는 '홍익평화'이다.

평화는 반전쟁이다. 그러나 전쟁의 중지가 평화는 아니다. 평화는전쟁 없는 상태이자 전쟁의 원인이 소멸된 상태이고, 평등과 조화의적극적 관계이다. 자연계는 종(種)의 다양성을 보존할 때 온전한 역할을 할 수 있다. 그처럼 사회도 종의 다양성이 보장되어야 한다. 하나의 종이 다른 종을 지배하지 않고 다양한 종이 공존하는 것, 이것이 평화의 내용 중 하나인 평등이다.

그러나 종 다양성의 평등한 관계는 원론적 관계를 표현할 뿐 살아

동검도의 어부. 그 부지런함에 아침은 빛난다.

있는 생활을 담보하진 않는다. 문제는 조화이다.

조화에 관한 사색을 이끌어내기에 갯벌의 갈대밭만한 표상이 없다. 아름답기로 치면 세계에서도 다섯손가락 안에 드는 강화갯벌은 고조선 이전부터 강화도의 환경이었다. 고조선 사람들에게도 생활의 장이었던 갯벌가 갈대밭은 육지와 갯벌의 투쟁을 화해와 원융(圓融)으로 묶어주는 자연의 여과장치이다. 예나 지금이나 갯벌이 평화의 이미지로 다가오는 것은 투쟁이 투쟁으로만 끝나지 않고 새로운 관계를 만들어내기 때문이다. 갯벌은 '개발'과 싸우고 있을 뿐 아니라 '전쟁'과도 싸우고 있다. 몽골의 침입 때 그들을 주춤하게 한 것이 갑곶의 갯벌이었고, 신미양요 당시 미 해군이 초지진(草芝鎭)을 침략할 때 이들의 진격속도를 늦춘 것도 갯벌이었다. 그들은 갯벌 때문에 무기를 육지로 옮기는 데 상당한 시간을 들여야 했다. 인천상륙작전 당시 이를 기획한 주일 미 극동군사령부의 첩보조직조차도

한강 하구의 기수역. 조화란 자기를 내던지는 격렬한 변이가 아닐지.

성공확률을 1/50로 잡았을 만큼 어려운 작전이었다. 이때에도 중요한 변수 중 하나가 갯벌과 심한 조수차였다. 오늘날에도 끝나지 않은 전쟁의 상징인 대인지뢰와 싸우고 있다. 그러니 강화의 갯벌은 생태적 의미와 함께 평화를 추구해온 강화의 역사와 함께했다.

민물과 바닷물이 만나는 지점을 기수역(汽水域)이라 했다. 민물이 민물임을 포기하고 바닷물이 바닷물임을 포기하며 격렬하게 껴안는 것이 기수이니, 그 포기로 좀더 풍부한 생물종이 자라게 된다. 만약 기수역을 막아 개발을 해버린다면 민물과 바다의 공생구조는 파괴되고 생물종 또한 급격히 감소한다. 관계에서 조화란 기수역처럼 자기를 내던지는 격렬한 변이를 포함한다. 군사분계선도 그런 역할을 하고 있다. 남북을 반쪽으로 만드는 것에 그치지 않고, 그 반쪽조차도 제 역할을 할 수 없게 만든다. 평화에 고통과 시련이 포함되는 것은 변화와 질적 발전을 통한 조절을 그 내용에 포함하기 때문이다.

광성보의 신미순의총 노을보다 눈가루가 더 곱다.

　월곶에서 보면 강 건너가 북한이다. 북한과 마주한 강화도의 바다
는 강처럼 격렬하게 흐른다. 지금도 정전협정상으로는 자유로이 오
갈 수 있는 곳인데 철책이 막고 있어 남북의 공생이 파괴된 지 오래
다. 강 건너에서 넘어온 실향민들이 많이 사는 강화도 북부의 민통
선지역은 바란다. 남북 사이의 기수역이 되살아나길. 때문에 평화는
즐거움과 고통 속의 보람이란 이중적 의미를 갖는다. 결국 평등과
조화는 대립과 투쟁까지도 포함하는 더 넓은 장을 전제한다. 평화는
개별과 보편의 변증법적 관계이며 인간 삶의 원리이다. 그 관계는
우연적 관계이며 목숨을 건 비약을 전제한다. 때문에 역설적으로 전
쟁만이 평화를 지키기 위한 유일한 수단일 때도 있다. 불교의 『열반
경(涅槃經)』에는 "살생을 해서라도 불법(佛法)을 지켜라"라는 말이
있고 이슬람에도 '지하드[聖戰]'가 있다. 모순 아닌가. 아니다. 진정
한 평화를 위해 전쟁과 폭력도 가능할 수 있고 또 가능했다.

광성보(廣城堡)에는 신미양요 당시 미국함대에 맞서 용맹히 싸운 어재연(魚在淵) 장군과 59명의 이름 없는 전사들의 묘지가 있다. 승승장구하던 최정예의 미군들을 이틀 만에 퇴각시킨 장본인들이다. 미군은 물리전에서 이기고 정신전에서 패했다는 평가를 내렸다. 어디 이뿐인가. 5진(鎭) 7보(堡) 53돈대(墩坮)마다 외세에 저항한 흔적이 없는 곳이 없다. 위장된 평화논리가 더이상 버틸 수 없는 지점에 이르면 진정한 평화는 폭력으로 위장된 평화를 압도한다.

단군과 통일미학

강화읍에서 화도 표지를 따라가면 화도초등학교에서 길이 갈라지는데 왼쪽으로 조금 가면 마리산관리소가 나온다. 강화읍에서 30분 정도 거리이다. 참성단(塹城壇)으로 올라가려면 계단을 밟으며 가는 길이 있고 정수사(淨水寺)를 거쳐 산능선을 타는 길이 있다.

참성단을 감상하는 데는 우선 때가 중요하다. 민족의 성지라고 하지만 낮에 보면 왜소하기 그지없다. 이색(李穡)의 마리산(摩利山)에 대한 시를 읽고 밤에 올라가 보니 과연 참성단은 밤에 어울린다.

향연이 오르니 별조차 낮은 듯
악곡이 연주되어 분위기 엄숙하네
만길 높은 단 밤기운도 맑은데
축문을 올리고 나니 세상일이 잊혀지네

이는 초제(醮祭)가 밤에 거행되었음을 나타내지만 범속한 세상일을 잊고 맑아지듯 참성단의 밤이 주는 아름다움을 노래하고 있다. 낮에 산 정상에 오르면 아래를 굽어보며 그 정복감을 누리게 마련이

마리산 참성단

다. 마리산은 그런 정복함을 만끽하기엔 지나치게 낮은 산이다. 그러나 밤에 오르면 하늘 위에 별을 보게 된다. 새로운 세계의 시작점에 서는 것이다. 산 정상이 가장 높은 정점이 아니라 새로운 세계와 만나는 시작점이라고 여겼기에 옛사람들은 등산(登山)이라 하지 않고 입산(入山)이라 했다. 이런 면에서 입산에는 야간산행이 더 적합하다는 생각이다. 낮에 올라갔다 해도 참성단을 밟고 서서 아래를 굽어보기보다는 참성단이 받치고 있는 하늘을 보길 권한다. 모든 것을 내려다 볼 수 있는 자리에서 모든 것을 포기하고 바람과 구름과 하늘이 연출하는 무상함을 보기 바란다. 무상은 덧없음이 아니라 변화함이며 변화를 통해 거듭나는 새로움이다. 혼돈이건 텅 빈 하늘이건 그것은 무한한 창조의 공간이다. 낡은 것을 지배하는 만끽 대신 새로운 창조의 미학을 발견할 수 있는 방법이다.

남과 북이 체제를 그대로 놔두고 통일한다면 무엇으로 통일국가의 이념을 삼을 것인가 하는 질문에 단군주의가 제출된 지 오래다. 통일을 맞이하는 여러 구상 중에 가장 심각한 문제가 사실 통일국가의 이념이니 남에서는 남대로 오랫동안 개천절을 정하여 이곳 참성단을 중심으로 행사를 가져왔고 북은 북대로 고조선 연구에 박차를 가하여 단군릉을 발굴하기에 이르렀다. 오늘 마리산에 들어오는 것은 통일맞이의 예감을 가다듬어보고자 함이다.

　　하지만 참성단을 단군주의의 실체로 받아들이는 것에 대해 심각하게 고민해볼 필요가 있다. 강화가 단군주의의 시원으로 여겨지는 데는 마리산의 참성단과 단군의 세 아들이 지었다는 정족산(鼎足山)의 삼랑성(三郎城)이 가장 큰 역할을 한다.

　　그러나 이들 유물이 단군시대에 축조된 것인지 증명할 수 있는 자

이규보의 묘 양쪽에 서 있는 문무석상 중 문인석

료가 현재로서는 없다. 오히려 역사적 위작이라는 추측이 훨씬 유력하다. 왜냐하면 강화도에서 국사를 지냈고, 역사적 고증이 철저하기로 이름난 일연(一然)의 『삼국유사』에도 단군신화와 함께 당연히 등장해야 할 참성단에 대한 기록은 없으며, 강화도에서 장편서사시 「동명왕편」과 『동국이상국집』을 저술한 이규보(李奎報)의 저술 어디에도 참성단 얘기는 빠져 있다. 특히 그는 유물론적 관점을 견지하며 신화의 미신적인 부분을 바로잡는 데 노력을 기울이고 있음에도 불구하고 말이다.

마리산이 역사에 처음 등장한 것은 고려 성종 때이다. 『고려사』 열전 최승로 편에 마리산을 어량(魚梁)과 방생(放生)하는 장소로 삼았다는 대목이 나온다. 어량은 물의 통로를 좁혀 고기를 잡는 장치이고, 방생은 불교에서 새나 짐승을 놓아주는 의식이다. 이 대목은 단군제천과는 관계가 없는 마리산의 지리적 해설일 뿐이다. 마리산이 단군제천과 연관되어 집중적으로 나타나는 것은 강화로 천도한 시절이다. 대표적인 경우가 백승현(白勝鉉)의 도참설(圖讖說)에 따른 '삼한변위진단설(三韓變爲震旦說)'이다. 여기서 진단은 단군의 의미인데, 고려의 뿌리를 삼한에서 진단까지 확장하려 한 것이다. 몽골의 침입과 민란 등을 해결하기 위한 방법으로 역사인식의 확장을 꾀한 것이다. 백승현은 풍수지리가로 마리산 등을 주목했고, 원종은 이에 따라 초제를 지내고 불사를 일으켰다. 그러나 별 효력을 보지 못하고 결국 원(元)에 친조(親朝)를 가게 된다.

일시적이었던 정부의 초제와 달리 민간의 단군 숭배는 지속적으로 이어졌다. 거기에는 자주 출몰하는 왜구의 제압을 바라는 기원제에서 기우제와 기청제(祈晴祭) 등 복합적 성격이 담겨 있다.

단군과 민족주의는 항상 동행했을까. 그렇진 않다. 민족주의의 흐름에 단군의식은 선택적으로 등장했다. 일제강점기 때 대종교가 등장하기도 했지만, 민족주의의 본령은 단군이 아니라 저항적 민족주의였다. 그후 김구, 조봉암, 장준하, 문익환으로 이어지는 통일민족주의에서도 단군은 주목받지 못했다. 1980년대까지 민족주의의 중심 주제는 반외세였다. 1990년대 이후 민족주의는 새로운 양상을 보이는데 자민족중심주의라고 불리는 배타적 국수주의로의 변질이 그것이다. 중국에서 온 조선족을 바라보듯 북쪽의 동포를 우월주의 시각으로 바라보는 것이다. 이는 민족중심주의라기보다는 국가주의에 가깝다. 파시즘이나 군국주의를 파생했던 국가주의처럼 변질될 가능성이 단군에 대한 논의에도 없지 않다.

단군이 이런 논의의 중심주제가 되면 곤란하다. 저항적 민족주의의 전통과 민족공동체 형성이란 차원에서 단군은 체제가 다른 남북이 공통으로 합의할 수 있는 공약수란 점에서 귀한 것이다.

통일된 민족자주국가를 건설하는 과정에서 민족의 이념과 문화의 원류인 신화와 건국시조의 존재는 민족주의의 바탕으로서 중요하다. 더구나 북한의 단군릉 발견에 관해서는 남북 학계의 투철한 연구와 토론이 필요하다.

1990년대 이후 현재의 민족주의는 새로운 단계에 들어섰다. 세계적 보편성과 민족적 주체성을 어떻게 통일할 것인가를 고민해야 하는 과제가 생긴 것이다. 민족의 해체를 전제로 한 세계화가 주요 흐름이 된 이 마당에 우리는 민족공동체의 건설, 즉 통일을 고민하고 있다. 물론 서구에서도 민족이나 국가공동체를 대체할 가상공동체가 등장하지는 않았다. 낡은 것이 갔는데, 새 것이 오지 않은 것이다.

우리는 다른 나라와 달리 민족국가 건설의 시기를 놓쳤다. 해체할 민족공동체조차 만들지 못한 것이다. 따라서 우리는 민족공동체를 만들면서도 가상공동체를 활용하고 또 대비해야 한다. 이것이 우리의 민족주의에 주어진 독특한 과제이다.

참성단에서 올려다본 하늘. 한점 구름이 흘러가 빈 하늘만 남았다.
무상은 덧없음이 아니라 변화이자 새로움이다.

　단군신화가 다른 나라의 신화와 다른 점 중의 하나는 화해의 정신
이다. 그리스신화도 땅의 신을 죽이고 제우스가 새로운 신의 왕국을
세운다. 수메르신화는 홍수로 세상을 멸하고 새로운 세상을 만든다.
토착신을 몰아내고 새로운 신의 지배를 실현하는 것이다. 바빌론신
화의 길가메시는 신과 인간의 결합으로 탄생했다는 점에서 단군신
화와 유사하다. 길가메시는 신과 영웅적으로 투쟁함으로써 숭고한
이상을 추구한다. 그러나 죽음은커녕 졸음도 이기지 못하는 자신의
비극적 운명을 노래한다. 『길가메시 서사시』 역시 숭고와 비극을 통
합한다. 그러나 거기에는 신의 세계가 전제되어 있다. 조화를 전제
로 한 부조화인 것이다. 그러나 단군신화에선 창조신이 없다. 서로
다른 신이 만나 화해함으로써 새로운 창조를 이룬다. 화해가 창조의
원리가 된 것이다. 신흥세력인 환웅족이 토착세력인 곰족과 호랑이
족을 멸하지 않고 교화하여 새로운 인물인 단군을 탄생시킨다.
　남북기본합의서가 '화해(和解)'의 시대를 열었다면, 남북정상회담

은 '화해(和諧)'의 시대를 열었다. 앞의 화해가 얽힌 것을 푸는 것이라면, 뒤의 것은 화목을 이룬 상태이다. '화'가 '여럿이 함께'의 의미라면, '해'는 '어울림'이다.

백범(白凡)은 '강한 나라'보다 '아름다운 나라'를 건설해야 한다고 말했다. 궁극적으로는 그래야 맞다. 그러나 전쟁의 칼바람은 통일의 봄을 순식간에 날려버릴 수 있다. 그게 우리가 처한 현실이다. '아름답고도 강한 나라'는 한반도의 통일과 아시아·태평양지역의 평화문제 해결을 위해서도 시대가 우리에게 부여한 짐이다. 화해는 아름다움이자 힘이어야 한다. 화해(和諧)는 미학의 중심내용이다. '즐기는' 통일시대는 언제나 화해를 바탕으로 해야 한다. 수많은 외침과 광활한 밤하늘을 바라봐야 했던 참성단에 서서 사색해볼 바이다.

마리산 정상에 가까워졌다.

마리산 참성단을 오르며 고개 들어 하늘을 본다. 구름을 보며 시대의 비상구를 찾던 조상들의 고민을 더듬는다. 구름과 비상구. 하늘에서 보는 구름은 비상(非常)보다는 무상(無常)에 가깝다. 구름을 보면 '변함없는 것은 없다'는 것을 깨닫게 되니 말이다. 무상은 변화함이고, 변화는 존재가 아닌 관계를 통해 제 몸을 드러낸다. 한 조각에 집착하면 구름은 허무함이지만, 전체의 변화하는 관계를 보면 구름은 충만함이자 새로움이다.

혼돈이건 텅 빈 하늘이건, 그것은 무한한 창조의 공간이다. 해양성 기후로 항상 쾌청한 강화의 하늘 아래 참성단이 있는 것은 보기 좋은 일치이다.

경징이해초

'경징이'풀은 소도 먹지 않는 갯벌의 해초다. 밀물에 묻히면 마치 피가 흐르는 듯하다. 갑곶이갯벌과 건너편의 김포쪽 진흙갯벌에 널려 있다. 꽃인지 풀인지 분간하기 어려운 경징이해초는 유독 갑곶갯벌에서만 난다. 그 불그스레한 색깔 탓인지 이런 전설이 내려온다.

병자호란이 있던 1636년 겨울의 일이다. 인조는 남한산성으로 피난하기 전 김경징(金慶徵)을 강도(江都)검찰사로 임명했다. 도성의 빈궁, 왕족, 고관대작의 부녀자들을 안전하게 강화도로 피신시키는 책임을 부여한 것이다. 피난행렬은 그를 하늘처럼 믿고 강화해협 갑곶진 건너편 갯벌에 모여 그를 기다렸다. 그러나 배가 없어 이틀이나 굶주림과 추위에 떨어야 했다. 물론 김경징의 모습은 보이지 않았다. 이때 호화로운 가마를 앞세운 위세당당한 행렬이 도착했으니 김경징과 그의 가족이었다.

그러자 꼼짝도 않던 수십척의 배가 건너와 이들의 가족과 짐만 실은 채 건너가고 말았다. 강화해안은 순간 공포의 마당이 되었다. 곧 사나운 청의 기마병이 달려드니 그 참상은 형언할 수 없었다. 아수라장으로 변한 갯벌과 바닷물에서 숱한 부녀자들이 죽어갔다. 그들은 자신을 죽인 청의 기마병을 욕하기보다 "경징아" "경징아" 하고 김경징을 원망했다. 그후 사람들은 그때 흘린 원한의 피가 갑곶이갯벌에서 '경징이' 풀로 피어나는 것이라고 믿었다.

강화 향토방위대의 양민학살

1951년 1월, 갑곶나루터와 옥림리 갯벌에서는 믿지 못할 양민학살이 있었다. 서울이 수복된 뒤, 민간청년반공단체인 치안대와 대한정의단의 단원들은 부역한 사람이나 월북자의 가족들을 끌고 가 고문하는 등 괴롭혔다. 그후 잠시 해산했으나, 이듬해 1월, 그들 중 20여명이 향토방위대를 결성했다. 1950년 12월 당시 강화경찰서 사찰과에 근무했던 이북 출신의 박선호는 향토방위대의 신변보호를 약속했고, 경찰서장 김병국은 결성을 사주했다고 전한다.

이들의 활동내역에 관해 『강화사(江華史)』는 "특사령을 받고 석방된 사람 가운데서 다시 일어나려는 자들을 찾아내어 처단"하고 "부역행위를 하다 북괴군과 후퇴하여 달아난 자들의 가족들의 동태를 살"피는 것이라고 쓰고 있다. 방위대의 목적이 향토의 방위보다는 다른 곳에 있었음을 알려준다.

경찰서는 이들에게 소총과 야간통행증을 지급했다. 경찰이 부역자들을 취조한 뒤 한밤중에 내보내면 정문 앞에서 그들을 붙잡아 해안가로 끌고 가 죽여야 했기 때문이다. 방위대는 경찰에게 신병만을 넘겨받았기 때문에 죽은 사람이 누구인지도 제대로 알지 못했다. 그들은 부역자뿐 아니라 그 가족들까지도 학살했다.

경찰이 철수한 강화도에서 방위대는 유일한 무장권력기관이었다. 그들은 공산당원과 월북했다가 다시 돌아오는 사람들을 색출했고, 심지어는 가족들의 권유로 자수한 부역혐의자들까지도 모두 처형했다.

날이 갈수록 과감해진 방위대는 1951년 1월, 집단학살을 벌였다. 김포 일대를 장악했던 인민군에 대한 일종의 무력시위였던 셈이다. 불과 300m 정도 떨어진 곳에서 이 광경을 지켜본 인민군은 갑곶리 선착장을 향해 박격포를 쏘기도 했다. 당시의 무자비한 학살은 "개가 갯벌에 나가면 사람 다리 하나 물고 들어온다"는 말까지 낳을 정도였다. 방위대는 썰물시기에 맞춰 해안가로 끌고 가 처형한 뒤, 시체를 바닷물에 버렸다. 이후 방위대는 국토 사수의 공로를 인정받아 국회의장, 경기도 경찰국장, 육군 모 부대장으로부터 표창을 받았으며, 대장 최중석씨는 이후 감사원에 취직하기도 했다. 현재 강화읍에는 강화방위대 의적비가 서 있다.

세계를 움직인 역동의 바다를 가다

연평도 · 백령도

백령도

20분

대청도   10분

소청도

4시간

인천연안부두

옹진반도

해주만

대연평도

소연평도

4시간

인천연안부두

장군바위   삼청각

두무진

사곶해수욕장

용기포 선착장

콩돌해수욕장

농여해수욕장

답동해수욕장

선진포 선착장

독바위   소청답동 선착장

소청등대   분바위

충민사

연도교

당섬 선착장

소연평 선착장

연평바다

배는 바다로 간다.

관광을 위해 연평도에 가는 사람은 거의 없다. 여행사 직원들도 관광을 위해서라면 차라리 백령도를 권한다. 그러나 백령도에도 큰 볼거리나 추억을 남기려는 마음으로 출발하면 십중팔구 실패하고 돌아온다. 1박2일 동안 두무진(頭武津)의 장군바위나 심청각(沈淸閣) 정도를 보고 돌아오면 손해본 느낌이 들지도 모른다. 이야기로 듣던 것보다 못한 경우가 많기 때문이다. 그러나 연평도와 백령도는 알면 알수록 아름다움이 더하는 섬이다.

연평도 가는 배 위에서 문득 깨달았다. 모든 배들이 바다를 향해 가지 않고 섬을 향해 가고 있다는 사실을. 바다는 섬으로 가는 수단이거나 장애였다. 그러나 우리가 정작 봐야 할 것은 섬이 아니라 바다이다. 바다는 섬을 향해 누워 있지 않고, 하늘을 향해 누워 있기 때문이다. 섬은 바다의 중심이 아니라 변방이다. 중심과 변방을 오해하여 중심을 변방에 이르는 수단으로만 생각하는 경우가 있지는 않았는가.

서해교전이 일어난 연평바다.
텔레비전에서 본 '실감나는' 교전이 이곳에서 일어났다고는 믿어지지 않았다.

　평화를 위한 수단으로 전쟁을 사용하면서 서구는 다른 세계의 평화는 물론 자기 세계의 평화마저도 위협받기에 이르렀다. 베트남전쟁에서 미군이 뿌린 지뢰로 가장 많은 희생을 당한 사람이 미군이었다는 사실에 충격 받은 조디 윌리엄즈(Jody Williams)는 대인지뢰금지운동을 시작했고, 전쟁터에서 죽는 미국인보다 학교와 슈퍼마켓에서 총기사고로 죽는 미국인이 더 많아졌다. 군인만이 아니라 전 국민이 총을 소지하게 되었다. 총기에 대한 공포는 다시 총기를 소지하게 하고 그런 악순환의 고리를 이젠 끊을 길이 없어 보인다.

　그래서 목표로서의 평화만큼, 수단으로서의 평화가 중요한 것임을 깨닫기 시작했고 그런 사람 중에 마이클 레너(Michael Renner)는

'평화를 원하거든 평화를 준비하라'고 말할 수 있었다. 수단인 줄 알 았는데 목표인 것. 우리는 그런 것을 놓치고 있진 않은가?

"바다를 보고 나니 물을 말하기가 어렵다(觀海難水)"는 『맹자』의 한구절이 내 마음과 같다.

연평도 조기

「진도 뱃노래」의 절정은 연평도 조기잡이의 신명어린 양산도 가락이다.

> 연평바다에 널린 조기 양주(새끼)만 남기고 다 실어라
> 에야디야 에야디야 이 고기를 많이 잡아 이밥(쌀밥) 한번 먹어보세
> 선주놈 마누라 인심 좋아 막내딸 키워서 날 준다네
> 에야디야 에야디야 이 고기를 많이 잡아 이밥 한번 먹어보세
> 고기를 잡네 고기를 잡네 만선일세 만선일세
> 에야디야 에야디야 이 고기를 많이 잡아 이밥 한번 먹어보세

「진도 뱃노래」는 그 자체가 조선시대 이래 우리 밥상의 중심 찬거리였던 서해안 조기문화에 관한 일대 서사시이다. 진양조로 시작하는 뱃노래의 첫머리는 '칠산바당(칠산바다) 너른들'에서 서서히 조기를 잡아올리는 대목이다. 조기는 동해에는 없고 갯벌을 끼고 있는 서남해에서만 나는데 곡우 앞뒤로 남에서 서로 회유한다. 제주도 서남쪽과 상하이(上海) 동쪽의 따뜻한 바다에서 월동한 뒤 북상하여 3월 하순경에 칠산바다에 이르는데, 이때부터 첫 어획이 시작되며 연평도에서 그 절정에 이른다. 선착장이 있는 당도(堂島)에서 연평도까지는 1km가 넘는데 파시(波市)가 설 때는 배만 밟고도 당도까지

건너갈 수 있을 정도였다고 한다. 연평교회 목사님에게서 1967년에 찍은 사진 한 장을 구해보니 파시가 열릴 때의 장면은 그야말로 장관이다. 연평에선 4월 하순이 되면 조기떼가 나타나기 시작하는데 배를 띄워 귀를 기울이고 있노라면 먼바다에서부터 아련하게 들리던 소리가 점점 개구리떼의 아우성소리로 바뀌며 다가오다가, 쳐놓은 그물에 이를 때면 시끄러워서 사람들 말소리가 안 들릴 정도가 된단다. 많을 때는 4~5만 마리까지 잡히고 때로는 들어올릴 수 없을 정도여서 그물이 구멍나는 경우까지 있었다 하니 '만선이란 정말로 그런 것이 만선이여'라는 말에 신명이 들어 있다.

연평도 입구에 세워진 조기잡이 동상은 '물 반 고기 반'이라던 연평 조기어장을 표현하기 위해 바다 속 물기둥을 통과하는 거대한 조기떼를 새겨 넣었다. 이들에게 조기는 눈감고도 보이는 존재였던 것이다.

연평도 조기잡이 동상. 꽃게로 먹고산 지 오래되었지만, 아직도 연평도 하면 조기이다.

임경업 장군신

인간은 나서 죽을 때까지, 탄생을 탄생'답게' 죽음을 죽음'답게' 하기 위한 삶의 형식을 만들어내고 그것은 문화가 된다. 조기가 축복해준 땅이라 해도 과언이 아닌 연평도에서 조기를 자연상태의 조기로 놓아두었을 리 만무하다.

조기를 조기답게, 서해의 역사를 역사답게, 사람을 사람답게 하려는 노력은 어디서 시작되었는지 모르게 시작되었을 것이다. 그러나 자연과 역사와 문명이 하나로 통일되는 그 어떤 지점에서 서해문화라는 것이 만들어졌다.

황금조기의 전설과 함께, 서해안을 지키는 신으로 임경업 장군신의 채택은 그 결정적 계기가 되었다. 황금조기와 임경업 장군의 결합은 갯벌이라는 독특한 환경을 끼고, 중국과의 물류망을 가지고 있었던 동아시아인적 기질의 서해문화를 이해하는 접속코드가 된다.

대체로 연평도에 내려오는 임경업 장군의 설화는 이렇다.

병자호란 후 청은 조선에 명과의 관계를 끊고 명에 해오던 예를 자신들에게 하도록 요구했으며, 소현세자와 봉림대군을 볼모로 데려갔다. 당시 의주 부윤으로 있던 임경업 장군이 병자호란의 치욕을 씻고 두 왕자를 구출하기 위해 명과 내통해 청을 치려는 계획을 세웠다. 그는 수로가 육로보다 유리하다고 판단해 마포나루에서 한 대상을 꾀어 항해를 시작했다. 연평도 앞을 통과할 무렵 선주와 선원들은 배가 평안도 의주로 가는 게 아니라 명으로 가는 것임을 깨닫고 싣고 있던 물과 양곡, 부식과 연료를 모두 버렸다. 물자가 부족하니 육지로 가자고 청하기 위함이었다. 그러나 임경업은 배를 연평도 내항에 대게 하고, 식수와 연료를 구했다. 한편 선원들에게 가시나무(엄나무)를 지금의 안목어장에 꽂도록 했는데, 수많은 조기가 가시마다 걸렸다고 한다.

임경업 장군을 모신 사당인 충민사에는 유교도 무속도 한데 어우러져 있어 과연 연평도답다.

조기잡이의 시초가 되었다.

『세종실록지리지(世宗實錄地理志)』와 『신증동국여지승람(新增東國興地勝覽)』에 따르면 조선시대 초부터 우리 밥상에 오른 최대의 어종은 조기가 아니라 청어였다. 청어는 동해와 서해에서 모두 잡혔으므로 최대의 고기찬이었다. 그러나 언제부턴가 조기가 천하제일미의 자리에 앉는다. 이는 청어의 생태적 특성 때문이다. 즉 수온 변화에 민감한 청어는 어획량이 들쭉날쭉했다. 그에 비해 조기에는 약간 못 미쳤지만 꾸준한 어획량이 유지되었으므로 값의 변동이 없었다. 따라서 이 설화는 '뭐니뭐니해도 청어가 제일'에서 '뭐니뭐니해도 조기가 제일'로 그 자리가 바뀌어간 과정을 문화적으로 매듭짓는 역할을 했다.

또 연평바다를 떠나 제주도를 돌아 다시 연평으로 돌아오는, 조기문화의 정점이 바로 연평임을 확인하는 그럴듯한 내력을 제공하는 역할도 수행했다. 서해가 수평의 바다가 아니라 연평을 정점으로 한 수직의 바다임을 공식화하는 기능을 한 것이다. 자연은 사람의 생활과 만나 역사에서 반복되면 문화로 다시 태어나는 법이다. 문화란 진실의 법칙이 아니라 생활의 법칙이다. 달리 말하면 자연과 역사가 생활을 중심으로 맺는 '관계의 법칙'인 것이다. 따라서 조기잡이라는 생활을 창조한 주인공이 임경업 장군이었다는 것은 당시의 역사적 진실과는 거리가 있지만 생활을 중심으로 한 당대 사람들의 관계의 법칙을 헤아리는 중요한 단서가 된다.

임경업(林慶業)은 광해군과 대북파(大北派)를 몰아내고 인조를 왕으로 옹립한 인조반정에 성공한 서인정권의 사람이다. 인조반정은 동인세력 중 대북파를 정치일선에서 완전히 탈각시킨 사건이었으며 서인의 영구집권을 굳힌 사건이다. 서인은 황해도에서 경기, 호서, 호남까지 그 세력권을 형성하고 있었다. 서인은 사상적으로 조선성리학을, 정치적으론 친명배금노선을, 정세관으로는 북벌론을 띠었다. 그 군사적 실세가 임경업이었으니, 그가 서해안 일대의 신격이 될 만한 조건은 그렇게 마련된 것이었다. 연평에 영구 이주한 첫번째 집단은 이괄(李适)의 난이 평정되던 무렵 쫓겨온 지(池)씨와 채(蔡)씨인데, 임경업은 정충신(鄭忠信)과 함께 이괄의 난을 평정한 인물이었다. 그런데도 연평도에서 임경업 장군신이 추존된 것은 웬만한 육지의 세력관계를 등에 업지 않고서는 생각하기 힘든 일이었던 것이다.

그러나 임경업을 주목하는 것은 그가 당시로서는 보기 드문 세계인이었기 때문이다. 명나라에서 인정한 몇 안되는 조선인, 청나라에 붙잡혀 재판을 받을 때에도 그의 이러한 자질을 아깝게 여겨 전례없는 사면을 받을 수 있었다. 서인노론세력의 소중화의식은 당시 공동

문명권과 민족문명권이 만나는 해법을 보여준다. 민족적인 것이 세계적인 것이라는 조선식 성취가 쏟아져나오는데 소설에서 김만중(金萬重), 그림에서 정선(鄭敾)이 그랬다면, 군사에선 단연 임경업이었던 것이다. 임진왜란 때의 명장 이순신(李舜臣)과 휴정(休靜)이 민간신앙의 대상으로 되지 못한 배경에는 이순신이 영남남인이었고, 휴정은 억불정책에 눌려 있던 승가의 인물이란 세력관계가 숨어 있다. 그러니 임경업은 자연인 임경업이 아니라 서인 임경업이었다.

　게다가 임경업은 서해의 해상경제권을 장악하고 있었다. 이 점이 서해와 임경업을 결정적으로 연결시켜준다. 의주 부윤(府尹)으로 있을 때, 중앙의 재정지원이 줄자 그는 아예 중국과의 무역으로 상당한 이재를 축적한다. 무기를 든 자는 세상이 적으로 보이기 쉽지만 임경업은 국방의 힘이 무기가 아닌 민중에게서 나오며 세상은 적대의 발전이 아니라 생활의 발전으로 움직인다는 사실을 잘 이해했던 전략가였다. 이러한 그의 사상과 내력이 장군신뿐 아니라 풍요를 가져다줄 무역신으로서의 연평 조기신이 될 수 있었던 배경이다.

'답게'와 '답'

'답게' 하는 과정이 간혹 '답'으로 둔갑하여 고착될 때 문화는 관성화된다. 임경업 장군신이 서해를 서해답게 하는 문화적 상상력의 과정이라면 임경업 장군의 사당인 충민사(忠愍祠)는 '답게'를 '답'으로, 즉 권력으로 만들려는 기획이었다.

그러나 연평사람들은 임경업 장군을 장군'답게' 생각할 뿐 이상형의 '답'으로 받아들이진 않았다. 그것을 증명이라도 하듯 사당에는 다양한 기원의 형식이 펼쳐져 있다. 엄격한 예가 갖추어져야 할 유교사당이지만, 나뭇가지에는 누군가의 천도를 위해 건 듯한 옷과 천들이 너풀거리고, 앞마당에는 소주병이 뒹군다. 무속에서 기복과 한풀이까지 자기 나름의 형식으로 임경업 장군신을 해석하며 자기'답게' 만나고 있는 것이다.

이러한 연평도'다움'은 바다라는 언제나 낯선 세계와의 대화와 만남이 있어 가능한 것이다. 연평에 이르자, 바다와 육지는 서로가 서로의 중심이 아니다. 그저 바다와 육지는 서로 만난다. 바다가 낳은 알처럼 빛나는 해안가의 동그란 몽돌이 그렇고, 갯벌과 조기와 꽃게가 그렇다. 바다와 섬은 맞서는 대신 함께한다. 갈등을 해소하기보다는 새로운 장(場)을 만들어낸다.

그래서 맑은 갯벌은 갯벌이 아니다. 탁한 갯벌도 갯벌이 아니다. 맑지도 탁하지도 않은 걸죽함, 그것이 갯벌이다. 갑작스런 비약이 아닌, 지속되는 변화 그 자체가 갯벌이다. 물은 갯벌과 뜨겁게 몸을 비비며 하룻밤을 보낸 뒤 기약도 없이 먼바다로 떠나간다. 모래갯벌

황금조기 신화의 모태인 연평도 갯벌

의 파도무늬에 긴긴 사연을 남겨 놓은 채. 물은 칠산바다를 지나 큰
바다에 이르렀다가 대회전으로 다시 돌아온다. 그 돌아오는 해류 속
에 섞여 황금빛 조기가 그득했다. 연평갯벌에서 수태한 조기는 큰바
다로 나가 연평으로 돌아오는 바닷물에 섞여 장성한 황금비늘의 조
기가 된다. 자기가 태어난 곳이란 것을 확인한 적이 없지만 조기는
어김없이 그렇게 돌아온다.

그렇게 조기를 몰고 바닷물이 돌아올 때면 갯벌에는 처녀의 복숭
아빛 얼굴처럼 붉은 노을이 든다. 해마다 반복되어도 익숙해지지 않
는 외로움과 기다림이지만 어김없는 바다의 약속은 연평을 서해어
장의 중심으로 만들었다.

임경업을 계기로 조기잡이가 시작되었고, 그가 서해 전역의 갯마
을 사당의 주인이 되었다고 하지만, 진정으로 그가 신이 된 것은 위

대해서가 아니라 좋아서였다. 먼바다 한가운데서 사람대접 받지 못하고 살던 섬사람들을 찾아와주었기 때문이다. 이괄의 난이 실패하고 연평에 들어와 살던 사람들에게, 유배되어 다시는 살아나갈 수 없게 된 사람들에게 그는 위대한 장군이 아니라 반가운 손님이었다. 지금의 연평사람들이 육지에서 찾아온 이들을 맞이하듯이.

이런 점에서 통일을 민족의 본성을 실현하는 것이라고 말하는 것도 가능할 성싶다. 연평도의 조기는 영해문제와 연관된다. 1982년 4월 있었던 유엔의 제3차 해양법회의는 "①(영해)기선을 긋는 데 실질적 문제는 사실상 이들 선 안에 놓여 있은 해역들이 하수 지배를 받기 쉽게 국내토지와 밀접하게 연계되어 있느냐, ②그렇지 않다면 해당지역에 대한 독자적인 경제적 이해와 그 해당지역에 대한 실체성과 중요성이 오랜 사용으로 명백히 입증되어야 한다"라고 언급한다. 이중 두번째 조항은 역사적 응고의 원칙을 말하고 있다. 때문에 영해문제와 관련하여 연평도의 조기문화는 민족문화로서의 영해의 역사성을 증명하는 중요한 요소가 된다. 민족의 생활 속에 뿌리내리고 있는 문화에서 분단 이전의 우리 자신을 기억해내고 통일의 상상력과 이상을 회복하여, 분단모순을 극복해나가는 것이 민간의 통일운동이 아닐까.

백령도 동키부대

인천 연안부두에서 데모크라시호를 타고 네 시간을 꼬박 가면 서해 5도의 맨 끝 섬 백령도가 나온다. 남한 땅에서 갈 수 있는 북서쪽 끝이다. 서해에 왜 섬이 5개밖에 없으랴만 서해 5도는 정전협정과정에서 생긴 이름이다. 황해도를 포위하고 있는 대청도·백령도·소청도·연평도·우도 이렇게 다섯 섬은 정전협정상 북한의 영해에 속하

면서도 그전까지 남한에서 관할하던 섬임을 인정하여 유엔군의 관할이 되었다. 그러니 지나온 뱃길은 법적으로 북한의 해역을 지나온 셈이다. 그러니 북쪽의 땅을 밟아보진 못하지만 북쪽의 바다는 밟아볼 수 있는 곳이 백령도를 비롯한 서해 5도이다. 용기포에 내리면서 보이는 백사장은 세계를 통틀어 단 둘뿐이라는 천연비행장이다. 사곶백사장으로 군용지프가 거침없이 질주한다. 이런 섬에 비행기가 뜨고 내릴 일이 얼마나 있겠는가. 한국전쟁 때 처음 비행기의 방문을 받았으니 사곶백사장은 전쟁이 알려준 비행장인 셈이다.

동키부대는 1951년 1월 말 백령도로 피난나온 황해도 주민 중 청년 1천여명을 선발해 구성했다. 미군이 유격부대에 지급한 '앵글로 9' 무전기의 모양이 당나귀 같다고 해서 붙여진 이름이다. 당시 동키부대의 활동영역은 압록강 하구의 대화도(大和島)에서 한강 하구의 강화도에 이르는 서해 30여개 도서 전체와 구월산·멸악산 등 황해도 내륙까지 뻗치는 등 북부 서해안 전역을 담당했다.

1951년 10월 군사정전위에서 북한은 옹진반도를 포기할 테니 철원을 내주고 삼팔선으로 하자는 제안을 하지만 미국 측은 방위의 어려움을 들어 거부한다. 그런데 1951년 11월부터 인민군 총사령관 김일성은 유격부대의 서해안 기습작전을 방지하기 위해 다섯 차례에 걸쳐 인민군 1개 군단과 2개 사단에 '도서해방 전투명령'을 내려 경계했다.

1952년 1월 북한이 황해도와 서해지역에서의 철수를 요구하자 미국이 이에 반대하며 군사분계선 설정을 거부한다. 이는 동키부대의 전과 덕택이었다. 그러나 불행하게도 동키부대는 한국군의 정규부대가 아니었기 때문에 전쟁 후에도 보훈대상에서 제외되었고 최근까지도 국립묘지에 묻히지 못했다. 이들의 전과나 존재는 입소문을 통해서는 알려졌지만 미 국방성의 기밀문서가 해제되기 전까지는 이들은 없었던 존재나 마찬가지였다. 동키부대에 관한 이야기를 하는 것은 군사의 자주성을 획득하지 못하면 죽을 고생을 하고도 어떤 결과를 초래하는가에 대한 교훈을 얻기 위함이다.

동키부대가 미 8군 산하 유격대로 만들어진 것은 1951년 2월경이다. 그러나 이미 이들은 백령도와 구월산 등에서 활동하고 있었다. 이들을 지원한 것은 KLO부대였다. 그러니까 KLO부대의 지원을 받아 활동하다가 미 8군 비정규전부대로 된 것이다. KLO부대는 무엇인가? 매카서는 1949년 중공과 북한의 동태가 수상하다고 느끼고 정보참모를 시켜 이 부대를 만든다. 이 부대의 정식이름은 한국연락사무소(Korea Liaison Office)인데, 줄여서 KLO부대라고 부른다.

그런데 흥미로운 점은 이 부대의 구성원 대부분이 한국인들이었다는 것이다. 백의사(白衣社)가 중심적으로 참여했는데, 백의사는 미군 방첩대, 일명 CIC와 연계되어 있던 백색테러단체이다. 장제스

(蔣介石)가 조직한 테러단체 '남의사(藍衣社)'를 본떠 '백의민족의 남의사'라는 뜻으로 이름을 붙였다고 한다. 1946년에는 북한의 지도자 김일성을 암살하려다 실패했고, 백범을 암살한 안두희(安斗熙)도 백의사의 조직원이었다. 1949년 2월 백의사의 대표인 염응택(廉應澤)에게 매카서 사령부 쪽에서 보낸 인사가 찾아온다. 북한에 대한 정보를 확보하라는 극비명령을 받았다며 협조를 요청한다. 그리고 같은 해 6월 백의사는 잔존세력을 모아 매카서 사령부의 한국연락사무소가 설치되는 데 중심이 된다.

이들은 대부분 북쪽 출신의 반공청년들이었기 때문에 대북사업에 투입되었고 전쟁 전까지 황해도와 평안도에서 정보 수집과 유격작전을 편다. 전쟁은 이미 1950년 6월 25일 이전부터 벌어진 것이다.

그러나 동키부대는 비참한 대우를 받았다고 한다. 전쟁물자도 전과에 따라 받도록 하면서 인민군의 군화나 귀를 잘라와야 그에 따른 무기를 지급받을 수 있을 정도였다. 무기를 구걸하기 위해 싸우는 것 같아서 많은 부대원들이 회의에 빠지기도 했다고 한다. 동키부대는 조국을 위해 싸웠지만 결과적으로 그 공을 미국에게 인정받아야 하는 신세가 되어버리고 말았다.

심청과 통일미학

콩돌해수욕장과 두무진의 장군바위까지, 그래도 서해 5도 중 이만한 구경거리를 가진 곳은 백령도밖에 없다. 백령도가 서해의 끝으로 중국과 맞서 있으니 두무진의 바위들을 보고 장군들이 작전회의를 하는 형상을 떠올린 것은 가능한 상상이리라. 그런데 북쪽을 향하는 것처럼 되면서 두무진의 장관은 아픔이 되었다. 최근 또 하나의 관광거리가 만들어졌으니 심청각(沈淸閣)이다. 「심청가」는 우리

백령도 앞바다. 이곳 사람들은 사진의 바다를 인당수라 믿고 있다. 건너편이 이북이다.

에게 익숙한 판소리인데다 가락이 애절해 나이가 들수록 눈물을 자아내는 이야기이다. 백령도 서북쪽으로 8km 떨어진 지점에는 지금도 삼각파도가 치는 곳이 있다고 한다. 사람들은 이곳을 인당수(印塘水)로 꼽는다.

심청은 통일과 어떻게 만날 수 있을까? 나는 통일이 민족성을 복원하는 일이라고 여긴다. 분단으로 한반도에서 가장 위험한 섬이 되어버린 백령도에서 심청이란 민족적 재산을 만나는 것은 얼마나 다행스런 일인가. 심청 속에 숨겨진 민족성을 회복하는 일, 그것으로부터 상상력을 복원하는 일이 중요하다.

먼저 인당수를 보자.

「심청가」에서 인당수 찾아가는 길을 보면 중국의 강과 바다를 구석구석 지나 인당수에 이른다. 다소 과장이 있으나 중국을 제 집 드나들 듯하던 조선의 해양문화를 그려볼 만하다. 또 인당수의 묘사에서 바다의 형상이 손에 잡힐 듯 구체적인 점도 「심청가」의 주인공들이 해양문화의 주도세력이었음을 증명한다.

기마민족이나 농경민족이란 말은 그런 대로 익숙한데 해양민족이란 말은 왠지 낯설다. 이렇게 된 데에는 분단 때문에 경기만과 한강, 대동강 등의 해양물류망이 갇혀버린 데 큰 원인이 있다고 본다. 북쪽의 배는 서해안에서 동해안으로 갈 수가 없고 남쪽은 대륙과 연결되는 육로가 없어 섬과 같은 존재다. 남쪽은 씰크로드를 잃었고 북쪽은 바닷길을 잃었다고 생각할 수 있으나, 사실은 남도 해양을 잃었고 북도 씰크로드를 잃었다. 이 두 개의 길이 같이 복원되어야 민족의 본성이 분단 이전의 조건으로 돌아간다. 그래서 경의선, 경원선과 함께 서해의 뱃길이 중요하다.

중국과 가장 가까운 바닷길이 한반도의 돌출부인 황해도 옹진반도와 중국의 돌출부분인 샨뚱(山東)반도 사이인데, 전문가들이 중국에서 한반도로 이어지는 뱃길을 탐사한 결과 해류가 남중국해에서 우리나라의 서해안을 거쳐 옹진반도와 샨뚱반도를 끼고 한 방향으로만 흐른다는 것을 알게 되었다. 때문에 배들은 뒤돌아갈 수 없고 한 방향으로만 전진하도록 되어 있다. 그래서 중국상인들의 통로가 되는 곳마다 심청의 무대가 되는 증거들이 나타나니 져쟝성(浙江省)의 져우샨(舟山)군도에서 곡성, 위도, 백령도까지 다양하다. 어쨌든 서해벨트가 백령도 근해를 지나가고 그 근처에 인당수 같은 소용돌이물길이 있는 것만은 분명하다.

바다의 이런 특별한 장소는 서해에만 있는 것은 아니다. 서양에는 이런 소용돌이에 원한을 품고 죽은 여신이 그 한풀이를 위해 미성으로 뱃사람을 유혹하는 신화가 여러 가지로 변형되어 전해진다. 라인

강의 로렐라이가 그렇고, 씨칠리아섬의 소용돌이가 그렇다. 사실 인당수는 바다에 익숙한 민족에겐 세계적 보편성을 갖는 소재이다. 심청은 우리 민족에게 잠재해 있는 해양문화의 가능성을 일깨우는 데 소중한 의미를 갖는다.

이전엔 「심청가」를 효의 관점에서 주로 해석해왔다. 그러나 심청이 갖는 세계성에 주목하고 동양정신의 정수로 끌어올려 막다른 길에 다다른 서구문명에 경종을 울린 이가 있으니 그가 윤이상(尹伊桑)이다. 그의 오페라 「심청」은 심봉사로 대표되는 소외계층의 눈을 뜨게 하기 위해 자신의 목숨을 던지는, 즉 자기희생을 통한 인류 구제에 초점이 맞춰져 있다. 합리성만으로 설명되지 않는 이 숭고한 비극의 세계는 예수의 가르침인 '원수를 사랑하라'를 연상시킨다. 그러나 윤이상은 국수주의로 빠질 수도 있는 비합리성의 세계를 냉철히 반성한다. '인신공양만으로는 부친의 눈을 뜨게 할 수 없었다'는 심청의 반성이 극의 큰 기둥을 이루는 것이다.

심청은 죽은 뒤 옥황상제의 명에 따라 민중의 눈을 뜨게 하는 사명을 갖고 심청으로 거듭난다. 자생적 휴머니즘에 머물 뻔하던 심청은 어머니의 힘으로 지상으로 보내지고 새로운 임무를 부여받는다. 이전까지 해석의 초점이었던 '효'보다는 하늘에서 부여받은 '저 눈먼 땅의 빛이 되어라'는 임무, 즉 심봉사의 개안(開眼)에 초점이 맞추어진 것이다. 황후가 된 심청이 아버지를 만나 눈뜨게 함으로써 임무를 완수하게 하는 걸로 진행된다. 더구나 자신의 아버지뿐 아니라 많은 봉사들을 눈뜨게 하고, 축제가 벌어지는데 이것은 심청가가 굿판에서 유래한 흔적이다. 원래 「심청가」의 원형인 설화와 「심청굿」에서는 그녀가 인당수에 몸을 던지는 것에서 끝난다. 봉사들이 눈을 뜨는 대목은 거리굿의 봉사거리라고 해서 별도로 존재했다. 보통사람들의 소원을 풀어주는 영웅이야기가 첨가된 것이다.

발전은 사람을 위한 변화이다.
그중에서도 감동스런 발전은 스스로 억압이던 것이 남조차 해방시키는 존재로의 변화 아닐까.

심청은 죽음으로써 다시 살아난다. 생사일여(生死一如), 유무상생
(有無相生)이라 할 만하다. 윤이상도 "안정과 불안정, 이것이야말로
내 음악언어의 비밀"이라고 한 바 있다. 그는 동도서기(東道西器)나
서도동기(西道東器)의 방법론을 피해 도기합일(道器合一)이 되었을
때 세계적 보편성을 얻는다고 여겼다. 한 민족의 신화와 전설이 인
류를 향한 발언으로 발전할 수 있는 가능성을 보여준 것이다.

심청의 정신과 새 방법론을 되새기며 북녘이 펼쳐지는 바닷가에
서면 보이지 않는 분단의 야수가 눈앞을 흐린다. 북방한계선이다.

북방한계선이야말로 우리를 모두 봉사로 만들어버린 소재이다.
두 번의 서해교전이 일어나는 동안에도 우리는 이 문제에 대해 심봉
사처럼 반응했다. 스스로 최면을 걸어놓고 눈을 감은 채 저지르고
있는 폭력은 아직도 신화의 세계로부터 해방되지 못한 분단의식을
반영한다. 이는 우리 민족이 해양민족으로 뻗어나갈 수 있는 가능성

을 스스로 차단하는 짓이다. 북방한계선에 대한 인식이 개명되지 않으면 제3의 서해교전은 언제고 또 일어날 수 있다.

'북한은 무조건 적이다. 적을 인정하면 곧 적이 된다.' 이게 지금껏 우리의 북쪽에 대한 결정적인 가치관이다. 남북의 정상이 끌어안고 회담을 해도 그 결정적인 가치관은 그 사실을 인정하지 못하게 작용한다. 북방한계선 문제가 북쪽이 아닌 다른 나라와의 문제였더라도 지금처럼 반응했을까.

우리의 무시무시하고도 굳어버린 북쪽에 대한 가치관은 자신의 마음대로 움직이지 않는 대상을 만나면 '구원'을 꿈꾼다. 열정과 헌신이 바쳐지는 것은 물론이다. 그러나 차이를 인정하고 대화하려 하지는 않는다. 구원은 숭고한 거라고 맹신하기 때문이다. 그 맹신을 치유하기 위해서라도 대화의 기술은 중요하다. 새로운 세기는 구원의 세기가 아니라 대화의 세기가 될 것이기 때문이다.

뭐라고 해도 백령도는 노을이다. 노을이 아름다운 이유는 세상이 관계를 통해 변화하는 것임을 깨닫게 하기 때문이다.

전혀 바뀔 것 같지 않던 한낮의 햇빛이 이때가 되면 모두 변한다. 노을의 원인이라 해야 할 태양도 이 시간엔 새로운 빛으로 변한다. 서로가 서로를 변화시키는 시간, 서로가 서로에 의해 변화되는 시간이다. 관계가 가져다주는 변화의 충만함 때문에 기울어가는 태양임에도 노을은 아름답다.

온 세상은 노을빛의 무게에 눌려 바위를 매단 시체처럼 과거의 밑바닥으로 잠기고 있다. 그 애상에 불어오는 찬바람도 멀어져가는 파도소리도 한 걸음 걸어나가 꼬옥 끌어안고 싶어진다. 이젠 물도 멀어져 파도소리마저 잦아들면, 밤은 바다를 건너오고, 모든 것을 어둠의 괄호에 묶어버린 채 내게 요구한다. 무엇인가와 대화하기 전에 스스로와 대화하라고……

126

백령도 갈대밭의 노을

서해교전

1980년대 이후 자연의 주인공은 조기에서 꽃게로 바뀌었다. 지나친 남획으로 조기가 거의 사라지자 새로운 주인공이 나타났으니 바로 꽃게다. 꽃게 농사로 1억원 정도나 벌 수 있다니. 선주들에게만 해당하는 말이겠지만 조기가 사라진 서운함이 이젠 완전히 극복되었다. 그러나 조기문화에 필적할 만한 꽃게문화가 생겨나지 않아서일까. 연평도 입구에는 꽃게잡이 동상이 없다.

그런데 꽃게는 엉뚱한 방향에서 서해 '문화'를 만들어낼 역사적 계기를 제공했다. 바로 서해교전이다. 연평에서 해주에 이르는 꽃게잡이어장은 북방한계선을 둘러싸고 매년 갈등을 빚어왔다. 어선은 함정과 함께 어로활동을 하며, 대포사격도 빈번했다. 그러나 1999년까지 세상은 연평도의 꽃게잡이에 대해 관심이 없었다.

평화는 평화적 수단으로 이루어진다. 폭력은 전쟁을 가져올 뿐 평화를 가져오지 않는다. 역사는 우리에게 그 점을 누누이 강조하고 또 강조한다. 수단과 과정으로 생각했던 것이 자기도 모르는 새 목표가 되어 있는 경우를 우리는 종종 본다. 목표의 정당성이 잘못된 수단을 합리화시키지 못함에도 말이다. 연평도 새마을 해수욕장에 '적'의 배가 침투하지 못하도록 설치해놓은 용치라는 쇠말뚝이 대순환과 원융의 바다에 어울리지 않는 것처럼.

2002년 6월 29일, 월드컵열기가 절정을 향해 치닫고 있었다. 그리고 또다시 서해교전이 발생했다. 월드컵열기에 찬물을 끼얹으려는 북쪽의 유치한 장난이라는 비판에서부터 곧 전쟁이 일어날지도 모

아낙들이 꽃게 따기 작업을 하고 있다.

북의 선박이 오지 못하도록 막는 용치는 되레 우리 마음을 막아버렸다.

른다는 불안감까지 한반도를 휘감았다. 의도적으로 쏘았는지와 누가 먼저 쏘았는지는 이번에도 언론을 타고 주요 관심사로 떠올랐다. 그러나 이 두 가지는 맥락일 뿐 본질이 아니다.

남쪽에서는 북쪽이 북방한계선을 침범했기 때문에 쏘는 것이고, 북쪽에서는 남쪽이 영해를 침범했기 때문에 쏘는 것이다. 쏴야만 하는 필연적인 이유가 있는 것이다. 과연 북방한계선 침범이 맞는가? 영해 침범이 맞는가? 계속되는 서해교전의 본질은 바로 이것이다. 이 문제가 풀리지 않는 한 남과 북의 젊은이들은 억울하게 죽어갈 것이다.

그러나 이 문제는 역사가 인간에게 내주는 문제치고는 그래도 쉬운 문제에 속한다. 객관적인 진실이 확고하기 때문이다. '의도' 찾기 게임에 골몰하기보다 있는 현실만 정확히 알아도 이 문제는 쉽게 풀린다. 1996년까지는 국방부장관과 미국에서도 답을 알고 있었던 것 같다. 당시의 국방부장관 이양호(李養鎬)는 "북방한계선은 어선 보호를 위해 우리가 그어놓은 것으로, 북한 측이 넘어와도 정전협정 위반은 아니"라고 말했다. 그 발언으로 소란이 일자 그는 "해상의 북방한계선은 정전협정상 규정된 지상의 군사분계선과는 다르다"며 한발 물러섰다. 그러나 그가 북방한계선에 대해 정확하고도 단호하게 말할 수 있었던 것은, 공군 대령 시절 그 자신이 한국연락장교단장으로 군사정전위에 수없이 참가한 전문가이기 때문이다. 전문가들조차도 원문을 제대로 읽어본 적이 없는 정전협정문서를 그는 날마다 협상의 기초자료로 암기하다시피 알고 있었던 것이다.

그와 함께 근무한 유엔사 직원 중 제임스 리(한국명 이문항)라는 인물이 있다. 그는 1980년대 유엔군 사령관 정전 담당 특별고문이었고, 이후 미 국무성 외교연구원 강사로 활동한다. 1980년 유엔사 총사령관과 유엔사의 수뇌부들에게 북방한계선과 서해 5도 영해문제에 관한 쟁점 등을 설명했으며, 1999년 서해교전이 일어났을 때 미 정부에도 상세한 내용을 설명한 바 있다. 그에 따르면 휴전 이후부터 1991년 2월 13일까지 40여년간 군사정전위의 본회의, 비서장회의, 직통전화, 서한 등 그 어디에서도 '북방한계선 침범' '북방한계선 위반'이란 얘기가 없었다. 또 군사정전위의 어떤 기록에도 북방한계선에 대한 내용이 없어 주한 미해군사령부의 기록을 검토해보았다. 북방한계선은 1958년에 설정한 해군의 '작전통제선'이었다. 즉 북방한계선은 한국군의 선박뿐 아니라 한국의 어선도 통제하는 한계선이었다.

북방한계선은 남한과 북한 또는 미국과 북한이 합의한 적 없는 미군의 작전통제선이었고 군 기밀이었다. 2002년 6월 서해교전이 일어나자, 국방부는 ①북쪽이 북방한계선을 침범해 물러가라는 남쪽 해군 경비정을 공격해 큰 피해를 보았고, ②이는 명백한 정전협정 위반이며, ③이 사태에 대한 모든 책임은 북쪽에 있다는 내용의 성명서를 발표한다.

북쪽이 북방한계선을 침범했다는 남쪽의 판단에서 이 사건은 시작되었다. 그러나 북방한계선은 미국이 만들고 남쪽이 지키는 '우리만의 지침'일 뿐 북쪽과는 합의되지 않는 선이다. 그러니 북쪽이 정전협정 위반이란 판단에 수긍할 리도 없고, 이 사태의 모든 책임이 자신들에게 있다고 인정할 리도 없는 것이다.

영해문제를 바라보면서

정전협정에 첨부된 지도에는 서해 5도의 둘레에 섬의 위치를 보이도록 점선으로 된 사각형이 있다. 그리고 지도 위의 점선으로 된 사각형은 "섬의 위치를 명시하는 시각적 목적일 뿐, 그 섬들의 밖으로 섬에 속하는 공간의 면적을 의미하지 않으며, 그 사각형 점선 안의 공간이 어떤 '수역' '구역' '지대' 또는 '구획' 같은 것을 형성하지도 않으며, 그 점선 사각형을 서로 연결하여 어떤 목적의 '선(線)'을 긋는 것도 허용되지 않는다는 뜻"이라는 주석을 붙였다. 즉 서해 5도의 각 섬들은 영해를 가질 수 없다는 것이다. 그러나 미국과 남한은 섬에 대해서뿐 아니라 훨씬 넓은 해역을 영해처럼 사용해왔다. 북한이 문제로 삼는 게 바로 이 부분이다.

이 대목에서 우리 민족의 안전과 이익을 고려한 지혜를 고민해야 한다. 난마처럼 얽혀 있는 현 상태를 크게 변화시키지 않고도 분쟁의 위험성을 줄일 수 있는 방법을 찾는 것이다. 가령 무해통항권(無害通航權)을 생각해보자. 무해통항권이란 연안국의 평화·질서·안전을 해하지 않는 범위에서 항해를 보장하는 권리를 말한다. 연안국

에서 영해사용자의 자격과 조건을 규정하여 선반의 통항을 규제할
수는 있지만, 그것을 행사함에 있어 무해통항을 부인하거나 방해하
는 결과가 되지 않아야 한다는 규정 또한 있다. 얼마 전 북쪽의 상선
이 제주해협을 통과한 적이 있는데, 그때 적용된 국제법적 조항이
무해통항권이다.

　정전협정상 서해 5도는 유엔사의 통제 아래 있기 때문에 무해통
항권이 인정된다. 바다 한가운데 오랫동안 머물러 있거나 적정행위
를 하는 것으로 의심되는 경우를 제외하고는, 군함도 무해통항할 수
있다. 해군의 활동이 축소되는 문제가 생길 수는 있지만, 오히려 이
점을 평화 정착에 이용할 수 있다. 남과 북 양측의 합의로 양군의 불
가침을 확실히 보장할 안전장치를 만든다면, 이곳은 서로를 향하던
총부리가 내려지는 곳이 될 것이다. 유엔사와 북한은 해상분계선에,
남북은 공동어로수역에 합의한다면 서해교전 발발의 불안은 사라질
것이다.

서해5도 북방한계선은 지리모형에만 존재한다. 모형이 현실을 압도하는 허상의 바다, 허상의 선.

서해교전 때 침몰한 참수리호

북한도 과거 여러차례 공동어로를 공식 제안한 바 있다. 동해에서
는 명태잡이철에, 서해에서는 조기잡이철에 남쪽 어민들이 일정한
규칙을 지키면 북쪽 어장에서 고기잡이를 허락하겠다고 했다.

영해문제와 관련해 이런 일화가 있다.

1958년 미국은 제네바에서 열린 제1차 유엔 해양법회의에 실무자
로 참가하는 당시의 외무부 차관 김동조(金東祚)에게 자신들의 '영해
폭 3해리' 안을 지지해달라고 압력을 행사했다. 소련이나 북한이 12
해리 영해이니 20해리 영해이니 하면서 항의를 하면 미국이 지브롤
터(Gibraltar)해협과 한반도 해안을 초계하는 데 막대한 지장이 생긴
다는 것이다. 대통령 이승만(李承晚)도 대표부에 훈령을 내렸다. 그
런데 며칠 후 미국의 안이 찬반 동수로 부결되었다. 확실하다고 생
각했던 한국대표가 반대표를 던졌다는 것이다. 미국 대표단뿐 아니
라 우리의 외무부도 발칵 뒤집어졌다.

정부의 훈령을 무시하고 반대표를 던진 경위를 조사했더니 대표
단의 단장이었던 영국대사 김용우(金用雨)가 미국의 안을 지지했을

경우 우리나라의 평화선이 어떻게 될 것인가에 의문을 제기하며 반대표를 던졌다는 게 확인되었다. 얼마 후 이승만은 김용우를 파직시켰다. 실무자의 소신있고 국익을 위한 결단으로 미국의 압력에 굴복하지 않고 세계적 영해주권을 지키는 데 공헌을 한 셈이었다.

게다가 남북관계는 대외적으로는 국제법적 관계이지만, 민족 내부적으로는 특수관계이다. 남북기본합의서에 따르면 남북관계는 잠정성, 이중성, 특수성을 띠고 있어 분단의 고착을 전제하지 않고서는 평화통일 때까지 최종적인 국가경계 획정이란 있을 수가 없다.

이런 점에서 중요한 것은 서해 5도에서 외국의 지정학적 이해관계를 통제하는 것이다. 2001년 6월에 발효된 한중어업협정에서 서해 5도 수역에 대한 중국의 어로활동을 통제한 것은 긍정적이다. 그리고 다음은 미국이다. 미국의 패권을 통제하기 위해서는 궁극적으로 정전협정을 평화협정으로 대체해야 하지만, 그 이전이라도 우리 민족의 지혜를 발휘해 우리 민족에 이익이 되는 방향으로 나아가야 한다. 남과 북은 잠정적인 특수관계이다. 따라서 분단국가의 경계선은 잠정적인 성격을 띨 수밖에 없다. 또 남북의 문제를 국제법적 논리로 풀기에는 현실적으로 비논리적 요소가 너무 많다.

따라서 나는 평화통일이 될 때까지 국제법을 통해 중간선이나 등거리 원칙을 적용하는 것보다는 '공동어로수역'의 설정에서부터 그 해법을 찾는 게 현실적이라고 판단한다. 또 1992년 9월 국제사법재판소가 폰쎄까(Fonseca) 만의 법적 지위를 판시하면서 연안 3국인 엘살바도르, 온두라스, 니카라과의 공유물이라고 한 결론도 참조할 만하다.

남북정상회담은 이런 면에서 획기적인 전기를 마련했다. 그간 논의만 되던 남북공동어로문제 등을 당국간에 합의했고 전국어민총연합 같은 단체가 북쪽의 단체와 만나 민간 차원의 구체적인 공동어로

문제를 논의하기도 했다.

우리는 6·15선언에 합의하는 민족사적 성과를 이루고도 이를 실현할 수 있는 세부방법에는 부족함이 많았다. 분단 반세기의 관성이 크게 작용했음이 분명하다. 그러나 부족함의 틈은 전쟁의 위기를 대동한다. '확고한 안보태세' 확립으로 전쟁을 준비하면 전쟁은 두말없이 찾아온다. 평화적 수단을 활용해 평화를 맞이할 준비가 되어야 평화는 찾아온다. 그런 점에서 영해문제는 북방한계선에 대한 비판을 넘어 이를 해결할 건설적 대안으로서 의미를 갖는다. 우리가 북방한계선 비판과 아울러 영해문제를 고민해야 하는 이유가 여기에 있다.

연평도 관광

인천 연안부두에서 실버스타호가 매일 왕복한다. 인천에서 아침 8시에 출항하고, 연평도에서는 오후 1시에서 1시 30분 사이 출항한다. 출항하는지 여부를 그날 아침에 전화로 물어봐야 한다(진도운수 032-888-9600, 연평도 송림면 사무소 032-832-9951). 서울역 왼편 지하도 앞 정류장에서 삼화고속버스가 아침 6시부터 10분 간격으로 인천 연안부두 어시장으로 떠난다.

연평도는 서해 제일의 청정해역이어서 자연산 해물이 넘쳐난다. 연평도에는 예로부터 4월 조기, 5월 농어, 6월 준치, 7월 민어라는 말이 전해왔다. 요즘엔 조기가 사라졌지만 나머지 생선은 여전히 풍부하다. 연평도에서 나는 농어·준치·민어는 회나 매운탕감으로는 최고급 대우를 받는다.

'썩어도 준치'라는 말이 있듯이 준치의 맛은 일품이다. 연평도에서는 우리나라에서 유일하게 준치를 낚시로 잡아왔다. 연평도의 준치는 6월부터 추석 전까지 난다. 연평도 사람들은 이때 잡은 준치를 저장했다가 겨울에도 회로 먹는 방법을 터득해서 전수해오고 있다. 막 잡은 준치를 바로 소금가마니에 넣어두었다가 겨울 눈밭에 하루만 던져놓으면 염기가 빠져 생선의 상태로 되돌아온다고 한다. 연평도에서 해병대생활을 한 군인이라면 이 노래를 잊지 못할 것이다. "조기를 담뿍 잡아 기폭을 올리고/온다던 그 배는 어이하여 아니오나/수평선 바라보며 그 이름 불러봐도/갈매기만 우는구나 눈물의 연평도." 최숙자가 부른 「눈물의 연평도」다.

조기농사로 번성하던 연평도는 1959년 태풍 사라호를 만나 운명이 갈린다. 당시 태풍으로 수백척의 어선이 부서지고 죽은 어부들의 시체가 바닷가를 뒤덮었다. 이어 1974년 안보상의 이유로 어로저지선을 남하시키니 북녘 가까운 조기밭에 들어갈 수가 없게 되었다.

그러나 들어가는 데 예닐곱 시간씩 걸리는 뱃길사정이 오히려 연평도의 '처녀성'을 잘 간직해줘 연평도에는 어느 섬에서도 볼 수 없는 인심과 풍광이 있다. 배로 도는 데 40여분이 걸리는 연평도 해안 가운데 북녘이 보이는 북서쪽은 우리나라 해안 절경의 종합판이라고 할 정도이다. 결 고운 모래밭 구리동 해수욕장, 검은 바위와 자갈로 된 오석해안, 해식동굴과 벼랑이 간담을 서늘케

하는 개모가지낭, 40m 해안 벼랑 위에 등대가 서 있는 빠삐용바위, 등대 터에 세워지고 있는 조기박물관, 겨울이면 눈이 덮여 거대한 아이스크림 모양이 되는 '아이스크림바위' 등 다양한 모습의 해안이 펼쳐지는 것이다.

밤에도 재미있는 체험거리가 기다리고 있다. 섬 남쪽 여객선 부둣가에는 300m 정도의 자갈길 잠수도로가 있다. 이곳은 밀물과 썰물이 드나들어 고기가 많다. 마을 사람들이 덤장이라고 부르는 정치망(定置網)을 쳐놓는다. 그 그물에는 병어와 학꽁치, 수조기 같은 생선이 많이 걸린다. 그물주인들과 함께 과일처럼 그물에 열린 싱싱한 생선을 따내는 일은 퍽 즐겁다. 그리고 그 물목 바닥 자갈길은 밤에는 꽃게밭과 낙지밭이 된다. 이때 횃불이나 손전등을 들고 나서면 자갈 사이에서 어른 손바닥만한 꽃게나 낙지들이 다리를 쩍 벌리고 정체를 드러낸다. 그것을 바삐 주워담기만 하면 되는데 이를 '횃불게' 또는 '횃불낙지'라고 한다. 게나 낙지나 사람이 가도 도망갈 줄을 모른다. 또 그 자갈밭에는 얼마나 고둥이 많이 붙어 있는지 비로 쓸어담아야 할 정도이다.

빠삐용바위

소청도와 대청도

백령도행 쾌속선을 타면 맨 먼저 들르는 곳이 소청도이다. 소청도의 새벽은 안개 속의 해돋이가 인상 깊다. 일출시간에 맞춰 해수면에 높직이 솟아오른 안개가 햇살을 모두 거두어 불그스레한 스크린 위로 반공(半空)을 그려놓는다. 그러나 한 치의 시야도 용납치 않겠다는 듯 대들던 안개덩어리는 한 시간쯤 뒤 햇볕과의 싸움에서 패하고 푸른색을 돌려놓는다. 이름에서처럼 동해 같은 푸른 바다가 펼쳐진 곳이 이곳이다. 서해의 다른 곳과 달리 해저가 개펄이 아니라 모래여서 물이 동해 못지않게 파랗고 그 아래 까나리·놀래미가 떼지어 다니는 것하며 지천으로 깔린 홍합·성게·미역과 김이 육안으로도 보인다.

인근 백령도나 대청도와 뱃길로 30분 안팎이지만, 그 두 섬에 가려 일반인들에겐 잘 알려지지 않았다. 그러나 그것이 되레 소청도의 매력이다. 특히 낚시만 던지면 영악하지 않게 물려주는 낚싯감 때문에 낚싯꾼들은 백령도에 갔다가도 소청도로 오곤 한다. 그리고 섬사람들의 자랑인 '분바위'도 있다. 소청도 동쪽 해안가에 우뚝 선 분바위는 절벽 전체가 대리석이다. 하얗기도 하지만 만지면 보송보송해 영락없이 분가루를 뭉친 듯하다. 이 절벽은 한때 동양 최대의 대리석 산지였다. 토박이들은 일제강점기 때 워낙 많이 채취해 지금은 산 하나가 없어져버렸다고 아쉬워하지만 지금도 분바위는 유난히 푸른 파도와 함께 이국적 정취를 물씬 풍긴다.

서쪽 끝 절벽가에는 소청등대가 있는데 1908년 우리나라에서 두번째로 건설되었다는 내력과 함께 지금도 샨뚱반도나 남포항으로 가는 뱃길을 밝힌다. 등대에 올라서면 인근 섬뿐 아니라 장산곶이 훤히 보인다. 소청도에는 월남한 이산가족들이 많이 살고 있다. 그래서 등대는 망향의 전망대이기도 하다. 이밖에 예동포구에서 걸어서 10분 거리인 '모래탕'을 비롯해 섬 전체에 깔린 콩돌 해안은 가족들이 모여 해수욕하기에 좋다.

대청도는 백령도로 가는 길목에 소청도와 함께 있다. 소청도만큼은 아니지만 백령도의 그늘에 가려 사람들의 시선을 별로 받지 못했다. 대청도도 소청도처럼 안개 많기는 마찬가지니 무진기행(霧津紀行)을 기대해도 좋다.

대청도 입구의 선진포구부터 활력이 넘친다. 안개가 잦은 곳인지라 청명한 날이면 만선과 무사귀환을 알리는 배들이 형형색색 깃발을 달고 들어와 방파제에는 어촌 특유의 비린내와 와자함이 교차한다. 서해안 최대 어장인 이곳에서 갓 잡은 우럭·오징어·놀래미로 배를 채운 뒤, 해수욕장으로 향하면 괜찮을 성싶다. 농여해수욕장은 대청도에서 제일 크다. 백사장이 4km에 이를 정도이고, 편의시설도 갖추고 있어 산책과 놀이에 적합하다. 미아동해수욕장은 백사장 규모는 작지만 단란한 곳이다. 뒤로는 송림이 아름답고 바다 앞에 거북바위 등 갖가지 모습의 바위가 있어 사진을 찍기에 알맞다. 사탄동해수욕장은 해변 주위 곳곳에 갯바위 낚시터가 있어 바다낚시에 제격이다.

대청도에는 어느 섬에서도 볼 수 없는 대규모의 모래사막이 있다. 그리고 사람의 발길이 닿지 않았기에 그 사막은 아직도 원시의 자연성을 유지하고 있다. 청정바다에 자기 몸 한 자락을 담가 뭍의 해변가나 다른 섬에서 볼 수 없는 깨끗한 해수욕장을 만들어준다. 특히 답동해수욕장, 옥중포해수욕장, 농여해수욕장은 이 모래사막을 중심으로 발달한 것이어서 모래사막에서 세 방향으로 모래를 '만끽'하며 걷기에 좋다.

이 밖에도 독바위해안에 동백나무의 자생지가 있다. 이곳에는 수십년에서 1백년을 넘는 동백나무들이 숲을 이루고 있어 한여름에 들어가면 서늘한 기운이 더위를 잊게 한다.

참여와 저항으로 미리 만나는 통일

파주

자유로

길은 전쟁과 관련이 있다.

한자에서 길을 뜻하는 '도(道)'는 금문(金文)에 따르면 '행(行)'과 '수(首)'의 결합으로 행은 길을 본뜬 것이고, 수는 목잘린 머리를 뜻한다. 길은 이민족의 머리를 묻어 정화된 길의 의미로서 통하다가 이후에 사람이 지켜야 할 도리로서 변화되었다. 길이 문명의 전제로 되는 과정에는 정복과 지배에 대한 합리화가 한편에 숨어 있는 것이다. 아직까지도 길에는 그런 잔재가 남아 있으니, 굳이 자유로를 이야기하려는 이유이다. 길을 통해 가기 전에 길 자체를 알아야 한다. 길의 의미를 깨닫고 결심 끝에 그 앞에 선 이들의 표정엔 기형도(奇亨度)의 표현처럼 '톱밥 같은 쓸쓸함'이 스쳐가게 마련이다. 시원하게 뚫린 자유로에 들어서면서 쓸쓸해지는 것은 그래서이다.

자유로는 1990년 8월에 착공해 1994년 9월에 완공한 길이다. 1989년 9월 '한민족 공동체통일방안' 발표 때 천명되었던 '평화시' 구상과 연관되어 통일동산 건설과 함께 추진되었다. 당시 통일원장관 이홍구(李洪九)가 밝힌 통일방안은 '정치중심'의 국가체제보다는

자유로 기념비. '자유로 통일을 염원하며'라고 씌어질 예정이었던 것이
'자유로 대통령 노태우'로 바뀌게 되자 언론의 비난이 일었다. 그 결과가 지금의 '자유로'다.

'민족중심'의 사회체제에 역점을 둔 통일방안이었다. 체제를 중심으로 했던 기존의 통일방안에 비해 민족을 중심으로 했다는 점은 획기적인 진전이었다. 이 정신은 노태우 정권 때의 기본합의서를 거쳐 6·15선언 합의에 이르기까지 통일의 물꼬를 트는 역할을 했다.

그러나 그는 이어서 통일의 이념은 '자유, 인권, 행복의 가치가 구현된 민주국가'로 결정했다고 설명했다. 통일의 이념은 '자유'를 정점으로 한다는 설명이다. 이 대목에서 '자유로'라는 작명의 출처가 나타난다. 1972년 완공된 통일로가 당위적인 통일염원을 표현한 작명이었다면, 자유로는 일관된 논리체계의 꼭지점에 놓인 통일이념의 중심개념을 표현한 작명인 셈이다. 7·4남북공동성명에서 합의된 '자주, 평화, 민족대단결'의 정신이 '자유, 인권, 민주'로 바뀐 것이다. 워싱턴의 백악관 옆에는 자유광장이 있다. 또한 가운데 잔디밭을 두는 자유로의 건축방식이 미국의 하이웨이를 본뜬 것으로 볼 때, 자유의 개념은 미국의 그것과 무관치 않다.

이런 배경으로 민주주의와 인권이 일단 옳다는 선험적 전제에서 북한과 만나려고 한 것이다. 만일 남한의 논리대로 북한이 대응한다면 자신들이 일단 옳다고 생각하는 혁명민주주의와 평등 같은 구호를 갖고 나오게 될 것이다. 이렇게 되면 결국 체제경쟁이 되어 애초의 출발점이었던 '민족을 중심으로 하는 사회체제'의 통일방안은 실종되고 만다. 다행히 6·15남북공동선언에서 7·4남북공동성명의 정신이 다시 확인되었지만 아직도 '자유로'는 '자유로'로 남아 있다. 더구나 한강과 임진강에 두터운 철책선을 세움으로써 사람이 접근할 수 있는 길을 차단해버렸으니 강과 함께 문명을 건설한 이딸리아의 베니스나 베트남의 호이안 같은 휴먼도시의 가능성은 아예 틀려버렸다.

시인 김남주(金南柱)는 자유를 통렬히 노래한다.

> 만인을 위해 내가 일할 때 나는 자유
> 땀 흘려 함께 일하지 않고서야
> 어찌 나는 자유이다라고 말할 수 있으랴
>
> 만인을 위해 내가 싸울 때 나는 자유
> 피 흘려 함께 싸우지 않고서야
> 어찌 나는 자유이다라고 말할 수 있으랴
>
> 만인을 위해 내가 몸부림칠 때 나는 자유
> 피와 땀과 눈물을 나눠 흘리지 않고서야
> 어찌 나는 자유이다라고 말할 수 있으랴

자유로를 끼고 있는 가장 큰 신도시인 일산은 전쟁위험 때문에 개발이 제한되었던 곳인데 북방정책과 함께 규제가 풀리고 신도시 건설이 시작되었다. 때문에 통일가능성이 높아질수록 가치가 올라가고 전쟁가능성이 높아질수록 가치가 급락하는 지역이다. 일산이야말로 통일이냐 전쟁이냐가 지역의 운명에 직결되는 곳이다. 비무장지대를 중심으로 남으로는 서울, 북으로는 개성·평양에 가깝게 도달할 수 있는 도로선상에 있어서 전쟁이 벌어졌을 때 양측의 제1의 진격로가 된다. 그리고 국방부의 수도권 방어계획에 따르면 일산, 원당 등 신도시와 의정부 등 서울 북방지역이 1차 전선이 된다.

한때 이 계획은 '신도시를 장애물로 해 수도 서울을 방어하겠다'는 식으로 해석된 적도 있었다. 국방부는 도시의 각종 건물과 복잡한 도로망이 방어하는 측에는 이점을 주는 반면 공격하는 측에게는 움직임에 제한을 준다고 설명함으로써 신도시 방어전선의 개념을 구체화시켰다. 우리 군의 수도권 방어계획의 핵심은 조기경보수단이다. 즉 북한의 첫 포격을 피할 수는 없지만 2차 포격 전에 공격할 수 있다는 것이다. 그러나 북한은 첫번째 포격을 위력적으로 전개할 가능성이 높기 때문에 전쟁이 시작된 상태에서 평화적인 행동계획이란 거의 불가능하다. 또 북한이 전면공격을 해올 경우 남한의 최전방 사단들은 사흘 동안 진지를 사수하고 후방부대의 도움을 받아 반격하는 것으로 되어 있다.

실제 전쟁이 일어났을 때 이 지역에 사는 국민들의 생존가능성은 희박하다. 때문에 어느 도시보다 전쟁을 막기 위한 사전단계의 평화운동과 통일운동이 절실한 곳이 자유로 주변 일산, 원당 등 신도시들이다. 길 이름 하나도 예사로이 지나칠 수 없는 이유이다.

6·15선언으로 7·4남북공동성명의 자주, 평화, 민족대단결의 3대 원칙이 재확인된 상황에서 과연 자유로라는 이름은 적절한가?

오두산 통일전망대. 북한을 바라보는 전망대 중 가장 규모가 큰 전망대이다.

오두산 통일전망대와 조만식

　북한을 바라보는 전망대 중 가장 화려하고 웅장한 것이 오두산 통일전망대다. 이곳은 그 옛날 삼국시대부터 한강과 임진강, 황해를 연결하는 전략적 요충지인 '관미성(關彌城)' 자리이다. 김정호(金正浩)가 이곳을 관미성일 것이라고 추측하였던 것이 정설로 굳어져 이어지고 있으나, 북한에서는 백제 초기 말갈과의 전투에서 패한 관미령전투와 연관지어 예성강 남쪽으로 추정한다. 최근에는 관미성이 강화의 별립산이나 봉천산일 가능성이 있다는 설도 나오고 있다. 어쨌든 임진강과 한강이 만나 강화를 거쳐 서해로 빠져나가는 두물머리인 이곳은 북쪽이 한눈에 들어오는 경승 중의 하나이다. 물길이 원융, 조화하는 천혜의 장관에 세워진 통일전망대 역시 '자유로'와 연결된 하나의 구상에서 건설되었다.

　이곳에 조만식(曺晩植)의 동상이 선 것은 자유로의 이념 설정과 무관하지 않다. 오산학교와 국산품 애용운동으로 유명한 그는 평안도 출신으로 다른 평안도 출신 엘리뜨들이 그렇듯 미국 기독교의 세

공산당과 싸우다 죽은 자유투사의 이미지와 자유로의 전략이 만나 세워진 조만식 동상

례를 받은 친미적 인물 중의 한 사람이었다. 1890년대부터 미국 북
장로회 소속 선교사들을 중심으로 평안도에 기독교가 보급되고 그
들이 세운 숭실중학에 입학하면서 그도 기독교도가 되었다. 당시 평
안도는 국내외적으로 상업이 번성한 지역이었고 성리학적 질서가
느슨했으며 홍경래(洪景來)의 난처럼 중앙정부에 대한 거부감이 심
했다. 이런 이유로 평안도에 정착한 미국 북장로회는 교세를 확장하
는 데 성공하고 한국기독교계의 주류로 성장했다. 그러나 민족적이
었던 기독교는 곧이어 유입된 공산주의와 갈등관계에 놓인다. 미국
북장로회는 '성서무오설(聖書無誤說)'을 중심으로 한 근본주의 신학
의 성향이 강했다. 이미 1920년대 미국본부의 신앙노선이 성서에 대
한 재해석을 바탕으로 교조주의에서 벗어나 자유주의 신학으로 변
화하고 있었음에도 불구하고 말이다. 일제강점기에 일어났던 '신사
참배 거부운동'이 평안도에서 가장 강력하게 일어난 데에는 우상숭
배 거부와 신앙의 순수성을 주창한 근본주의적 노선도 한몫을 했다.
조만식은 이런 배경에서 나고 자랐다. 그는 소련이 북조선 인민정치위원회를 맡아달라는 것을 거절하고, 기독교정당인 조선민주당을 건설, 당수가 되어 반탁운동을 벌인다. 1946년 1월에는 평안도의 일인자 조만식을 연금시킴으로써 사회주의 세력과 조선민주당과의 전면전이 시작되었다. 그해 3월 토지개혁이 실시되면서 평안도 엘리뜨 인맥은 '자유반공투사'가 되거나 '자유'를 찾아 남하했다. 평안도인의 월남은 해방 후부터 적극적으로 진행되었다. 함경도의 목회자들이 1950년 12월 흥남철수 때 남하한 것과 대조적이다.

그가 인민군의 평양철수 때 총살된 것으로 알려지면서 그에게는 견결한 자유투사의 이미지가 따라붙게 되었다. 한국전쟁 후 남하한 평안도 중심의 기독교계 엘리뜨들은 남한 단독정부수립을 주도하나 이승만(李承晩)에 의해 제거되어 야당신세가 되고 만다. 그러나 4·19혁명에 힘입어 민주당 정권을 구성했다. 이념적으로는 이승만과 차이가 없었으나 이승만 제거 후 미 중앙정보국(CIA) 한국지부가 장면(張勉)과 접촉하며 민주당 신파를 후원했던 것도 이들의 친미반공 성향 때문이었다. 이런 연유로 혁신계와 대학생들이 '중립화통일론' '자주통일론'을 제기하면서 통일열기가 확산되자 민주당 정권은 반공국시를 강화하여 반공법과 데모규제법을 제정하였다.

북녘 땅을 바라보며 다시 생각해본다. 오두산 통일전망대의 조만식 동상은 과연 적절한가?

한강 하구수역은 비무장지대가 아니다

신문이나 국방부자료에서 휴전선은 155마일, 즉 250km 정도이고 동쪽의 고성군 현내면 명호리부터 서해의 강화군 서도면 말도(乼島)까지 표시했다. 그러나 강화도의 제적봉관측소(OP)를 방문해보니 거기에는 '중립지대'라는 말로 표현되어 있었다. 중립지대는 비무장

지리모형도의 중립지역. 중립지역은 정전협정 어디에도 없는 국방부가 만들어낸 개념이다.

지대와 어떻게 다른가 묻자 잘 모르겠지만 비슷한 것 아니겠냐고 대답이 돌아왔다. 나는 당연히 한강 하구도 비무장지대라고 생각을 했다. 휴전선이 멀리 있는 게 아니라 서울의 목전에 있다는 사실은 내게 충격이었다. 나는 무슨 황금송아지라도 본 양 이 사실을 말하고 다녔다, 분단은 서울의 문제라고. 그러자 사람들은 '그게 정말이냐'며 나처럼 놀라워했다. 그러던 어느 날 그 불안감을 한번 확인이라도 해보자는 생각으로 국회도서관에 가서 자료를 뒤지기 시작했다. 눈이 충혈되면서 찾아낸 한강철책선의 정체는 분단에 사고마저 지배당해왔다는 사실을 깨닫게 해주었다.

한강 하구의 수역은 비무장지대가 아니다. 중립지대도 아니다.

오두산 통일전망대의 지리모형에는 전망대 앞 두물머리 한가운데로 선이 지나가고 그 선 위에는 '군사분계선'이라는 설명판이 세워져 있다. 그러나 밖으로 나오면 '없어져야 할 군사분계선'이란 제목의 게시판에 군사분계선은 고성부터 장단까지 155마일이라고 적혀 있다. 강에는 군사분계선이 적용되지 않는다는 것이다. 어떤 것이 맞을까? 후자가 맞다. 정전협정상의 군사분계선은 육지에만 존재한다. 지리모형에는 또 임진강과 합해져 흘러가는 한강 하구지역에 '중립지대'라는 설명판이 세워져 있다. 그러나 정전협정상에는 이 강줄기에 애초부터 군사적 의미의 어떤 '선'이나 '지대'도 존재하지 않는다. 국방부나 통일부가 잘못 알고 있는 것이 아니라면, 날조한 것이다.

한국전쟁중 정전협정에서 장단면 정동리의 임진강 하안에서부터 한강 하구는 어떻게 해야 할지 아무런 결정도 나지 않았다. 세 달째 접어들던 10월 3일, 한강 하구에 관한 부속합의서가 체결된다. 여기서 '한강 하구'라는 명칭이 공식화되었다. 때문에 한강 하구는 남북이 강을 사이에 두고 마주하고 있지만, 그곳에는 군사분계선도 비무장지대도 없다. 1953년 7월 27일 정전협정이 조인되고 나서 두 달 뒤 10월 3일 군사정전위원회 제22차 회의에서 비준되었다는 정전협정에 따라 군사정전위에서 채택된 후속문서 「한강 하구에서의 민용선박 항행에 관한 규칙 및 관계사항」 여섯번째에는 이렇게 씌어져 있다.

민간에서 오랫동안 관습적으로 사용하여온 한강 하구수역 내에 성문화되지 않은 항행규칙과 습관은 정전협정의 각 항 규정과 본 규칙에 저촉되는 것을 제외하고는 쌍방 선박이 이를 존중한다.

정전협정 규칙에 저촉되는 것이란 군용선박이나 무기·탄약을 실은 배의 출입 같은 것을 말한다. 그런 것을 제외하고는 남북 쌍방이 오랫동안 한강 하구를 이용하던 관습을 그대로 인정한다는 것이다.

한강 하구수역은 말 그대로 한강의 하구수역이다. 굳이 해석을 붙

위의 사진은 지리모형도의 군사분계선.
정전협정에도 없는 군사분계선을 표시해놓은 것은 심각한 잘못이다.
아래는 관람실 밖 게시판의 군사분계선.
이곳에는 군사분계선이 고성부터 장단까지라고 적혀 있다.

이자면 남북 민간 공용수역이다. 비무장지대는 오두산 통일전망대 위쪽 사천강 근처 장단면 정동리에서 끝난다. 즉 비무장지대는 육지에만 존재하는 것이다. 그리고 말도가 아니라 우도(牛島)와 예성강 끝이 전쟁 전 경기도와 황해도의 경계선으로만 존재한다. 이는 군사분계선과는 전혀 관계가 없다. 우도에는 현재 군부대만 존재하기 때문에 민간인이 접근할 수 없으며 그래서 그 아래쪽에 있는 말도가 엉뚱하게 휴전선의 끝점으로 둔갑해버렸다. 말도에 있는 군사정전위가 제공한 평화호라는 배가 조류에 밀려 북쪽으로 가끔 들어가도 간섭을 받지 않는 것은 정전협정상 보장된 것이기 때문이다.

한강 하구의 하도(河圖)가 없다. 일제 때 측량한 아주 투박한 하도가 전부이다. 물론 이 하도는 현재 아무짝에도 쓸모가 없다. 사정이 이렇게 된 것은 분단 때문이다. 한강 하구는 아주 묘하게 되었다. 남과 북이 교류하지도 점령하지도 못하는 자연과 역사와 문명의 공백으로 되었다.

폴란드와 독일의 국경을 이루는 오데르강, 나이쎄강과, 베트남을 갈라놓았던 번하이강엔 비무장지대와 군사분계선이 있었다. 그러나 한강만은 달랐다. 한강 하구에 대한 규정은 다른 나라의 조약과 비교해도 독특한 규정이다. 이는 전쟁도 자연, 역사, 문명의 통일체로서의 한강의 존재를 인정한 것으로 해석할 수 있다. 그러나 전쟁보다 분단이 더 지독하다. 분단은 한강을 조용히 우리의 뇌리에서 사라지게 했다. 금강 하구, 낙동강 하구는 친숙한데 한강 하구가 어떤지를 알거나 관심 가져본 사람이 많지 않다.

그간 한강은 공고한 군사시설이 되었다. 곡릉천 앞 국방부가 설정한 어로한계선의 장애물은 배가 닿으면 파괴되도록 하는 군사시설이며, 잠실 수중보가 수위조절용인 것에 비해 김포대교 밑의 수중보는 간첩침투 방지용 시설물이다.

또한 한강은 유실지뢰의 통로가 되었다. 전방지역의 지뢰들이 장마나 홍수에 한탄강·임진강을 따라 130km가 넘는 거리를 떠내려와 강화도에 쌓인다.

서울 정도(定都) 6백년을 즈음해서 한강개발에 대한 폭발적 관심이 일어나면서 수많은 한강개발계획안이 제출되었다. 그러나 분단 인식 없는 한강개발계획은 공허한 것이다. 아무리 귀찮고 급해도, 숭늉을 먹으려면 벼부터 심어야 한다. 숭늉부터 찾는 조급함의 대표적인 사례가 한강과 영종도를 연결하기 위한 경인운하건설계획이다. 현재 한강 하구만 분단 이전 상태가 되면 엄청난 비용을 들이지 않고도 영종도와 서울을 연결하는 수로를 해결할 수 있다. 그리고 이것은 정전협정에서도 보장된 것이다. 분단에서 생긴 왜곡된 인식만 바꾸면 되는 일이다.

한강에서는 이런 문제를 올바로 인식하고 실천한 소중한 경험이 전혀 없는 것은 아니었다.

1991년과 2000년에 두 번 있었다. 1991년 자유로 공사를 하면서 한진해운 소속 부선(浮船)이 50년 만에 처음으로 한강 하구를 통과했다. 당시의 통일열기에 힘입어 유엔사에 근무하던 한국인 제임스 리(이문항)의 노력으로 성사되었다. 국방부는 유엔사에, 유엔사에서는 제임스 리에게 자문을 한 상태였는데 제임스 리는 북방한계선과 한강 하구에 대한 일반적 인식이 사실과 다르다는 것을 잘 알고 있었기에 유엔사를 설득해서 이 일을 성사시킨다. 그러나 불행히 이 사건은 너무 쉽게 잊혀졌다. 민간의 참여가 없었기 때문이다.

2000년 6월 25일 남북정상회담 직후 예술인들이 중심이 되어 한강에서 서해로 '평화의 배 띄우기'라는 행사를 가졌다. 자연은 생활의 조건이고, 역사는 생활의 과정이며, 문명은 생활의 결과이다. 때문에 강의 역사와 문명을 살려내기 위해서 먼저 할 일은 한강 하구수역에 사람의 생활을 되살리는 일이다. 그러자면 우선 이곳이 배가 자유롭게 다녔고 다닐 수 있는 곳이라는 것을 눈으로 확인하는 게 필요하다고 생각되었다. 그래서 나는 배를 타고 갈 결심을 했다. 평화예술인국제연대의 임옥상(林玉相) 선생은 이 말을 듣고 만약 군인이 막으면 헤엄을 쳐서라도 가겠다며 흥분을 감추지 못했고, 배는 선단으로 키우자고 했다. 한국민족예술인총연합(민예총)의 김용태(金勇泰) 부이사장은 북한과 함께 하기 위해 뻬이징(北京)으로 떠났고, 동국대 윤명철(尹明喆) 교수는 배 대신 뗏목을 타고 가자고 제안해서 정말 선단을 이루는 게 가능해졌다. 누구에게 얘기해도 막힘이 없었고 박수를 치며 환호했다.

그런 환호 뒤엔 배를 띄우는 이벤트에 대한 관심만 있었던 것은 아니었다. 서해교전 이후 1년 동안 극한으로 치닫던 서해 5도의 북방한계선이 한강 하구수역과 연결되어 있기 때문에 남북간의 긴장 상태를 완화하는 데 결정적 역할을 할 것을 알게 되었기 때문이다. 이 행사를 추진하던 중 기적적으로 남북정상회담이 이루어졌고 생각지도 않았던 국방부에서 연락이 왔다. 남쪽에서 허용할 수 있는 오두산 통일전망대 앞 곡릉천 어로한계선까지는 가도록 허가한다는 것이다. 이리하여 2000년 6월 25일 '한강에서 서해로 평화의 배 띄우기' 행사가 실현되었다.

민간으로서는 처음으로 대대적인 인원이 한강 철책선이 시작되는 김포대교 밑의 수중보를 넘어갔다. 남북정상회담 의제가 될 것이라던 예상도 적중하여 한강 하구수역 문제에 관한 비공식토의가 있었다는 『문화일보』의 보도가 있었다. 남북이 만나 자유로운 선박 왕래가 될 때까지 우리는 더 많은 사람과 배를 띄울 것이다. 한강 하구의 뱃길이 복원되면 경인운하를 따로 건설할 필요가 없고, 서울은 원래대로 국제적인 항만도시로 바뀔 것이며, 서해는 동아시아의 지중해로 변할 것이다. 배가 지나간 길을 따라 역사가 살아나고 문명이 움틀 것이다. 그때쯤이면 조선시대까지 한강과 임진강이 어떤 강이었는지를 설명할 필요가 없어질 것이며, 오두산 전망대는 안보관광지가 아니라 통일의 등대가 될 것이다. 강에는 물결이 흐르고, 민족엔 숨결이 흐르게 될 것이다.

강이 처음부터 어디로 흐를지 방향을 정해놓았을 리 만무하다. 강이 흐르자 방향이 생긴 것이다. 민족의 운명도 정해져 있을 리 만무하다. 사람이 변화하기에 운명도 점쳐볼 수 있는 것이다.

한강 하구에서 사람의 생활을 복원하기 위해 필요한 또 하나의 일이 있다. 한강 하구지역에 설치된 민통선의 해제이다. 관광객들은 강화도와 김포에 민통선이 있다는 사실을 잘 알지 못한다. 북한과 코를 맞대고 있는 강화도 북부지역인 송해면 월곶리부터 양사면 인화리까지, 김포의 하성리까지 모두 민통선이다. 역사적으로 강화는 군사요충지여서 봉건시대에도 둔전을 두었던 곳이다. 둔전은 주둔지의 군인들의 식량과 경비를 해결하기 위해 지급된 토지인데, 민통선의 토지도 군에 묶여 있으니 분단은 이 지역을 봉건시대로 돌려놓은 셈이다. 그러나 한강 하구지역의 민통선은 불법이다. 군사시설보호법의 '민간인통제선'은 '고도의 군사활동 보장이 요구되는 군사분계선에 인접한 지역에서 군 작전상 민간인의 출입을 통제하기 위하여 국방부장관이 군사분계선의 남방에 설정하는 선'이다. 그러나 한강 하구지역은 북한과 가까이 하고 있을 뿐 개풍군 사이의 바다에는 군사분계선이 존재하지 않는다. 또한 이곳은 정전협정상 고도의 군사활동보장이 요구되기 이전에 전쟁 이전부터 유지되어온 민간의 자유로운 어로활동을 보장해야 하는 곳이다. 때문에 군사분계선 인접지역에 설정하는 민통선이 강화도와 김포에 있는 것은 정전협정을 잘못 이해한 것이며 헌법상 국민의 권리를 침해한 것이므로 위법이다. 2001년 말에 군사보호구역을 일부 해제하면서 강화도에도 두 지역의 통제가 풀렸지만 민통선 자체를 법에 따라 해제해야 할 것이 다. 이는 고조되어가는 전쟁의 위험을 현저하게 완화시킬 수 있을 것이다. 그래야 강화도의 어업도 살아나고, 한강도 살며 서울이 항 만도시로 영종도와 함께 동북아시아의 중심축이 될 수 있을 것이다. 한강 하구에서의 평화행동은 민족문명의 힘으로 전쟁을 예방하는 민간의 평화통일 전략이 될 것이다.

화석정

「춘향가」의 봄노래 중에 이런 대목이 있다.

"이 산 저 산 꽃이 피니 분명코 봄이로구나." 나는 왜 가사에 '분 명코'가 들어가는지 뒤늦게야 깨달았다. 겨울을 가까스로 이겨내고 살아남은 이들에겐 봄은 얼마나 간절한 것인가? 확인하고 또 확인해 보고서야 봄임을 노래하는 것이다.

역사의 봄, 문명의 봄을 임진강처럼 간절하게 기다린 강도 없을 것이다.

한강은 도도한 문명의 승리를 예감할 수 있는 강으로 숭고미의 대 상으로 적합하다면, 임진강에서는 문명의 승리에 대해 섣불리 말하 기 어려워 비장미의 대상으로 적합하다 하겠다.

어쨌든 문산에서 적성 쪽으로 37번 국도를 따라가다 보면 파평면 에 이르러 왼쪽으로 화석정이라는 간판이 눈에 띈다. 좁아지는 왼쪽 길을 따라가다 새로 난 외곽도로에 이르기 전에 고개 오른쪽 언덕을 오르면 화석정이다.

화석정은 고려의 충신 길재가 살던 터임을 기려 율곡의 5대 조부 이명신(李明晨)이 건립하고 이숙함(李叔咸)이 당나라 재상 이덕유

(李德裕)의 별장 평천장(平泉莊)의 기문(記文)에서 따온 '花石'으로 정자의 이름을 지었다. 그후 이명신의 증손 율곡이 증수하였다. 흔히 화석정은 율곡이 퇴임 후 여생을 보낸 곳으로 알려져 있으나 그가 이곳에 있었던 것은 서른일곱 되던 때로 여생을 보내기 위해 미리 선택한 곳은 해주 고산면 석담(石潭)이었다.

율곡은 이 정자의 이름을 제목 삼아 한편의 서정시를 남겼다.

숲속 정자에 가을이 이미 깊으니	林亭秋已晚
시인의 생각 한이 없어라	騷客意無窮
먼 물은 하늘에 닿아 푸르고	遠水連天碧
서리 맞은 단풍잎 햇빛 받아 붉구나	霜楓向日紅
산은 외로운 달을 토해내고	山吐孤輪月
강은 만리 바람을 머금는다	江含萬里風
변방 기러기는 어디로 가는고	塞鴻何處去
저녁구름 속으로 사라지는 그 소리	聲斷暮雲中

임진왜란을 예측하고 선조의 피신 길에 화석정을 미리 세운 그였지만 뒷날 있을 민족의 부끄러운 분단까지 예측하진 못했다. 그가 본 기러기를 시인 정희성은 「휴전선에서」에서 이렇게 본다.

북녘하늘 우러른다
기러기여, 이 가을
누가 울 울음을 울고 가는가
총소리에 놀라
문득, 하늘만 높구나

한편 소설가 김하기는 한발 더 나아가 능청미라고 했다. 임진강처럼 산태극 수태극을 이루며 굽이치는 강도 드물다. 남과 북을 태극무늬로 엮어놓는다. 철책선을 희롱하며 결국은 남북을 엮어놓는 모양이 능청맞다는 것이다. 그는 임진강에 합류하는 역곡천에서 비장을 넘어선 해학을 보았다.

외국인들을 데리고 가끔 화석정에 들를 때면 이곳의 주인공이 누군지를 알기 쉽게 이해시키려고 5천원권을 꺼낸다. 두말할 것 없이 주인공은 율곡 이이(李珥)이다. 1천원권은 퇴계 이황(李滉), 1만원권은 세종이다.

1972~75년 사이에 현재의 지폐가 결정되었는데 5백원권의 이순신과 거북선이 동전으로 바뀌고 퇴계(退溪)가 1천원권에 등장했다. 세종은 이승만 정권 시절부터 계속 1천환권, 1만원권의 주인공이었는데 왕조사관의 영향력을 상징한다. 그러나 가장 대중적인 화폐는 저가권이기에 1천원권에 퇴계가 등장한 것은 퇴계의 중요성을 그만큼 강조하는 조치로 볼 수 있으며 그보다 더 저가인 5백원권에 나타난 이순신은 박정희의 무신 중시 사상의 반증이다. 이에 비해 1992년 7월 이루어진 제4차 화폐개혁 이후 발행하는 북한의 지폐에는 꽃 파는 처녀와 각 계층의 인물상, 천리마상, 금강산, 인민대학습당, 남포갑문, 울창한 산림 등이 새겨져 있다. 물론 사망한 주석 김일성과 그의 생가는 100원권에 나오고, 2002년 10월부터 발행한 1천원권과 5천원권에도 같은 도안이 등장한다. 남쪽의 화폐에 서민이 등장한 것은 1962년 한복차림의 한 젊은 엄마가 색동옷을 입은 아들과 함께 저금통장을 흐뭇하게 바라보는 모습을 도안한 1백환권이 유일한데, 그것도 25일 후 있었던 화폐개혁으로 유통이 정지되었다. 화폐의 도안만 놓고 보더라도 남과 북 사이에 흥미로운 차이가 있음을 발견할 수 있다.

율곡이 오천원권에 들어가게 된 데에는 어떤 사연이 있을까. 대통령 박정희는 북한과 대립했지만, 그 과정에서 북한을 닮아갔다. 일설에는 1971년과 1972년 남북회담 당시 북쪽의 대표가 문산을 지나가며 '이 근처에 율곡선생의 묘소가 있다지요?'라고 묻자 박정희가 대답하지 못하고 청와대로 돌아와 급히 확인시켜보니 사실이어서 당장 자운서원(紫雲書院)을 복원하게 했다는 얘기가 있다. 자운서원이 1969년 복원되고 1975년 보수되었으니 복원설에는 무리가 있어 보인다. 그러나 1972년 7월 1일 오천원권에 처음 율곡이 등장했으니 아주 근거없는 얘기도 아닌 듯하다.

우리가 통일화폐를 만들게 된다면 어떤 디자인이 좋을까 상상해보는 것도 흥미로운 일이다. 나는 6·15 남북정상회담 장면만한 것이 있을까 싶다.

통일기행에서 엉뚱하게 율곡의 얘기를 꺼내는 이유가 있다. 통일과 관련한 논의에서 율곡을 정점으로 한 사상문화가 언제부턴가 참여하고 있기 때문이다. 북한을 '유교적 사회주의'로 남한을 '유교적 자본주의'로 해석하는 관점이 그것이다. 사대부, 특히 노론세력의 기획에 의해 민족성의 본류가 형성되어왔다고 하는 입장은 처음엔 설득력이 약해 거의 주목을 받지 못했으나 점차 힘을 얻어가고 있는 실정이다. 특히 사회주의자가 아니면서도 북한 정권에 참여하여 부수상을 역임하고 스탈린과 함께 한국전쟁을 준비하던 자리에도 참석했던 『임꺽정』의 저자 벽초(碧初) 홍명희(洪命熹)에 대한 연구와 궤를 같이하는 성과가 축적되면서 통일이념으로서의 유학에 대한 관심이 집중되었다.

율곡의 사상에서 돋보이는 것은 민중을 발견한 대목이다. 이는 조광조(趙光祖)에게 이어받은 언로개방사상에서 부각되는데 '비록 백성이 한 말이 조리가 없어 보잘것없고 또 좋지 않은 말이 많아 기탄

없는 자라도 역시 내버려두고 죄를 묻지 말아야 한다'는 것이다. 이 것이 공론이며 공론이 존재하는 바를 국시라고 했다. 조선조 최초로 국가와 국민이란 개념을 이해한 사람이 율곡이었다. 그러나 율곡의 민중성에는 한계가 있었다. 성혼과 성리학을 논하던 송익필(宋翼弼) 은 천민 출신이었지만 대단한 사상가이자 문호로 율곡학파를 세운 사계(沙溪) 김장생(金長生)의 예학에 직접적인 영향을 미쳤던 스승 이었다. 송익필이 율곡에게 사돈관계를 맺자고 청하자 율곡은 친구 로서는 가하나 사돈관계로서는 불가하다고 선을 긋는다. 율곡이 가 졌던 민중성의 한계는 노론의 한계가 되었고, 율곡의 건강성마저 후 학들에 의해 붕당화되면서 반동적 세력으로 후퇴하다가, 결국 영 조·정조의 탕평책과 함께 등장한 실학세력에게 자리를 내주게 된다.

민중을 발견함으로써 역동적 개혁세력이 되었던 조선성리학파는 민중과 멀어지면서 반동적 보수세력이 되었다. 때문에 노론 중심의 통일론은 유학 이전에 민중을 먼저 발견해야 한다.

화석정은 1966년 유림들이 복원하고 난 뒤에 정자 주변에 목책을 둘러 사람들이 정자 안에 들어가지 못하도록 막아놓고 있었다. 답사 객들은 정자가 아닌 벤치에 앉아서 임진강을 볼 수밖에 없었다. 미 학적으로 벤치에서 보는 것과 정자에서 보는 것은 천양지차다. 왜 벤치를 만들지 않고 정자를 만들었겠는가? 정자만의 고유한 미감 때 문이다. 정자의 기둥은 시각적으로 풍경을 액자처럼 구분해준다. 일 종의 창이 되는 것이다. 자연은 나무기둥을 거쳐 인간화된 자연으로 걸러지고 정자 한가운데 앉아 있는 사람은 중심에 있게 된다. 세 폭 병풍처럼 풍경을 정자 안으로 끌어오는 장치가 바로 화석정의 세 칸 기둥인 것이다. 그러나 화석정 목책 안에는 사람은 없고 낙엽만 쌓 여 있다. 주인 없는 구조라 할까. 자유주의가 이르는 최후의 모습도 이와 다르지 않다. 화석정은 우리에게 묻는다. 기득권에 참여하는

화석정 목책. 정자의 미를 파괴해버리고 말았다.

데 비중을 둔 개혁을 할 것인가, 기득권에 저항하는 데 비중을 둔 참여를 할 것인가.

스토리사격장

화석정을 찾으면 건너편 동파리의 강가 모랫벌에서 군사훈련하는 장면을 자주 목격하게 된다. 캔자스훈련장 등 미 2사단의 훈련지역이다. 미군이 이곳에서 스토리사격장을 향해 포훈련을 하는데 한국군도 가끔 훈련을 한다.

장파리와 금파리의 대인지뢰 피해자들이 사고를 당한 임진강 건너편의 미군부대가 어떤 성격의 부대인가를 나는 의심해본 적이 없다. 관심있는 것만 보고 다니는 편협한 내 시각을 자책하게 된 것은 2000년 매향리폭격장으로 한참 시끄럽던 시기였다. 몇달 전 장파리에 사시는 김동필씨가 지뢰사고를 당했다는 말을 듣고 찾아가는 길이었다. 장마루를 지나는데 비에 젖은 플래카드가 늘어져 있었다. '폭격장 반대, 양키는 가라.' 내려서 대인지뢰 피해자인 이덕준씨 집에 들려 그동안의 일을 묻자 이렇게 말한다. "아 말도 말어 이 동네 생기구 처음으로 데모를 했어. 취수장 상류에다 폭격장을 만든다는 거 아녀, 그럼 그 화약물을 먹으란 얘긴데 사람들이 가만있게 생겼어." 파주시에는 미군전용사격장이 15곳이나 된다.

미국의 대통령선거에서 아이젠하워(D. D. Eisenhower)의 당선이 유력해지던 1952년 겨울, 미군은 전쟁을 확대시켜서라도 속히 종결지으려는 계획에 돌입한다. 바로 이 시기 미군은 정전회담이 진행중인 개성을 직접 포위해 점령할 계획을 세우고 있었다. 이런 목적에 따라 미군은 진동면 주민들에게 '작전상 일주일 정도만 거주지를 이동하라'는 요청을 하고, 요청을 받은 주민들은 수용소로 이주한다. 그러나 전쟁이 끝나면 돌아갈 수 있을 줄 알았던 고향은 이듬해 민통선지역으로 처리되었다.

스토리사격장은 1970년대 소파에 따라 미군의 포대사격장으로 공여되었다. 이에 관해 제임스 홀링즈워스(James Hollingsworth)의 전진방어전략을 주목할 필요가 있다.

1973년 중반 북한의 군사력 증강을 우려한 미국은 제2차 세계대전과 베트남전쟁 경험이 있는 야전사령관 제임스 홀링즈워스를 한국에 보낸다. 그는 서울의 방어임무를 맡은 1군단 사령관으로 부임했다. 이때 유엔군은 방위전략을 세워놓고 있었다. 말이 유엔군이지 1972년 태국군이 철수함으로써 미군이 곧 유엔군이었다. 즉 북한이 남침할 경우 한미연합군은 한강까지 단계적으로 철수한다는 것이었다. 그러나 1974년 홀링즈워스는 한국군 장성들에게 한국군을 공격부대로 전환시키겠다고 말하며 미군 포대를 북한 영토의 심장부까지 포격이 가능한 비무장지대 남쪽으로 북상시키기 시작했다. 미 제

2사단의 2개 여단은 전쟁이 일어났을 때 개성을 함락하는 임무를 떠맡았다. 이런 상황에서 포대훈련의 중요성이 강조되는 것은 당연했다. 그후 동파리를 포함 215만평이 포사격장으로 공여되었다.

동파리 강가에서 훈련중인 미군

그의 전진방어 개념은 아흐레 안에 전쟁을 승리로 이끌기 위해 24시간 동안 B52기 공습을 포함 한미 양국군의 막대한 화력을 전제로 하는 것이었다. 박정희는 비무장지대의 도로를 새로 닦고 탄약 엄폐호(掩蔽壕)를 비롯, 여러 시설을 짓는데 엄청난 돈을 쏟아부었다.

그런데 주목할 것은 그가 미 합참의 승인을 받기도 전에 자신의 전쟁개념을 공개기자회견을 통해 선포한 것이었다. 미 국가안전보장회의는 아흐레전쟁을 치르려면 미 공군이 즉각 개입해야 하고 어쩌면 핵무기를 써야 할지도 모른다는 이유로 비공식적인 반대입장을 표명했다. 그러나 결국 박정희와 미 국방장관 제임스 슐레진저(James Schlesinger)의 지원 덕택에 그의 계획은 승인된다. 1971년 닉슨독트린으로 미 제7사단 1만 8천명이 철수하고 2사단을 후방인 동두천으로 배치하고 난 뒤 얼마 안 되어 일어난 일이다.

세계적으로 긴장완화외교가 움트고 있을 때 파주는 스토리사격장

뿐 아니라 뉴멕시코텍사스사격장, 캔자스사격장, 오클라호마사격장 등이 공여되었고 미군이 파주에서 철수한 이후 1980년대에도 12만8천평이 미군에게 공여된 것으로 나타나 있어 1966년 주둔군협정 체결 싯점 이전의 공여지 개념을 뛰어넘고 있다. 게다가 계속 공여가 진행되고 있다는 점에 주목할 필요가 있다. 베트남전쟁 이후 백악관에 대한 불신이 고조되어가던 군부의 흐름이란 맥락에서 스토리사격장의 의미를 살펴볼 필요가 있는 것이다. 현재 스토리사격장이 군사적으로 의미를 갖는 것은 1999년 전술지대지미사일(ATACMS)의 배치이다. 이 미사일은 소련군 전차부대를 제압하기 위해 만들어진 기존의 랜스(Lance)단거리미사일을 대체하기 위해 1985년 미국의 록히드마틴(Lockheed Martin)사가 개발하였으며, 1991년 당시 대통령 '아버지 부시'가 발표한 전술핵 전면 폐기라는 조치에 따라 재래식 중·단거리 유도무기로 본격적으로 양산되고 있는 비핵탄두 미사일이다.

휴전선 인근에 배치된 북한군의 장거리포 공격에 대비한다는 명분으로, 국방부는 사정거리 140km의 전술지대지미사일과 사정거리 40km의 230mm 다연장로켓포(MLRS)를 도입해 1999년 야전에 배치했다. 미 육군이 개발한 이들 지대지무기체계의 도입으로 황해남도와 강원도 등 북한의 인민군 전방 포진지 전역이 사정권 안에 들어오게 되었다. 더구나 2004년까지 육군은 전술미사일씨스템 Block IA 미사일 111기를 8천만달러에 구입하기로 한 상태다. 물론 공격범위는 현재 사용중인 로켓의 범위를 넘어선다. 이 미사일은 전술미사일 기지와 공중방어체계 등을 공격할 수 있다. 스토리사격장은 이들 무기의 훈련장이다. 잠시 1998년 미 국방부의 4차 동아시아전략보고서(EASR)를 살펴보자. 1995년 3차 보고서에서는 냉전 종식 후 동아시아에서 고조되던 미국의 대아시아전력 축소에 대한 우려를 잠재우기 위해 미군 '10만명' 유지라는 전력기준을 설정했었다. 그러나 미군 내에서는 전술적 이유로 부대를 증감할 수 있는 유연성이 상실되고 있다는 '전력수치화'에 대한 불만이 제기되었다. 이에 미군은 '군사능력'이라는 새로운 전력평가기준을 도입하여 미군 주둔의 '가치'를 높이고자 한다. 이러한 '군사능력' 향상을 위한 조건으로 미일방위지침 개정, 동맹국과 실시하는 훈련의 고도화, 미군의 기술혁신 등을 열거한다. 여기에서 훈련과 군사기술의 중요성이 지적된다. 즉 전술지대지미사일, 다연장로켓포(MLRS) 같은 첨단장비를 훈련하는 훈련장이 절대 요구되는 것이다. 만일 2002년 미 국방장관 도널드 럼즈펠드가 발표한 지하갱도 파괴용 핵폭탄이 개발되어 훈련용으로 배치된다면 어디에서 훈련을 하게 될까.

1995년의 '10만명 주둔'이란 기준은 정치적 의도가 컸지만 1998년의 '군사능력 향상'은 전쟁을 위한 실제 군사적 준비능력이란 점에서 차이가 있다. 미 군부에서 통용되는 말 중에 전쟁결정에 있어서 '정치적 판단은 변화의 폭이 크지만 전쟁 수행능력은 변화의 폭이 작고 그만큼 정확하다'라는 말이 있다. 그리고 2002년 미군의 연합토지관리계획에 의해 미군기지가 재배치되고 있는 싯점에서도 스토리사격장은 대상에서 제외되었다.

남북정상회담에 의해 긴장이 화해로 바뀌고 있는 싯점에서 북한을 공격할 수 있는 무기체계는 더욱 고도화되고 있다. 스토리사격장이 화해의 가능성보다 전쟁의 가능성으로 가고 있다는 증거를 스토리사격장 스스로의 역사는 말해주고 있다.

한편 스토리사격장은 매향리사격장과 함께 끝없이 민원이 발생하고 주민들의 피해가 잇따르고 있다. 스토리사격장 안에 있는 농경지는 대부분이 개인 땅으로 미군이 1973년 한국 정부로부터 공여받아 사용해왔다. 1996년 진동면민회 주민들은 고향에 가서 살게 해달라는 민원을 올린다. 1997년 군사시설보호법 개정으로 민통선의 변경이 국방부장관에게 넘어왔으나 국방부의 답변은 주민들을 분노케 했다. 주민들의 정착촌 신청지역은 한미행정협정에 의거 미군에 증여되어 있어서 이 지역에 대한 작전성 검토는 미군과 협의해야 할 지역이며, 영농활동도 주한미군전용훈련장 침해로 간주하여 강력하게 통제하고 있는 지역이라는 것이다.

최근 농민들이 스토리사격장 폐쇄를 촉구하고 있는 가장 큰 이유 중 하나가 지금은 농사를 짓고 있지만 미군이 스토리사격장의 10배가 넘는 공여지에 대해 언제든지 출입을 통제할 수 있다는 불안감 때문이다. 농민들이 사유지 출입제한 경고문을 사격장 입구에 설치하자 미군은 이를 즉각 철거하고 사격장 경계선에 알루미늄으로 제작된 '미국정부 재산이니 접근하지 말라'는 경고판을 세웠다. 그러나 최근 농민들이 무단사용에 대해 소송을 제기하는 등 반발하자 미군 측은 토지를 매수하겠다며 보상가를 협의하기 시작했다. 그러나 보상이 끝나지도 않은 상태에서 미군이 스토리사격장 입구에 차단기를 설치하는 바람에 추수를 할 수 없게 되었다. 더구나 소파 개정에 의해 언제든지 미군이 민통선지역인 이 지역에서의 출입영농을 통제할 수 있게 되었다.

훈련장에 의한 환경오염도 심각하다. 금파리와 장파리 사이에 취수장이 만들어졌다. 파주시의 식수 부족을 해결하기 위한 것인데 바로 건너편에 스토리사격장이 있고 위쪽 상수원보호구역에 다그마노스전차훈련장이 있다. 스토리사격장에는 '웅덩이의 물은 중금속을 침전시키는 정화시설이니 사용하지 말라'는 내용의 문구가 적힌 안내판이 있다. 농민들로부터 우라늄탄 사용 의혹을 받고 있는 이 사격장 바로 밑에 있는 웅덩이다.

미군은 이 웅덩이를 '중금속 침전지'로 주장했다. 미군 측의 이같은 주장은 바꿔 말하면 사격장에서 중금속이 나오고 있다는 뜻이다. 그러나 미 8군은 시민단체와 주민들이 제기한 스토리사격장의 임진강 상수원 중금속 오염 주장에 대해 펄쩍 뛰었다. 그런 미군이 중금속 발생을 스스로 인정하는 안내문을 세웠다. 이 웅덩이는 비가 오면 넘치게끔 되어 있다. 넘친 물은 개울을 타고 바로 임진강 취수장 앞으로 흘러든다. 말이 정화시설이지 그냥 웅덩이에 불과한 상태다.

대인지뢰 피해문제도 심각하다. 전쟁 당시 살포된 미확인 지뢰지대가 여기저기 있었으나 1962년 소련제 무기의 수송을 막기 위해 미국이 쿠바 해상을 봉쇄하면서 촉발된 쿠바사태가 발생하자 한반도에서도 긴장이 고조되고 대대적인 지뢰매설작업이 실시되었다. 그러나 이들 지뢰에 의해 이 지역주민들이 하루아침에 목숨을 잃거나 다리를 잃었다. 1994년 스토리사격장에 박격포 불발탄이 터져 이 일대를 다 태운 화재가 발생했다. 의정부의 캠프 씨어스(Camp Sears)에 위치한 미 육군소방대가 출동했으나 사방이 지뢰밭이어서 진화작업을 할 수 없었다.

진동면에는 아직 전쟁이 끝나지 않았다. 전쟁 당시에 취한 조치도 참을 수 없는데다, 지금도 전쟁상황과 똑같은 기준을 적용하여 땅을 점령하고 있다면 이 지역 주민들은 어떻게 해야 하는가. 주한미군을 철수하라고 외치는 것 말고 다른 방법이 없지 않겠는가.

자유의 다리

예전엔 자유로를 타고, 자유의 다리를 건너, 자유의 마을을 지나, 자유의 집으로 들어갔다. 그러나 이젠 자유의 다리 대신 통일대교를 건너 통일촌을 지나 통일각으로 간다. 자유의 다리는 남북한 포로교환을 한 장소로 알려져 있다. 그런데 정전협정문서에는 포로 교환장소가 판문점으로 되어 있다.

판문점에서 교환된 것은 맞다. 유엔군, 국군포로들은 판문점에 임시로 설치해놓은 '환영 자유의 문으로'라는 간판을 통과하여 송환되었다. 그러나 포로를 인수한 것은 유엔군이었지 한국군이 아니었다. 한국은 정전협정 조인을 포기하면서 전쟁포로송환위원회에 참여자격이 부여되지 않았던 것으로 알고 있다. 결국 1953년 8월 한국이 포로를 맞이한 곳은 포로 교환장소인 판문점에서 멀리 떨어져 있는 이곳 독개다리였다. 송환된 포로들은 판문점에서 이미 인민군이 지급한 옷을 벗고 속옷바람으로 건너오며 '자유만세'라고 외쳤고 그래서 이 다리는 자유의 다리가 되었다. 원래는 경의선 철교가 있었으나 폭격으로 파괴되어 있었기 때문에 포로교환을 위해 급히 나무로 만

자유의 다리

든 다리이다. 이전엔 경의선 철교를 자유의 다리로 소개하는 경우가 많았는데 여기저기서 문제제기가 많아지자 그 옆에 거의 허물어져 있던 목교를 복원해 관광상품으로 만들었다.

그러나 전쟁 당시 사진을 보면 자유의 다리는 경의선 철교 옆을 따라 교각의 절반 정도 높이로 임시 가설되어 있다. 지금 경의선 철교 높이로 되어 있는 것도 맞지 않고 대각선으로 기울어져 있는 것도 맞지 않다. 복원되기 전부터 지금 모양으로 허물어진 채 방치되어 있는 것을 보아오긴 했지만 사진을 보니 납득 가지 않는 것이 많다. 과연 우리는 진짜 자유의 다리를 보고 있는 것인가?

휴전회담 최후의 장애물은 바로 포로교환 문제였다. 다 끝나가던 정전회담 말미에 갑자기 이승만이 반공포로를 석방해버리면서 중공군의 3차 공세가 시작되었기 때문이다. 반공포로 석방은 이승만의 휴전 반대, 북진통일론과 관련이 있었다. 어떻게든 휴전을 막아보기 위한 것이었다. 이는 이미 해임된 더글러스 매카서와 일치하고 트루먼과 매번 불일치했던 사안이었다. 공산군 측은 일대일 맞교환을 주장했고 유엔군 측은 자유의사에 의한 송환을 주장하며 휴회되었다가, 김일성이 유엔군사령관 클라크(M. W. Clark)에게 서한을 보내 휴전 전이라도 부상당한 포로들을 교환하자고 제의하여 1953년 4월 20일 최초의 부상병포로 교환이 이루어지며 회담이 재개된다. 그후 4월 26일 회담은 다시 난관에 부딪친다. 송환을 원하지 않는 포로들의 문제였다. 그들은 후에 중립국감시위원단 소속인 인디아의 육군 참모총장 티마야의 인솔로 아스투리아스호에 탔다.

군사정전위 유엔군 측 속기주임이었던 죠지 풀러의 사진에는 구릿빛 얼굴에 콧수염이 꼭 처용의 가면 같은 티마야의 바로 뒤에서 기쁨을 가누지 못하고 뛰어나오는 한 청년이 있다. 그를 보다가 이명준이란 이름이 문득 생각났다. 이명준. 『광장』의 이명준 말이다.

위로부터 비전향장기수
함세환·김인서·김영태 선생

소설 속의 이명준은 인도로 향하는 타고르호에서 두 마리의 갈매기가 자신을 따라오는 것을 본다. 갈매기는 임신한 채로 전쟁터에서 죽은 아내와 아이의 환생이었고, 그는 바다에 몸을 던진다.

몇해 전인가 제3국으로 간 일곱 명의 포로에 대한 다큐멘터리가 방영된 적이 있었다. '평등'도 아닌 '자유'도 아닌 제3의 길을 찾아간 그들의 삶은 내 가슴을 다시 한번 할퀴고 지나갔다. 그들은 언어를 잊어버린 상태였다. 체제를 버리면서 민족까지도 버리고 만 것이다.

1953년 8월 전쟁포로 교환은 끝난 것으로 되었고 위원회도 해산되었다. 그러나 송환되지 않은 포로들이 있었다. 내가 함세환, 김인서, 김영태 선생을 알게 된 것은 몇년이 되지 않았다.

김영태 선생은 낙동강전투에서 후퇴중 병을 앓아 부대에서 낙오되자, 지리산 이현상부대에서 활동하다가 체포되어 남원포로수용소에 있었고, 김인서 선생은 평안도 민청 정치부에서 일하다 전쟁 때 유격구인 장흥지구 사령부로 입산하여 정치교양과장을 하던 중 토벌대에 체포되어 대전형무소에 있었으며, 함세환 선생은 옹진 출신으로 전쟁과 함께 의용군에 입대했다가 전쟁 끝나기 한 달 전에 체포되었다고 한다.

놀라운 사실은 그들이 분명 전쟁포로였지만, 1953년 8월에 있었던 포로교환 때 제외되었다는 것이다. 주로 당시의 포로교환은 거제도 포로수용소를 중심으로 이루어져 다른 수용소나 교도소에 있던 포로들은 제외되었다고 한다.

우리는 소설가 김하기를 통해 비전향장기수들을 만날 수 있었다. 김하기가 그들을 만난 것은 부림사건으로 군수사기관에 체포되면서였다. 그가 이감된 곳은 비전향장기수들의 특별사동이었고, 그도 남들처럼 처음에는 '빨갱이'와 함께 지낼 수 없다며 발버둥을 쳤다고 한다. 그러나 그의 저항은 곧 진압되었고, 그는 꼬박 6년을 장기수들과 보냈다.

그의 소설 「뿌리 내리기」에는 어느 겨울날 교도소운동장에서 만난 장기수 박선생이 던지는 질문으로 시작하는 대화 한 토막이 있다.

그는 가지만 앙상한 키 작은 나무 하나를 가리켰다.

"모르겠습니다."

두혁은 솔직히 말했다.

"봄이면 쉽게 알았을 것이오. 개나리요. 그 옆에는 철쭉, 저쪽은 진달래, 좀 대가 긴 나무는 개오동이오. 김선생이 밟고 있는 그 자리엔 꽃다지가 필 것이고 내가 선 이 자리엔 제비꽃이 올라올 것이오. 누구나 봄이 되면 꽃밭을 찾아 완상을 즐기며 물뿌리개로 물을 주기도 합니다. 그러나 겨울꽃밭을 찾아 명년 봄에 필 꽃을 미리 감상하는 사람은 아무도 없지요."

그는 마치 이 황량한 밭에 개나리, 철쭉, 진달래, 꽃다지, 제비꽃들이 만발해 있기나 한 듯 그윽한 눈길로 내려다보았다. 두혁은 발밑에 꽃다지가 밟히는 듯해서 다리에 힘을 빼며 옆으로 걸음을 옮겼다.

"올 겨울은 비 한방울 눈 한조각 내리지 않았소. 회오리바람에 날리는 이 흙먼지를 보시오. 겨울 가뭄이오. 나무는 겨울에도 자라오. 겨울 나이테는 작지만 대신 단단하며 성장의 기준치가 되지요. 난 뿌리가 얼지 않도록 가장 따뜻한 날 깡통으로 물을 주었소. 겨울 나이테가 없는 나무는 죽은 나무요."

신념이란 과거로부터 이어받은 것이 아니라 미래로부터 빌려온 것이다. 때문에 미래에 대한 이상이 바뀌지 않았다면 신념의 약속을 지키는 것만으로 정치적 의미를 갖는다. 중국의 사상가 후스(胡適)는 "가장 강한 것은 가장 외롭다"라고 말한 적이 있다. 그러자 리쩌

허우(李澤厚)가 그 말은 후스에게는 맞지 않다, 루쉰(魯迅) 정도나 되어야 가능한 말이라고 얘기했다. 그러나 나는 생각한다. 이 말이 루쉰에겐 맞을지 모르지만 우리의 비전향장기수들에겐 맞지 않는다. 그들은 강하며 외로웠을 뿐 아니라 아름다웠기 때문이다.

2000년 9월 2일 그들은 그토록 꿈에 그리던 조국으로 송환되었다. 자유의 다리가 아닌 통일대교를 통해 통일각으로. 스스로의 이상을 포기하지 않고 간고한 세월을 이겨낸 결과였다.

진보는 틀을 깨기 위해 싸울 뿐 아니라 틀을 지키기 위해서도 싸운다. 머릿속에서나 가능한 선택을 만들어내 틀을 깨는 데에만 관심을 갖는 것은 진보가 아니다. 선택에는 다양성보다 정확성이 중요하다. 우리 모두는 정전협정문서 한구절 한구절에 반세기 동안 전쟁포로가 된 채 살아왔다.

누군가 내게 소설 속 이명준에게 물었던 것처럼 어느 쪽으로 가겠느냐고 묻는다면 어떻게 대답해야 할까. 자유의 다리에 나를 세워 한번 생각해볼 일이다.

캠프 보니파스

판문점에 가기 위해 들려야 하는 첫번째 장소는 유엔군사령부 경비대대이다. 미군과 카투사(KATUSA)가 4대6의 비율로 편성되어 있으며 유엔사의 직접지휘를 받고 있다. 320여명 규모의 유엔군 사령부 전진기지인 캠프 보니파스(Camp Bonifas)는 1952년 5월 군사정전위 지원을 위해 '캠프 키티호크'란 이름으로 창설되었으나 판문점 미루나무 사건 때 죽은 미군 대위 보니파스를 추모하기 위해 1986년 부대이름을 바꿨다. 미군기지들의 이름은 미군의 이름을 따서 붙이는 경우가 많다. 미 2사단 본부인 의정부의 캠프 레드 클라우드

(Camp Red Cloud)는 한국전쟁 때 전과를 올려 훈장을 받은 24사단 소속 상병 레드 클라우드를 기려 1957년 붙여진 이름이다. 역시 미 2사단 기지인 동두천의 캠프 케이씨(Camp Casey)는 한국전쟁에 참전했다 비행기 추락으로 숨진 케이씨 소령의 이름을 땄다. 대구에 있는 캠프 워커(Camp Walker)는 1950년 자동차사고로 숨진 워커 중장을, 원주의 캠프 롱(Camp Long)은 1951년 횡성전투에서의 전과로 훈장을 받은 롱 중사를 각각 기려 명명되었다. 평택에 있는 캠프 험프리즈(Camp Humphreys)는 1961년 헬리콥터 사고로 숨진 험프리 준위의 이름을 땄다.

전사한 군인의 이름만으로 부대이름을 짓는 것은 아니다. 공훈이 있는 부대원을 기리기 위해 부대이름을 짓는 경우도 많다. 대구에 있는 캠프 헨리(Camp Henry)는 1950년 안동지구에서의 전투로 훈장을 받은 2사단 소속 헨리 중위의 이름을 딴 것이다. 또 용산 미8군 기지 식당인 '하텔 하우스'(Hartell House)는 1951년 고방산리전투에서의 전과로 훈장을 받은 2사단 소속 하텔 중위를, 판문점 인근지역 최전방초소인 '올레트'(Ouellette)와 '콜리어'(Collier)는 한국전쟁 때 훈장을 받은 9사단 소속 사병 올레트와 40사단 소속 사병 콜리어를 각각 기려 이름이 붙여졌다.

캠프 보니파스는 미군 230명과 한국군 270명이 남방한계선에서 400m 정도 떨어진 곳에 위치한 부대이다. 이들은 자신들의 역할을 북한군 남침 통로의 첫 장벽으로 그들의 속도를 다소 늦추는 스피드 범퍼의 역할이라고 농담조로 설명한다. 이곳에 처음 오는 군인들은 바로 등성이 너머 3층 높이의 거대한 스피커에서 밤새도록 외쳐대는 선전방송을 들으며 잘 수 있는 방법을 배워야 한다고도 한다. 캠프 내에 있는 아주 작은 한 홀짜리 골프코스는 미국의 스포츠잡지 기자가 와서 보고 골프공이 지뢰밭에 떨어지면 터진다고 과장하여 「세계

유엔사 경비대대. 주한미군기지 중 유엔의 이름으로 주둔하고 있는 무력부대이다.

에서 가장 위험한 골프장」이라는 기사를 써서 유명해졌다.

또한 부대 안에는 묘지들이 망가진 채 제단들과 함께 여기저기 남아 있는데 '살아 포천 죽어 장단'이라 할 만큼 명당이 많았던 이곳조차 미군에게 점령당해 있는 셈이다. 아무리 미군공여지라고는 하나 이곳에 있는 무덤주인들이 그 어떤 소송제기도 없다는 것은 상식적으로는 납득이 가지 않는다. 판문점은 1970년에 외국인관광을 시작으로 1980년에 이르러서야 내국인의 견학이 이루어지게 되었다. 일반인이 이곳을 방문하려면 2주 전에 통일원 남북회담사무국에 신원보증서를 첨부하여 방문신청을 해야 한다. 보통은 통일 관련 법인단체를 통하는 것이 쉽다. 이는 군사정전위 한국군 연락관을 거쳐 유엔사 비서처 판문점방문 조정담당관에게 제출된다. 외국인은 재향군인회와 관련된 여행사가 유엔군의 위탁을 받아 업무를 대행한다.

판문점 기행은 유엔사 경비대대인 캠프 보니파스 주차장에 대기하는 것으로부터 시작된다.

유엔사 경비대대 입구 체크포인트 알파에서 유엔사의 출입허가가 나올 때까지 기다린다. 이는 사전승인을 받고 왔어도 당일 급변하는 상황에 따라 방문이 취소될 수 있기 때문이다. 허가가 나오면 부대 안으로 들어가는데 일반인이 출입할 수 있는 곳은 세 군데로 쌩츄어리 클럽(Sanctuary Club), 벨린저 홀(Bellinger Hall), 모너스터리 클럽(Monastery Club)이 그곳이다. 쌩츄어리 클럽은 병사와 방문객이 식사를 하는 곳이다. 벨린저 홀은 1974년 제1갱도 발견작업 도중 북한이 설치한 폭발물로 사망했다는 병사 벨린저를 기념하여 세운 건물로 방문객들에게 슬라이드 상영과 주의사항 교육을 하는 곳이다. 술을 마셨거나 청바지를 입은 사람 등을 최종적으로 심사하고, 어떤 사고가 발생해도 자신이 책임지겠다는 각서에 서명을 하고서야 방문표찰을 받게 된다. 모너스터리 클럽은 판문점 기념품 구입과 휴식을 취하는 곳이다. 유엔군사령부 소속 경비대대는 실제로는 미군부대여서 우리는 유엔을 곧 미국으로 착각하는 경우가 많다.

내 나라 땅임에도 그렇게 어색하고 낯설어 당황하는 것을 보면 우리의 의식은 세계화 따위와는 거리가 먼 동북아시아 한반도의 반쪽에 사는 촌놈의 그것인지 모른다. 낯설고 새로운 것에 호기심과 호의 대신 의혹과 두려움을 갖도록 조건반사하게 된 데는 한국전쟁의 당사자인 유엔군이란 것에 할퀴어진 집단무의식 같은 것이 있다. 감히 의심해본다는 것이 가능했는가? 1980년대를 거치면서 우리의 의식은 못난 과거를 들키기라도 한 듯 성급하게 부정하기 바빴다. 우리에게 유엔은 곧 유엔군이었으며, 유엔군은 곧 미군이었다. 결국 우리에게 유엔은 미국이었고 반미가 곧 반유엔으로 연결되었다.

유엔의 철학적 제안자는 칸트(I. Kant)이다. 그는 말년의 화두를 영구평화론으로 걸고 고민을 거듭하며 현실적으로 평화를 정착시키기 위한 6개의 예비조항과 3개의 확정조항을 천명한다. 예비조항은 하지 말아야 할 것이었고 확정조항은 해야 할 것이다. 세계'정부'가 아닌 '연합'이 가능한 형태로 제시되었다. 그 뒤 맑스레닌주의 진영에서도 궁극적인 국제평화의 옹호자와 실현자는 노동계급임을 천명하였다. 제2차 세계대전의 종결과 함께 1945년 국제연합(UN)이 만들어졌다. 유엔헌장엔 국력의 크기에 관계없이 모든 나라의 평등한 참여를 보장하고 비정부조직들의 참여와 활동도 배제할 수 없도록 되어 있다. 일본엔 유엔대학(코꾸렌대학 國連大學)이 있고 유럽과 제3세계 청년들이 유엔에서 훈련과정을 가지며 국제정치와 법, 민간단체들과의 협력방안을 공부하고 있다. 그에 비해 우리에겐 유엔 본래의 의미와 역할이 너무 쉽게 평가절하되어왔고 '세계'는 '민족'을 파괴하기 위해 밀려오는 제국주의로 인식되거나 거꾸로 민족의 답답한 틀로부터 탈출시킬 선망의 빛으로 인식되어왔다.

1975년 유엔총회에서는 유엔사의 해체를 결의했다. 당시 국무장관 키씬저(H. A. Kissinger)도 유엔총회 연설을 통해 유엔사 해체를 약속했다. 그러나 약속은 휴지가 되어버렸다. 그뒤 유엔사의 이름 아래 두 번의 서해교전이 치러졌고, 남북한의 젊은이들이 목숨을 잃었다. 또 경의선과 동해선 공사에서 딴죽을 건 쪽도 유엔사였다. 이미 해체되었어야 할 유엔사가 여전히 한반도 전쟁위기의 당사자로 굳건히 자리하고 있는 셈이다. 유엔사는 한반도에서 전쟁이 일어날 경우, 지원할 수 있는 후방지휘소를 일본에 7개나 두고 있다. 이는 언제든지 유엔사가 한국과 일본을 하나의 전장으로 삼는 합법적 군사기구로 둔갑할 수 있음을 의미한다. 더구나 미군은 유엔 안전보장이사회의 복잡한 동의절차를 구하지 않고도 곧장 전쟁에 돌입할 수 있다. 유엔사의 이름으로 말이다. 주한미군에게서 유엔사의 모자를 벗겨내야 한다는 주장은 이런 이유로 생긴다.

현재 북미간의 군사적 문제는 유엔사가 아니라 북미간의 군사접

촉을 통해 진행되고 있어 유엔사의 역할이 축소된 상태이다. 캠프 보니파스도 그러한 역사와 운명을 같이 할 것이다. 또 북한과 미국이 수교를 이루기만 하면 유엔군의 주둔은 더 이상 의미가 없어진다. 유엔군 주둔의 근거인 정전협정이 평화협정으로 대치되는 순간, 유엔군은 한반도의 환송을 받으며 떠날 것이다. 그 순간을 맞이해야만 우리는 홀가분하고도 객관적으로 유엔을 바라볼 수 있을 것이다. 역사는 지난 시대를 딛고서만 미래로 나아갈 수 있기 때문이다.

자유의 마을

모든 절차가 끝나면 유엔사 경비대대를 나온다. 유엔사 경비대대에서 안내를 맡은 군인은 게이트에서 잠시 내려 이상한 행동을 한다. 차고 있던 권총을 꺼내 탄창을 분리하고 모래주머니에 빈총의 방아쇠를 당겨 약실점검을 한다. 이는 정전협정상 공동경비구역 출입요원이 지켜야 할 규정이다. 이제부터 남북을 잇는 유일한 도로인 1번 국도를 따라 3개의 방위선을 지나게 된다. 첫번째 도로 양쪽의 커다란 콘크리트 구조물은 대전차방어벽으로 유사시 방벽을 허물어 전차 통과를 지연시킨다. 두번째 양쪽 갈대밭은 지뢰매설지역이다. 세번째 이중철책선은 비무장지대 남방한계선 철책선인데, 사실은 유엔군의 편의상 설치한 철책이고 실제 남방한계선은 3백m 앞에 있다. 그곳에 가면 하늘색 표지판에 '비무장지대 남방한계선'이라고 씌어 있다. 이제부터 비무장지대 출입 사민(私民)의 자격으로 정전협정의 제약을 받는 몸이 되는 것이다. 남방한계선 표지판에서 좀더 가면 그 제약을 운명으로 받아들인 사람들이 사는 곳이 있다. 대성동 자유의 마을이다. 이곳에서는 'TSD'라고도 부른다. 비무장지대 안에 있는 단 하나의 마을이다.

북의 기정동 인공기와 남의 대성동 태극기.
대성동의 깃대는 100m로 남에서 가장 높고, 기정동의 깃대는 160m로 세계에서 제일 높다.

　허허벌판인 판문점이 회담장소로 된 중요한 이유 중 하나는 회담
에 임하는 쌍방의 기밀유지였는데, 어떤 이유인지 정전협정이 맺어
지는 과정에서 유엔군은 이곳에 살던 주민들을 피난시키지 않고 그
대로 살게 했다. 그리고 1953년 8월 3일 군사정전위 제6차 본회의에
서 '정전협정 이전 비무장지대 내 거주자는 계속 입주를 허용한다'고
합의한다.

　북한이 기정동을 관할하는 데 반해 대성동은 유엔군사령관, 즉 주
한미군사령관이 관할하도록 되어 있다. 시집을 오는 경우에만 이 마
을사람이 되도록 규정하고 있는 것도 주한미군사령관 겸 유엔군사
령관의 소관사항이다. 땅은 제 땅이나 완벽히 유엔군 겸 미군의 지
배를 받는 땅이다. 심하게 표현하는 사람은 정전협정에 의해 법적
식민지가 된 땅이라고도 한다. 경작권은 있으나 소유권이 없고, 밤

11시면 통금이 되며 모든 행정치안업무를 유엔사 경비대대가 맡고 있다. 그러나 비교적 부유한 생활을 하는 편이며, 유엔사 경비대대에서 파견나온 군인들은 높은 토익점수를 받고 입대한 한국청년들이 대부분이어서 평소엔 큰 불편을 겪지 않는다고 한다.

사정이 이러하니 대성동에 세워져 있는 100m 높이의 대형 깃대에는 유엔기가 걸려 있어야 할 것 같은데 살펴보니 태극기다. 실제 정전협정 조인식장 사진을 잘 관찰해보면 유엔기와 인공기가 각 진영의 책상에 놓여 있었는데 말이다. 사정이 이렇게 된 데에는 복잡한 사연이 있다. 한국전쟁은 미군으로서는 패배한 전쟁이었다. 문산의 한 극장에서 정전협정 조인식을 마친 뒤 유엔군 사령관 클라크는 '나는 불명예스럽게도 승리하지 못한 첫 미군 사령관'이었다고 고백했다. 그에게는 최강대국 미국이 북한을 대등한 상대자로 인정해야 하는 것이 수치스러운 일이었다. 그래서 미국은 정전 이후 한국을 대신 내세워 남북의 대결구도를 만들기에 힘썼고, 그 절정은 1991년 군사정전위 유엔군 수석대표로 황원탁 소장을 임명한 사건이었다. 북한은 미국이 정전협정을 깨기 위해 부러 그렇게 한 것이라고 주장하고 군사정전위에서 철수했다. 북한이 엄청난 재정과 불편을 감수하면서까지 남한보다 높은 160m짜리 인공기를 세운 데에는 자신들의 상대가 남한이 아닌 미국이란 사실을 강조하고자 하는 의도가 있는 것이다. 그러나 과연 저것이 깃발인가?

미국도 북한도 과했다. 얼마 전 통일행사를 위한 기획안에서 무척 반가운 계획을 접할 수 있었다. 행사기간 동안 대성동과 기정동의 깃발을 단일기로 하자는 것이었다. 내가 부정을 비판하는 사이 긍정을 발견하여 발전시키는 그들의 상상력 앞에서 나도 모르게 탄성이 터져나왔다.

'통일시대는 통일의 시대로구나.'

공동경비구역

공동경비구역으로 향하는 1번 국도는 좁아져 있다. 이 좁아진 길은 비무장지대의 단면도를 예리하게 갈라보며 가는 길이다. 가다 보면 왼쪽 산 정상에 초소가 보인다. GP240이다. 이곳은 과거 미 제2사단이 관리하였으나 황원탁 소장을 군사정전위 수석대표로 임명하면서부터 한국군 제1사단이 관리한다. 이곳의 공식임무는 대성동과 군사분계선 관측이다. 오른쪽 멀리로 또 하나의 초소가 보이는데 GP241 겸 OP올레트라고도 한다. 이 초소는 캠프 보니파스에서 관리하는데 군사분계선으로부터 25m 떨어져 있는 남쪽의 최전방초소이다. 미국의 대통령들이 방한할 때마다 와서 망원경 보는 사진을 찍는 곳이다.

좀더 가다 보면 공동경비구역 입구 베타 체크포인트 앞에 두 개의 건물이 있다. 이것은 기동타격대 건물로 판문점 내에서 비상사태가 발생하면 즉각 중화기로 무장하고 트럭에 분승하여 60초 내로 사건 현장에 투입된단다. 24시간 근무를 하며 이곳에 들어오면 5일 뒤에나 교대할 수 있다. 체크포인트를 넘으면 공동경비구역이다. 자유의 집을 통하여 군사정전위 회담장소로 간다. 가운데 하늘색 건물들은 유엔군이 관리하고 바깥쪽의 은색 건물은 인민군이 관리한다. 회담장 모서리에는 썬글라스들이 위압적인 자세로 맞은편 회담장 끝 모서리에 서 있는 인민군을 응시한다. 영화 「공동경비구역 JSA」 이후 관광객의 필수 사진촬영 코스가 된 검은 썬글라스들이다. 별 볼 것이 없는 회담장보다 군인들이 만들어낸 이 20세기식 진풍경이야말로 관광객들에겐 진짜 구경거리이다.

나처럼 보는 것에 민감한 사진작가는 이 장면이 갖는 시각적 언어를 조금 읽을 줄 안다. 사람은 상대를 통해 자기를 본다. 눈빛을 맞춘 채로 본다는 것은 의외로 어려운 일이다. 그런 일은 누군가와 첫눈에 반할 때처럼 일생에 몇번 일어나지 않는다. 긴장된 공격 대기자세와 검은 썬글라스로 가려진 눈은 상대방을 위협하기 위한 목적이지만 사실은 자신의 두려움을 표현한다. 애정이든 분노든 감정을 전달하는 데 눈빛만큼 강한 언어는 없다.

'본다는 것'이 대상에게만 매몰되어 있을 때, 그것은 대상을 만들어내기 위한 것이며, 대상을 지배하기 위한 것이다. 그와 반대로 '본다는 것'이 남에겐 관대하고 자신에겐 엄정할 때, 그것은 대상과 만나기 위한 것이며, 하나가 되기 위한 것이다. 그런 눈빛은 어질고 너그럽지만 정확하다. 때문에 진정으로 자신을 바라볼 수 있는 사람만이 정복되지 않는다. 사실 이 긴장된 '보기 전쟁'에선 인민군 측이 불리하다고 자신있게 말할 수 없다.

군사정전위 탁자로 지나가는 선이 군사분계선이다. 처음 비무장지대 안에 군사분계선으로 설치했던 철사는 다 녹슬어 사라졌고 이 탁자를 가르는 선과 회담장 밖으로 연결하여 설치해 놓은 선이 이젠 거의 유일한 군사분계'선'의 실체이다. 관광객은 회담장 안에서는 이 선을 넘을 수 있지만 그것은 군사정전위가 허가하고 있기 때문이다. 그러나 군사정전위는 황원탁 소장 임명사건을 계기로 그 기능이 완전히 정지되었다. 북측 중립국 감시위원단인 체코슬로바키아와 폴란드가 철수했고 그뒤 이 상태를 해결할 실효성있는 아무런 조치가 없었다. 실제로 정전협정의 거의 모든 요소가 붕괴되었다.

현재 판문점의 가장 중요한 기능인 군사정전위 회의는 열리지 않고 있다. 이는 사소한 충돌이 전쟁으로 발전할 수 있는 상황에서 그나마 정전협정상 존재했던 최소한의 안전판마저 사라졌음을 뜻한다.

1994년 12월 이런 일이 있었다. 미군의 헬리콥터가 비무장지대의 지형을 잘못 판단해 북쪽으로 넘어가 불시착한 것이다. 물론 군사정전위는 마비된 상태였다. 군사정전위가 가동중이었다면, 정전협정

공동경비구역(위).
가운데 하늘색 건물은 유엔군이,
바깥쪽의 은색 건물은 인민군이 관리한다.

영화 「공동경비구역 JSA」 이후
판문점에서 최고의 인기는
검은 썬글라스를 쓴 대원들이다.

담당참모는 유엔군 총사령관을 대신해 북측 대표와 접촉하고 헬리
콥터 조종사의 송환협상을 벌였을 것이다. 그러나 군사정전위가 마
비되었으므로 이는 불가능했다. 결국 미국은 국무부 동아시아태평
양 담당 차관보 토머스 허바드(Thomas Hubbard)를 평양으로 파견
해 협상을 벌여야 했고, 이는 북한이 바라던 북미간의 직접 협상에
이르는 지름길이었다. 앞으로도 군사정전위를 통한 한반도 군사문

군사정전위
탁자경계선 위의
마이크.
이 마이크를 통해
모든 대화는
분단현실이 되었다.

제의 해결은 쉽지 않을 것이다.

한반도의 군사문제 해결에 있어서 군사정전위의 시대는 갔다고 할 수 있다. 이는 한반도의 긴장이 극적으로 풀릴 가능성과 자그마한 긴장조차도 합의할 수 있는 최소한의 안전판이 전무한 상태를 동시에 의미한다. 위기는 기회라고 했던가. 군사정전위 기능이 마비된 판문점에서 바라본 한반도의 상황이다.

문익환

정전협정의 틀이 무너지고 있는 시대의 흐름을 직시하고 군사정전위의 허가 없이 군사분계'선'을 넘은 사람들이 있다. 임수경, 문규현, 안호상, 박용길, 이혜정, 김민주가 그들이다. 관광객과 달리 이들의 행동이 불허된 이유는 하나이다. 군사정전위를 무시했거나 더 적극적으로는 무효화하기 위한 목적을 갖고 있었기 때문이다. 이중 초대 문교부장관을 역임한 안호상(安浩相)을 빼면 나머지 사람들은 한 사람의 이름과 연결되어 있다. 그가 늦봄 문익환(文益煥)이다.

그는 판문점을 통하지 않았지만 민간인 최초로 정전체제를 무효화'시키고자 한' 인물이었다. 우리 역사는 늦봄의 등장을 갑작스러운 사건으로 기억한다. 유복한 환경에서 태어나 신학자로서 안정된 길을 가다가 3·1구국선언이라는 시국을 만나 우연히 참여한 것이 인연이 되어 재야운동가가 된 것으로 말이다. 그가 정전체제를 무시하고 방북한 것을 두고 비판하는 사람들은 점잖게는 감상적 통일론자라고, 거칠게는 철없는 늙은이라고 했다. 그는 미국의 프린스턴신학대에서 공부했다. 우리나라 역사에서 일제강점기 평안도 이북지방에서 장로교 목사집안 출신에, 프린스턴신학대 출신이면 거의 틀림없는 친미엘리뜨그룹이다.

그가 둘째아들 문성근을 낳을 때 일본에 살면서 했던 일은 미국인들에게 한국어를 가르치는 학교의 교장선생이었다. 때문에 그는 한국역사의 중심에 서게 되는 인연을 맺게 된다. 우리는 정전회담 기록문서에서 낯익은 두 이름을 발견한다. 늦봄과 정경모가 그들이다.

늦봄과 정경모는 유엔극동사령부의 통역관이었다. 늦봄과 정경모는 정전회담의 통역을 위해 아침이면 헬리콥터를 타고 동해를 건너와서 해질녘이면 헬리콥터를 타고 일본으로 퇴근을 했다. 당시 통역은 언더우드(H. G. Underwood, 한국명 원일한) 박사 같은 조건을 만족시켜야 했다. 단지 한국어만을 통역하는 것이 아니라, 미국의 입장을 가장 잘 이해하고 반영할 수 있는, 사상과 능력에서 검증된 사람이어야 했다. 늦봄은 그런 자격을 얻어서 그 자리에 서게 된 것이다. 문익환의 평전을 쓴 김형수(金炯洙)는 이 상황을 "그는 자신의 입을 통해서 비로소 세계사적 냉전이 고착화되는 현장의 한복판에 있었던 것"이라고 표현했다.

같은 임무를 수행했던 언더우드의 증언에 따르면 통역지원업무는 지루하고도 긴장된 대기의 연속이었다. 그 긴장을 깨는 유일한 것은

정전체제를 무효화시키는 데 불을 지핀 문익환(사진 통일맞이 제공).

헬리콥터를 타고 근처에 다녀오는 헬리콥터 소풍이었다. 언더우드에게는 지루했을 그 시간이 늦봄에게는 고통이었을 것이고, 헬리콥터 소풍이 되레 참혹한 전쟁현장의 답사였다. 그 지루한 전쟁의 끝에 얻어진 비무장지대, 언제 어떻게 될지 모르는 불안정한 상태이지만 실낱같은 희망 하나라도 소중했던 폭력과 야만의 한복판에서 얻은 비무장지대 역시 그의 입을 통해서 해설되고 조율되고, 그리고 만들어졌다. 누구보다 정전협정의 의미를, 비무장지대의 의미를 잘 아는 사람이었던 것이다.

그는 자신의 시 「비무장지대」에서 "비무장지대는 무기를 가지고는 못 들어가는 곳이라 / 우리는 총을 버리고 / 군복을 벗고 들어간다"고 노래한다. 분단현실을 너무 낭만적으로 본 게 아닐까 하는 생각이 들 수도 있다. 그러나 반백년 분단사에서 늦봄만큼 비무장지대가 '비무장'지대라는 사실을 제대로 알았던 사람은 몇이나 되었을까.

우리는 보통 사과, 하면 사과를 떠올리고 검정색, 하면 검정색을 떠올린다. 그러나 묘하게도 비무장지대, 하면 '중무장'지대를 떠올리게 된다. 일종의 집단적 정신분열증을 앓고 있는 것이다. 플라톤 식으로 말하자면, 한반도는 동굴이었다. 이성을 비판하는 탈현대의 논의들도 비무장지대 앞에만 서면 남의 얘기가 되어버리고 마는데, 모두 이 때문이다. 그의 노래는 소박한 낭만이 아니라 관성화된 진리에 대한 저항이었다. 격렬한 투사도 자신과의 싸움에선 나약한 법이다. 관성이란 조용한 적이다. 비무장지대는 중무장이 해체된 지대이다. 그 해체를 일찌감치 보았던 사람이 그였다.

그의 노래는 이어진다. "비무장지대 / 너희는 백두산까지 밀어붙여라 / 우리는 한라산까지 밀고 내려가리라 / 비무장지대 만세 만세 만세." 정전협정 아래에서라도 비무장지대를 한반도 전체로 넓혀버리면 평화가 오는 것 아니냐는 생각, 나는 이것을 '예지'라고밖에는 말할 수 없다.

숭실중학, 신사참배 거부, 프린스턴신학대 졸업이라는 가장 전형적인 평안도 친미엘리뜨가 가장 적극적인 미국의 비판자가 된 과정은 그것을 지켜보는 관객들에게는 흥미로운 구경거리에 불과할 수도 있다. 그러나 나는 늦봄이 감내했을 법한 고통스런 자기부정의 크기를 가늠해본다.

늦봄의 통일관은 1970년대 말에서 1980년대 초까지 통일의 문제를 민주주의 문제와 결부시켰다. 그는 자본주의체제의 '자유'와 사회주의체제의 '평등'을 하나로 융합·통일하는 것이 민주주의의 완성이요, 한반도의 통일이라고 생각했다. 그러던 늦봄의 생각은 차츰 민족주의적 관점에 기울고, 1988년에는 민족자주의 관점을 명확히한 통일론을 제시한다. 역사학자 서중석은 "민주화와 민족통일을 통일적으로 파악하게 하는 것이 문익환한테는 민족자주"라고 말한다. 그

문익환이 근무한 정전회담장. 지금은 평화박물관이 되었다.

리고 이듬해 3월 늦봄은 북녘땅을 밟았다.

　군사정전위원회 회담장에는 미루나무 사건 이후 공동경비구역을 안정적으로 관리하기 위해 만들어진 낮은 콘크리트 문턱이 있다. 어린아이 장난감 같은 이 정전의 문턱을 임수경, 문규현, 박용길, 이혜정, 김민주 등이 넘었고, 사람이 넘자 소도 넘었다. 이렇게 정전체제는 무너졌다.

제3갱도

　'땅굴'에는 '길'이란 느낌이 담겨 있지 않다. 그래서 나는 중국과 북의 공식용어인 '갱도'를 사용하려 한다. 우리도 처음에는 터널이란 말을 썼다. 그러던 것이 '북괴' '두더지' '남침' 등과 호응하여 땅굴로 바뀌었다. 한마디로 냉전시대의 산물인 것이다.

서울에 있는 유엔사 비서처 문서분류엔 외국인 '관광', 내국인 '안보견학'이라는 단어를 사용한다. 그런 이유가 아니어도 판문점과 갱도는 꼭 연계된 견학코스가 된다. 제3갱도는 1978년 10월 28일 유엔사가 발표함으로써 세상에 알려졌다. 발견위치는 군사분계선 남쪽 435m인 남방한계선 안이었다. 갱도사건은 비무장지대 내에 위치해 있었기 때문에 의심의 여지없이 받아들여졌다. 조작이라고 주장하는 사람들조차 그것을 증명할 방법이 없었던 것이다. 형사 콜롬보는 사건을 해결할 때 가장 큰 이익을 보는 사람이 누구인가를 가지고 접근한다. 텍스트 분석이 아니라 콘텍스트 분석이다. 갱도에 대해 나는 콜롬보의 방법을 도입하려 한다. 누가 어떤 이익을 챙겼는가?

발표 전날 군사정전위에서 유엔군 측은 겉으로는 평화를 표명하면서도 남침을 위한 준비를 하고 있다며 항의하고, 차량을 이용해 함께 확인하자고 제안했다. 이에 북측은 갱도의 발견지점이 남측이므로 자신들과는 관련이 없다고 항변했다. 게다가 현대전에서 침략을 하려면 땅굴을 파겠느냐고 반문하기까지 했다.

공식발표에 따르면, 1974년 귀순한 노동당 연락부 안내원 김부성은 자신이 이 갱도 건설작업에 참여했다고 제보했다. 이에 따라 탐사가 시작되었고 잠시 중단되었다가 6월 10일 탐사공에서 물이 솟구쳐오르면서 재개되어 6월 13일 최초로 확인했다. 갱도가 발견된 곳은 비무장지대였다. 이곳에 탐사장비나 굴착장비를 반입하려면 물론 군사정전위에서 합의해야 한다. 따라서 시추공을 설치하는 단계부터 북측이 갱도 탐사라는 사실을 모를 리 없었다. 그러므로 정전위에서 오간 항의와 논쟁에는 진실성이 담겨 있지 않았다. 그리고 역갱도를 파고내려가 차단터널이 완공되었을 때 갱도에는 많은 양의 물이 흐르고 있었다. 현지기술진은 갱도가 발각되자 북측이 작업

판문점 근처에서 발견된 제3갱도의 공사중단 지점

을 방해하기 위해 군사분계선 북쪽의 사천강물을 끌어들인 것 같다고 추측했다. 그런데 유엔사는 북쪽으로 기울어진 갱도를 두고 지하수를 배수하기 위한 장치 같다고 발표했다. 서로 맞지 않다.

북한의 항변도 그들의 군사전략과 일치하지 않는다. 그 유명한 '전국토의 요새화' 전략도 그렇고, 1971년 김일성의 갱도찬양론도 그렇다. 김일성은 "갱도 하나가 핵폭탄 열보다 효과적이며 요새화된 현 전선을 극복하는 최적의 수단"이라고 말한 바 있다. 게다가 걸프전쟁 이후 북한은 "걸프전쟁을 강 건너 불 보듯 하지 말고 미국의 전법을 연구하고 갱도공사에 모든 힘을 집중"해야 한다고 했다. 침략을 위한 것이건 생존을 위한 것이건 북한이 갱도를 중요하게 생각한 것은 사실인 듯하다.

한편 미 국무성은 11월 1일 제3갱도를 두고 북한의 정전협정 위반이라는 성명을 발표한다. 그것도 군사정전위의 견해에 동의한다는 수준의 낮은 대응이었다.

그리고 당시 국방장관 브라운이 11월 7일 방한한다. 7월에 이미 미 국방성에서 한미안보협의회를 개최한 상태였으므로, 채 석 달도 되지 않아 방한한 것이다. 방문의 명분은 한미연합사 창설식과 추가 비행대 발대식 참석이었지만, 그조차도 국방장관이 참석할 행사는 아니었다. 당시의 한미간 군사관계에서 가장 큰 쟁점은 주한미군의 철수였다. 갱도 발견 이후 여의도에선 대대적인 궐기대회가 열렸고, 8월에는 박정희가 다시 대통령에 취임했으며, 일본도 한반도에서의 주한미군 철수에 즉각 우려를 표하고 나왔다. 주한미군 철수가 미국 내에서 본격적인 갈등쟁점이 된 것은 5월이다. 그 전에 미 8군의 참모장 존 싱글러브(John Singlab)가 지미 카터(Jimmy Carter)의 주한미군 철수와 중성자탄 생산 중단을 공개적으로 비판했다가 본보기로 해임되었다. 미 합참 또한 주한미군 철수에 공식적인 이견을 드러냈다. 군부와 백악관의 갈등은 카터가 의회의 동의 없이 1차 철수를 단행함으로써 극에 달했다.

제3갱도의 효과는 괜찮은 편이었다. 11월 7일 국방성은 2차 주한미군 철수를 신중히 고려하기로 했다고 발표한다. 그리고 철군계획은 1979년 7월에 완전 동결되었다. 지상군의 잔류뿐 아니라 핵무기도 유지하기로 결정했다. 결과적으로 제3갱도에 관련된 손익을 따져보면 이렇다. 북한은 별 이득이 없었고 박정희는 재임에 성공했다. 백악관은 곤경에 처했고 미 군부는 주한미군의 철수계획을 무산시키는 데 성공했다. 이같은 결과는 1974년과 1975년에 발견된 1, 2갱도에도 예외없이 적용된다.

갱도에 대한 미국의 강박감은 대단하다. 베트남전쟁의 치욕 이후 한반도에서 남한보다 더 많은 비용을 들여 갱도 발굴에 매달린 것이나, 테러를 뿌리뽑겠다고 벌인 아프가니스탄전쟁이 지하갱도와의 전쟁처럼 보일 정도로 갱도 파괴에 집중한 점을 보면 그렇다. 급기야는 최근 미국의 국방장관이 터널 파괴용 핵폭탄을 개발하겠다는 선언에 이른다.

미국이 1997년 발간한 『북한핸드북』에는 이미 발견된 4개 땅굴 이외에 18개의 땅굴 추정위치를 표시해놓았다. 갱도가 전쟁의 불씨로 아직 살아 있는 소재임을 경고하는 것이다.

우리에게는 갱도를 평화적 수단으로 바꿀 획기적 상상력이 필요하다. 전쟁과 분단의 문턱을 넘어서는 것은 전쟁과 분단의 테두리 자체를 뒤집는 사고의 전환이 있을 때만 가능하다. '침공로'를 열어주는 것이나 마찬가지인 경의선 복원사업이 어떻게 논의될 수 있었겠는가. 통일의 상상력은 자신감을 갖는 일부터 시작된다. 그리고 신나고 즐거움을 주는 상상력이어야 한다. 우리의 마음이 움직이고 몸을 움직여, 현실이 되도록 해야 한다.

갱도의 경우, 지금까지 발견된 4개의 갱도를 개방해 남북이 직접 통할 수 있는 관광코스로 만드는 것이다. 남북이 통일되더라도 비무장지대의 미확인지뢰를 제거하는 데에만 10년 이상이 걸릴 것이라고들 한다. 그러나 갱도는 지뢰의 위험 없이 마음만 먹으면 언제든지 남북을 오갈 수 있는 가장 안전한 통로이다. 베트남 최대의 관광상품인 구찌터널을 떠올려보자. 구찌터널은 미군의 사이공 입성을 저지한 구찌마을 주민들의 저항을 그대로 간직한 곳이다. 역설적이게도 이곳에 가장 많이 오는 관광객은 미국인들이다.

장난처럼 파진 갱도에서, 장난처럼 막아놓은 차단벽을 무너뜨리고 갱도기차를 타고 달려보는 것은 어떨까.

대인지뢰

송희는 장파초등학교에 다닌다. "엄마는 어디 계시니?" 묻자 "하늘나라에요"라고 대답했다. 송희 할아버지 조만손씨는 장단이 고향이다. 한국전쟁 때 며칠만 피하자고 임진강을 건넌 것이 그만 반백년을 넘겼다. 땅 한뼘 가지고 있지 않던 조씨는 미군부대에 들어가 날품팔이를 하다가 지뢰로 다리를 잃었다. 송희 아빠마저 교통사고로 실명하자 송희 엄마에게 집안살림이 다 맡겨졌다. 송희 엄마는 과로에 못 이겨 뇌일혈로 쓰러지고, 이제는 송희 할머니가 날품팔이로 가족들의 생계를 꾸려가고 있다. 감기에 걸려도 약 사 먹을 돈이 없어 나가지 말라는 할머니의 말을 뒤로 하고 조만손씨는 가끔 밖으로 나간다. 자신도 모르게 발길이 가는 곳은 지뢰를 밟았던 강 건너 미군부대가 바라다보이는 임진강가이다.

파주군 파평면 장파리와 금파리는 한국전쟁 후 미군부대가 주둔하면서 형성된 마을이다. 당시에 이 시골에는 어울리지 않는 극장이 들어섰을 정도로 유흥가였으며 아직도 극장터가 남아 있다. 지금은 북녘이 되어버린 강 건너 장단면에서 살다가 전쟁 때 잠깐 이주한 것이 그만 평생 삶터가 되어버린 사람들과 타지에서 이사온 사람들이 대부분이다. 농한기가 되면 전 주민이 민통선 안에 있는 미군부대로 들어가 시야를 가리는 풀과 나무를 정리하는 마초작업을 하는 것으로 생계를 유지한다. 대부분 지뢰밭인 강 건너 부대에서 사고가 나는 것은 필연이었다. 금파리와 장파리에 살아 있는 지뢰피해자만 13명이다.

그러나 미군은 리비교를 건널 때 지뢰를 밟으면 본인의 책임이라는 각서를 쓰게 하고 들여보낸다. 주민들은 아무런 법적 대응을 못했다. 각서의 법적 효력이 없음을 최근에야 알았지만 이미 공소시효가 지난 지 오래여서 손써볼 길이 없었다. 또한 지뢰사고가 나면 마을사람 전체가 일을 못하도록 하기 때문에 조씨는 지뢰사고를 당하고도 마을사람들에게 알리지도 못했다. 팔자이려니 하고 체념했지

대인지뢰 피해자인 조만손씨와 손녀딸 송희

만 가끔씩 울화가 치밀어도 하소연 할 데가 없어서 죽을 생각을 해 본 것도 여러번이다.

　조씨는 자다가 없어진 발가락이 움직이는 것 같아 발을 더듬다가 깰 때가 많다. 잊을 수는 있어도 사라지지 않는 게 진실인지, 아들이 실명하고 며느리가 죽고 나자 가장노릇도 못하고 가족들에게 짐만 되는 자신이 한탄스럽다고 했다.

　그러던 어느날 노벨평화상 수상자가 오는데 교회앞마당으로 나오 라는 얘기를 같은 지뢰피해자인 이덕준씨한테 들었다. 노벨평화상 이 뭔지 모르지만 공짜로 의족을 달아준다는 말에 '그럼 나가야지' 하고 나왔다. 교회앞마당엔 기자들과 방송국 카메라로 발 디딜 틈이 없었다.

　앞에는 '조디 윌리엄즈, 지뢰피해자 의족 기증식'이라고 씌어진 현 수막이 걸려 있었지만 지뢰피해자는 없었다. 그런데도 기자들은 뭔가 바빴다. 괜히 일 방해하는 것 같아서 멀찌감치 북적거리는 앞마당을 바라보았다. 한국의 대인지뢰 피해자와 대인지뢰 금지운동이 만나는 첫 자리는 그렇게 어색했다. 그러나 이젠 너나할 것 없이 대인지뢰의 피해를 모르는 사람이 없어졌다. 조씨는 가끔씩 세상이 고마울 때가 있다고 했다.

1997년 대인지뢰 금지운동으로 노벨평화상을 수상한 조디 윌리엄즈(Jody Williams)와 '국제 대인지뢰 금지캠페인'(ICBL)은 가장 의미있는 노벨평화상 수상으로 평가되었다. 국가의 영역으로만 남아 있던 군사적 협정을 민간단체가 이끌어냈고, 국제협약으로 발효되었기 때문이다. 유엔 역사상 최초의 일이다. 1999년 헤이그만국평화회의에서는 국제 대인지뢰 금지캠페인을 20세기 평화운동의 최대 결실로 평가했다.

21세기 들어 '신외교노선'이란 말이 생겼는데, 그것은 민간단체와 국가가 동반자가 되는 외교를 말한다. 이 또한 국제 대인지뢰 금지캠페인과 전세계 비정부기구(NGO)의 성과에서 나온 개념이다. 미국의 전 대통령 빌 클린턴(Bill Clinton)은 자신의 가장 큰 외교적 실책을 '대인지뢰금지협약에 가입하지 않은 것'이라고 회고했다. 138개 나라가 서명했으나 미국은 빠져 있었기 때문이다. 이날 조디 윌리엄즈는 금파리에 오기 전에 판문점 근처 지뢰밭을 견학하고 왔다.

대인지뢰 문제를 얘기할 때 비무장지대인가 아닌가는 매우 중요하다. 미국이 대인지뢰금지조약에 불참하는 이유가 비무장지대의 대인지뢰를 당장 없앨 수 없기 때문이라는 것이다. 또 한반도엔 비무장지대에만 지뢰가 매설되어 있어서 민간인의 피해는 전혀 없다는 점을 특히 강조했다. 미국은 두 가지 중요한 사실을 외면하고 있었다.

첫번째는 비무장지대 안의 지뢰를 전후 50년이 지나도록 제거하지 않은 것은 자신들이 체결한 중요한 협정을 위반한 것이란 점이다. 그 협정은 다름아닌 정전협정이다. 미국은 항상 북한에 정전협정의 준수를 요구해왔다. 그런 미국이 자신들도 반백년 동안 지키지 않은 데 따른 결과를 이유로 대인지뢰금지협약에 불참한다고 한 것이다.

두번째는 대인지뢰가 비무장지대에만 있는 것이 아니라는 점이다. 내가 한국대인지뢰대책회의와 함께 3년 남짓 조사해본 결과, 비무장지대 이외의 민간인 피해자 50명의 명단을 확인했다. 이를 통해 한 마을에 피해자를 최소한 5명으로만 잡아도 민통선 213개 마을에 1천명 정도의 피해자가 있을 것으로 추정된다. 민통선지역만 그렇다는 것이다. 후방지역에 있는 39개의 공군방공포대 주변 지뢰지대에서도 계속 지뢰피해자가 있었던 것으로 보고되고 있어서 그 숫자는 훨씬 더 늘어날 것이다.

나는 미국이 한반도의 비무장지대를 핑계로 대인지뢰금지협약에 흠집을 내려는 이유는 외교의 주도권을 빼앗겼기 때문이라고 본다. 미국의 패권에 도전한 것이 '공산권'도, '깡패국가'도 아닌 미국인이 주도한 국제민간단체였다는 사실은 그들로서는 여간 곤혹스럽지 않았을 것이다.

나는 워싱턴전시회 때 이들 활동가와 대화하면서 이런 생각을 품게 되었다. 베트남전쟁에서 베트남민중의 저항은 미국을 물러나게 한 가장 큰 이유였지만 결정적으로 종전시킨 힘은 미국 평화운동세력의 징병제 반대로부터 시작된 반전여론이었다. 그러나 20년 뒤의 걸프전쟁에서 미국국민의 여론은 참전 지지로 바뀌었다. 군부의 전략이 평화운동의 전략을 앞선 것이다. 이런 상황에서 베트남참전용사회에서 발전한 대인지뢰 금지운동은 다시 미국군부의 전략을 압도하는 평화운동 전략의 큰 성취를 보여주고 있다. 이들의 반정부투

워싱턴 국회의사당 앞에서 대인지뢰 금지를 요구하는 시위. 지뢰피해자들의 의족을 쌓아놓고 시위를 벌이는 미국의 대인지뢰 금지운동 활동가들은 가장 성공한 국제평화운동가이면서 가장 격렬한 반정부인사이다.

쟁은 세계 각지에서 일어나는 미국의 군사패권주의를 무산시키는데 큰 역할을 하고 있다.

핵무기와 화학무기금지협약을 이끌어 주도권을 장악하려는 미국 정부로서는 저강도 재래무기인 대인지뢰에 대한 금지협약을 거부할 명분이 없다. 미국은 핵외교와 화학무기외교에서 실패하고 대인지뢰외교에서도 실패했던 것이다. 걸프전쟁 영웅인 슈워츠코프(N. Schwarzkopf)와 미국의 전 합참의장 존슨(R. Johnson), 전 한미연합사 사령관 홀링즈워스(J. Hollingsworth)까지도 대인지뢰 금지운동에 참여하고 있으니 말이다. 베트남전쟁 이래 걸프전쟁에서 회복한 미국군부의 전략적 성공을 다시 무력화시킨 것이 바로 국제 대인지뢰 금지운동이다. 국제 대인지뢰 금지운동과 우리의 통일운동은

경의선

경의선은 경부선과 함께 일본제국주의가 대륙침략을 목적으로 부설한 철도이다. 일본의 사상가 후꾸자와 유끼찌(福澤諭吉)는 1887년 「조선은 일본의 울타리이다」라는 글을 통해 조선을 서구열강으로부터 일본을 지키는 방어선으로 삼을 것을 주장했다. 그는 또 청일전쟁 후 경인선과 경부선을 일본의 자본으로 건설할 것도 제안했다.

프랑스는 1896년 러시아의 공사 베베르(K. I. Veber)의 협력을 얻어 경의선의 부설권을 얻는다. 그러나 부설권을 얻은 피블릴르(Fives Lile)사의 재력 부족으로 부설권을 상실한다. 이에 고종은 박기종(朴琪淙)이 주도하는 대한철도회사에 부설권을 허락했으나 그 역시 실패하고 만다. 그러자 정부는 경의선과 경원선을 궁내부 직영으로 삼았다. 1900년 정부는 내장원(內藏院)에 서북철도국을 두고 수구파인 조병식(趙秉式)을 총재로 임명, 서울과 개성 간 측량에 착수했다.

러일전쟁이 일어나자 일본은 서울과 신의주 간 군용철도 부설을 위한 임시군용철도감부를 설치하고, 불법으로 경의선 부설에 들어간다. 그리고 정부는 군사상 이유를 들어 50년간의 임대조약을 맺고 일본에 경의선 부설권을 넘겨주고 만다. 철도의 부설권을 빼앗은 일본은 실제 답사도 하지 않은 채 건설에 들어가 733일 만에 완공한다. 군인과 군수물자의 수송이 급했던 것이다.

1911년 11월 압록강철교가 개통됨으로써 조선과 만주가 철도로 연결되었다. 이로써 유럽과 아시아를 연결하는 국제철도의 일환이 형성되었다. 제2차 세계대전이 확대됨에 따라 일제는 대륙 침략을 위해 경의선의 복선공사를 시작한다. 경의선의 군사적 성격을 보여주는 대목이다.

경의선 복원이 추진된 데에는 북의 지도자 김일성의 유훈이 크게 작용했다고 한다. 박용길 장로가 사망한 그의 조문 차 방북했을 때 그 사실이 처음 공개되었다. 남한에서는 평화학의 대부로 불리는 요한 갈퉁(Johan Galtung)이 '평화적 수단에 의한 평화의 추구'라는 차원에서 남의 대통령 김대중에게 제기했던 것으로 알려졌다.

미국에게 남한은 극동의 지정학적 주축이다. 또 남북정상회담 이후 고양된 통일분위기는 미국의 이익을 위협하는 핵심요소이다. 유라시아대륙의 서쪽과 달리 동쪽에서는 남한을 대신할 지정학적 축이 없다. 미국에게 유라시아의 서쪽전선은 제2차 세계대전 후 계속 변화되었다. 독일에서 우끄라이나로, 우끄라이나에서 아제르바이잔

경의선의 폐터널. 문산역에서 내려 철도종단점을 지나면 터널을 막아 동네사람이 버섯을 키우고 있었다. 그러나 경의선 복원공사로 터널이 뚫리게 되어 이젠 사진으로나 볼 수 있게 되었다.

으로. 만약 우끄라이나가 러시아의 통제권에 들어갔다면 지정학적인 축은 폴란드가 되었을 것이다. 이에 비하면 극동의 지정학적 축은 전후 50년 동안 변하지 않았다. 이곳에서 미국이 전술적으로라도 밀리게 되면 그것은 곧 전략적으로 밀리는 상황이 된다는 것이다. 한반도가 늘 초긴장 상태이면서도 총성이 나지 않은 것은 이런 이유 때문이다.

이런 상황에서 경의선 복원은 어떤 의미를 갖는가. 갑오농민전쟁의 실패 이후 러일전쟁까지 10년간 조선은 세계적 차원의 지정학적 각축장이 되었다. 경의선은 열강의 지정학적 쟁투를 일제의 단일패권으로 매듭짓는 역할을 했다. 당시의 경의선은 오욕의 상징이었다. 그러나 앞으로의 경의선은 민족에겐 통일을, 유라시아대륙엔 평화를 가져다줄 통일과 평화의 상징이 될 것이다.

의주로

판문점으로 가는 1번 국도인 통일로를 예전에는 의주로(義州路)라 불렀다. 신경준(申景濬)은 『도로고(道路考)』에서 한양을 중심으로 연결되는 한반도의 6대 도로를 소개하는데, 의주로가 제1로이다. 경의선과 의주로와 황해 뱃길은 서로 보완하며 민족과 세계의 관계를 조절해왔다. 산은 물을 건너지 못하고 물은 산을 넘지 못하지만, 사람은 나루가 있어 물을 건너고 길이 있어 산을 넘으니 그렇게 이어진 길이 의주로였다. 명산에 명강이 따르듯 조선 제1로에 제1의 문화가 따르는 것은 당연했다. 살수대첩에서 박지원(朴趾源) 같은 사신들의 연행로(燕行路)와 평양 기생 계월향(桂月香)의 애국지절까지 가는 곳마다 얘기 아닌 곳이 없으니 의주로는 '이야기길'이기도 하다.

의주로는 넓은 의미로는 한양에서 연경(燕京)까지의 도로를 말하며 좁은 의미로는 한양에서 의주까지의 도로를 가리킨다. 서울에서 의주까지가 약 1천리, 연경까지는 3천리가 넘었다. 민족과 세계라는 화두 앞에서 의주로의 정신과 관련한 다산(茶山)의 두 글은 음미할 만하다.

동국 사람으로서 중국을 유람하는 것을 감탄하고 자랑하고 부러워하지 않는 사람은 없다. 나의 소견으로 살펴보면, 이른바 '중국'이란 것이 나는 그 것이 '중앙'이 되는 까닭을 모르겠으며 이른바 동국이란 것도 그것이 '동쪽' 이 되는 까닭을 모르겠다. 내가 선 곳이 남북의 중앙이다.

연경이 한양에서 수천리나 떨어져 있는데 사신의 왕래가 끊이지 않고 잇 따랐건만 이용후생(利用厚生)이 되는 물건을 일찍이 한 가지도 얻어와서 전 한 이가 없으니, 사람들이 태연하게 사물에 혜택을 베풀 뜻이 없음이 어찌 이처럼 극심하단 말인가. (⋯) 옛날 문익점이 목화씨를 얻어 돌아와서 심고 씨앗, 물레의 제도까지 아울러 얻어서 민간에 전하였으므로 민간에서는 무명실을 뽑는 틀을 문래(文來)라 이름하여 그 공을 잊지 않으니 위대하지 않은가.

한강

강은 자연과 역사와 문명의 통일체이다. 한강은 하구부터 용산까지 밀물 때 조수가 하천으로 역류해 들어온다. 민물과 바닷물이 뒤섞이는 기수역(汽水域)은 어느 하나가 다른 하나를 점령하지 않고 제3의 환경을 만들어낸다. 때문에 기수역에는 다양한 생물이 산다.

한강에 살았던 은어에 대한 이야기 한토막. 배다리[舟橋] 근처에는 은어가 살지 않는다는 말이 있다. 임금의 사냥이나 능 참배가 있을 때마다 한강의 모든 배들을 징발, 이를 엮어서 배다리를 만들었다. 이 강제징발에 따른 민폐가 얼마나 심했던지 다음 민요를 보면 확실해진다. "강원도 뗏목장수 뗏목 빼앗기고 울고 가고/전라도 알곡장수 배 빼앗기고 울고 가면/마포 객주 발뻗고 울고/색주가들은 머리 잘라 판다."

떠 있는 배라는 배는 모두 징발당했으므로 강을 생업의 터전으로 삼았던 백성들이 이처럼 통탄한 것이다. 배다리에 나타나지 않는 은어, 묘한 대조이다.

한강 하구는 원래 수심도 깊지만 하루에 두 번씩 물이 상류로 흐를 때면, 큰 바닷배라도 항해할 수 있었다. 조선은 삼남지방과 황해도, 평안도 일대의 세미(稅米)를 포함해 어염(魚鹽), 곡물, 임산물 등을 뱃길로 실어나를 수 있었다. 물류비용의 측면에서도 꽤 경제적이었던 셈이다. 요컨대 한강은 강으로서의 성격과 바다로서의 성격을 동시에 가지고 있었던 것이다.

때문에 근대 이전까지 한강은 교통로로 기능했다. 한강 수로를 이용한 교통은 17세기 후반에 특히 증가하였다. 숙종 원년(1675)에 강화부(江華府)에서 육로를 이용하여 서울에 오다가 마필(馬匹)을 잃어버린 사건이 발생하자, 조정에서는 반드시 수로를 이용하도록 했다. 문헌으로 확인할 수 있는 하천수운의 존립기간은 고려시대의 조운제(漕運制)부터 따져도 1천년을 넘는다. 그러나 조운과 조선 후기 수운은 그 성격이 판이하게 다르다. 수운은 상업의 발달을 가져왔다. 강화도 시선뱃노래는 바로 이런 배경을 대표하는 문화였다. 시선배는 강화도에서 한강을 거슬러 충청도나 강원도까지 가서 서울사람들이 쓰는 오곡이나 땔감을 실어오는 배로 대개 강화도사람들이 시선배를 탔다. 남한강의 끝 목계에서 쌀, 콩, 좁쌀 같은 것을 사서 시선배에 싣고 서울에 와서 팔고

인천까지 내려가 새우젓이나 해물을 사서 다시 돌아갔다. 한강에는 수참(水站)이 있어서 배의 안내와 경호를 맡았으며 관할구역에 토사가 쌓여 수심이 얕아지거나 수로가 막히는 일이 없도록 하였다. 한강 하류는 우수참, 한강 상류는 좌수참이 담당하여 한강을 관리하였다. 역사가 흐르는 동안 한강은 국가의 역사에서 관의 역사로 관의 역사에서 민의 역사로 서로 교섭하며 전화되는 과정을 보여준다.

상품유통경제의 발달에 따라 18세기 후반에 정기시장은 전국적인 분포망을 갖추게 되었는데, 당시 한강 유역에는 100여곳 이상의 장시가 설치되었다. 이를 전후하여 나타난 경화사족(京華士族)도 눈여겨볼 만하다. 한강의 발달은 경화사족이 주도권을 장악하는 계기였다. 유배지에서 생생한 민중의 삶을 접촉하여 사상의 혁신을 이룬 다산(茶山)조차도 가족들이 강진으로 이사할 것을 청하자 '사대부는 서울의 정세에서 멀어져 있으면 안되며 불가피하면 근처에서라도 살아야 한다'라고 반대했다. 중심은 서울에 두고 있었던 것이다. 노론(老論)으로부터 개화파까지 사대부세력은 한강의 상업문화에 빚을 지고 있었던 셈이다. 18세기경 한성에는 20여만명이 살아 당시로도 세계적인 대도회에 속했다.

애기봉 통일전망대 앞의 한강 하구수역. 한국전쟁 전까지 이곳은 한반도 최대의 상업로였다.

임진강의 탕 문화

'탕'은 임진강을 따라 발달한 음식문화이다. 수라상에 올랐던 황복은 대표적인 탕이다. 우리 음식은 다른 나라 음식에 비해 수분 함유율이 높다. 『임원경제지』 『산림경제』 등에 나오는 국과 탕류만 해도 58종에 이른다. 이렇게 탕 문화가 발달한 이유는 우리 문화가 토착문화이자 공동체문화였기 때문이다.

일제강점기 때부터 80여년간 임진나루터 자리에서 4대째 황복요리와 장어요리를 해내는 임진나루터집(031-952-2723)은 미식가라면 한번쯤 찾았을 유명한 곳이다. 장파1리 진미식당(031-958-3321)은 임진강 어부들이 잡아올린 장어를 구워낸다. 양식 장어보다 기름기가 적고 쫄깃한데다, 양념도 옅게 하는 편이어서 담백하다. 이 집 맛의 비결은 직접 담그는 간장이다. 주월리에 있는 강정매운탕집(031-959-4387)은 메기매운탕으로 유명하다. '강정'이란 강에 정자가 있었다는 데서 유래했다. 고려 우왕(禑王)과 공민왕(恭愍王)이 궁녀들을 데리고 달빛에 뱃놀이를 했다는 이야기가 전해진다. 강정매운탕집은 20년 동안 허름한 농가를 그대로 사용하고 있다.

법원읍에서 의정부 쪽으로 400m쯤 가면 왼편에 초계탕집(031-958-5250)으로 들어가는 입구가 보인다. 초계탕은 오이 초절임과 겨자채 무침을 얹은 냉면에 육수를 부어 만든 궁중음식이다. 옛날에는 꿩이나 쇠고기를 넣어 먹었는데 이 집은 닭고기를 넣는다.

그러나 기호지방 음식문화의 전통이라고 한다면 황희와 김장생한테 찾아야 할 듯하다. 황희는 "내 죽은 뒤 제례는 『주자가례』에 따르되, 본토 물산 외에는 절대로 써서는 안될 것인즉, 아무리 가례에 명시한 바 있더라도 좇지 말 것이라. 자기 능력에 따라 할 것이며 형편에 응하여 정당함이 예도인즉, 이외에 외관적 장식이나 문채는 일체 시행치 말지라"라고 하였다. 김장생은 이러한 정신을 이어받아 주자가례를 우리 실정에 맞게 적용하였다. 파평 윤씨 노종과 윤증(尹拯) 종가의 설차례상에 오르는 음식은 떡국 두 그릇과 식혜, 간장 한 종지, 나박김치, 북어, 오징어, 대추, 밤, 곶감이 전부다. 김장생의 『가례집람(家禮輯覽)』의 정신에 따라 제사에는 차와 과일 한 접시, 그리고 후손들의 정성만 있으면 된다고 여기기 때문이다.

힘을 위한 평화와 평화의 힘

화천·양구

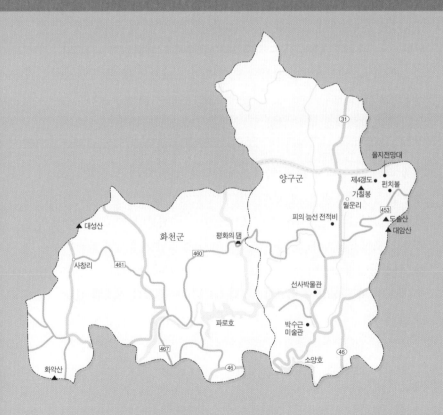

(31)

양구군

울지전망대

제4갱도   펀치볼

가칠봉
월운리

피의 능선 전적비

(453)

도솔산

대암산

대성산

화천군

평화의 댐

사창리   (461)

(460)

선사박물관

파로호

박수근
미술관

(467)

(46)

화악산

소양호

(46)

화천에서 만난 강원도의 길

비무장지대의 중간이 어디냐고 묻는다면 실제 거리와 관계없이 철원과 화천의 경계를 꼽는다. 김화를 거쳐 육단리에 이르면 눈앞을 가로막는 산이 나서니 대성산(大成山)이다. 대성산 옆구리를 베고 누워 있는 수피령 넘는 길은 적막하다. 뒤돌아보면 철원의 넓은 평야도 이제 여기서 멈추고 첩첩이 포개져 저도 저를 넘지 못하는 산악지대로 들어간다.

가파른 수피령을 넘어 사람 사는 마을이라고는 보이지 않는 이곳에 유일한 사람들은 군인이다. 삼엄하고 삭막한 분위기는 전쟁 당시와 달라진 게 없다고 하니 역사는 수피령을 넘지 못하고 철원에서 시간을 정지시켜 놓은 것 같다. 버스터미널에서 방문 온 애인을 떠나보내는 어린 군인의 글썽이는 눈망울이나 군사보안 때문에 식당에서도 조심스레 말을 건네는 사창리의 풍경은 초겨울처럼 쓸쓸하다. 사창리에서 구절양장의 좁은 계곡을 따라가다보면 갑자기 시선이 확 트이며 북한강이 오아시스처럼 맞아준다. 냉철한 긴장과 관대한 포용, 지촌리의 풍경이 연상시키는 단어였다. 1951년 4월 21일

206

평야가 사라지고 산악이 시작되는 비무장지대의 화천지역. 노을도 아득하다.

김화에서 화천저수지까지 전선을 넓히려던 미 해병 1사단과 한국군은 이곳에서 중공군의 춘계공세를 만나 구사일생으로 살아난다. 후에 군사연구가 러슬 구겔러(Russell Gugeler)는 이 전투의 교훈을 『손자병법』을 인용해 이렇게 정리했다.

병사들을 당신의 애들처럼 여겨라. 그러면 그들은 깊고깊은 계곡까지 당신을 따를 것이다. 그러나 관대하기만 해서 당신의 권위를 느끼지 못하게 한다든가, 순하기만 해서 그대의 명령을 강요하지 못하든가, 더욱이 무질서를 바로잡을 능력이 없을 경우에 병사들은 버린 자식처럼 된다. 이들은 아무짝에도 쓸모가 없을 것이다.

북한강물에 부서지는 햇살을 보고 있노라니 '버린 자식처럼 아무 짝에도 쓸모 없이' 자연 앞에 관대해지고 있었다. 그러나 화천, 양구, 인제, 원통으로 이어지는 이 길은 결코 만만한 길이 아니니 남쪽땅에서 유일하게 자연이 도전과 극복의 대상인 곳으로 들어선 것이다. 서양에서는 자연이 원래부터 그렇게 친숙한 조화의 대상이 아니었다. 그러다가 산업혁명 이후 사람이 무엇이든 지배할 것 같은 자신감이 생기고 나서야 자연은 친숙한 대상으로 해석되었다. 영국의 화가 콘스터블(J. Constable)이나 터너(J. Turner)에 의해 자연주의가 사조로 정착되고 풍경화가 하나의 장르로 독립되었다. 그제서야 '당위'라는 의미로만 쓰이던 'Nature'에 '자연'이란 의미가 덧붙게 되었다. 그러나 동양에선 오래 전부터 자연과 인간이 조화일체였으니 우리의 자연관도 그와 크게 다르지 않았다. 금강산은 훨씬 험하지만 사람을 압도함으로써 숭고미를 주고, 기호와 호남의 산야는 낮게 물결쳐 우아미를 주는 반면, 이 길은 숭고할 만큼 크지도 않고 우아할 만큼 작지도 않아 가도가도 끝없는 긴장감이 오히려 지루함을 준다.

오죽하면 '인제 가면 언제 오나 원통해서 못 살겠네'라는 말이 생겼을까. 그래서 북한강에서 느꼈던 관대함만으로는 이 길을 계속 갈 수가 없으니, 어느 순간 자연과 만나기 위한 긴장이 필요하다. 가도가도 끝없는 벌판에는 익숙하지만 가도가도 끝없는 산 속이 왠지 익숙하지 않은 것은 우리를 기준으로 자연과 세계를 바라보는 그 '눈' 때문이다. 벌판이 온전히 인간화된 자연이라면 산 속은 인간적인 것의 경계 바깥에 있는 낯선 것이다. 도전과 극복의 대상인 산 속을 가슴과 머리가 분리되지 않는 원형질로 우리 앞에 드러낸 것은 산을 깎아 만든 차도이다. 길에 내재한 다양한 중의(重意)를 모르지 않으나, 길의 위대함이 이것을 가능하게 한다.

환경적 관점에서는 이를 반대할지 모른다. 그러나 이는 환경 못지

소양호를 지나는 강원도의 길.
노동의 눈으로 보는 장엄을 넘어 주인의 눈으로 보는 지혜를 사색해볼 일이다.

않게 소중한 하나를 간과한 탓이리라. 그것은 노동이다. 낭떠러지 길에 도로를 건설하기 위해 바쳐진 이름 없는 노동자들의 눈은 자본의 계획이나 환경의 계획만으로는 보이지 않는다. 미의 세계를 펼치는 데서 일하는 자의 땀만한 것이 없기 때문이다. 환경의 적(敵)은 사람이 아니라 자본이다. 길에 점철된 수많은 부정적 계획에도 불구하고 길이 인간의 삶에 이바지할 수 있는 것은 그 안에 바쳐진 인간의 땀 때문이다. 그러나 자본과 어쩔 수 없는 쌍으로 존재해야 하는 노동의 역사적 한계를 무작정 찬양할 수 없는 것도 사실이다.

자전거로 달릴 수도 없고, 즐겁게 걸을 수도 없는 이 길에 나는 한 가지의 눈을 더 보태고 싶다. 그것은 주인의 눈이다. 사고의 위험 때문에 도둑질하듯 훔쳐보는 아슬아슬한 질주의 길이 아니라 중간중간 운전자도 차를 세워놓고 이 대자연의 힘을 자기 안으로 받아들일 수 있는 감상공간이 있는 길이었으면 하는 바람인 것이다. 또 차도에 구애됨 없이 다닐 수 있는 생태통로를 만들었으면 하는 바람이다. 감상공간은 외국 산장의 베란다가 아니라 걸터앉을 수 있는 너럭바위 몇개 깔린 도로의 툇마루 같은 공간이고, 생태통로는 사람에게서 되도록 멀리 있는 공간이어야겠다. 이들 공간은 노동의 눈과, 환경의 눈과, 문화의 눈을 하나로 통일시키는 눈이 되리라. 나는 이것을 주인의 눈이라 부르고 싶다. 왜냐하면 노동과 환경과 문화의 혼돈에서 창조를 통찰할 수 있는 사람의 눈이기 때문이다. 이런저런 생각에 어느새 길은 평화의 댐에 들어선다.

평화의 댐

주인의 눈을 상실할 때 노동도, 환경도, 세계화도 관성화된다. 제2의 새마을운동으로밖에는 해석되지 않는 세계화는 이제 고통의 분담이 아닌 고통의 전담을 통해서만 가능한 세계화가 되었다. 세계화의 목표 자체가 실종되어버린 것이다. 수단이 되어버린 세계화는 자기반성의 기능을 상실하고 오히려 반성을 요구하는 목소리까지 탄압하기에 이른다. 목표였던 주인은 소외된다. 이것이 관성화된 세계화이다. 주인성의 반대는 관성이지 않은가.

'구속을 통한 지배'가 아닌 '관성을 통한 지배'의 대표적인 경우가 평화의 댐 사건이다. 1986년 북한이 서울을 수몰시키기 위해 금강산댐을 건설한다는 소식이 전해졌다. 특히 금강산댐을 폭파할 경우 63빌딩까지 물에 잠긴다는 정부의 '가상실험쇼'는 충격적이었다. 당장 모금운동이 시작되어 7백억원 이상을 모아 평화를 지키기 위한 안보의 댐을 짓기 시작했다. 물론 이 '쇼'는 1993년 있었던 국정감사에서 말 그대로 '쇼'였음이 드러났다. 가도가도 산뿐인 이곳에 이르는 길에는 산안개가 피어오르고 바위에 벌통이 매달려 있는 청정지역이

금강산댐의 물공격을 막기 위해 세웠다던 평화의 댐. 갈라진 바닥만 드러나 있었다.

다. 이곳을 거슬러오르면 북쪽의 임남면(任南面)이니 금강산댐의 원래 이름은 임남댐이다. 평화의 댐 이미지에 너무나 잘 어울리는 검문소를 지나 의자가 나뒹구는 안보전시관에 발을 내리게 된다. 평화전시관이 아니라 안보전시관인 것에 대해 의문을 갖는 것은 좀 어리석어 보이는 일이다.

처음 가보았을 때 평화의 댐은 폐허 그 자체였다. 여기에 들어간 노동의 가치는 어디서 찾아야 할까. 노동이 자기실현을 위한 목적이 되지 않았을 때, 예컨대 필로폰이나 원자탄을 만든 노동력은 효율성과 능률말고는 아무런 가치도 남지 않는다. 그러나 노동자들에게도

평화의 댐에 나뒹굴던 중기

반성해야 할 점은 있다. 평화의 댐 건설에 참여했던 한 건설회사 소속의 노동자는 처음부터 자체 평가를 해본 결과 금강산 수공댐이란 것이 도저히 불가능한 조작이란 것을 알았다고 했다. 그런데도 왜 그 건설에 참여했는가를 묻자 그는 '목구멍이 포도청이라'며 탄식했다. 물론 노조도 없던 당시 상황에서 어떤 반대행동을 하기란 쉽지 않았으리라. 그러나 주인으로서의 자기 책임을 포기하는 순간 관성은 우리를 지배한다. 그는 나중에 그에 대한 죄책감으로 노조를 만드는 데 참여해 지금 위원장으로 일한다. 평화의 댐은 수공(水攻)을 막기 위한 댐이므로 여느 댐과 다른 구조를 갖는다. 수문 대신 배수구를 두어 물이 빠져나가게 하는 구조이다. 그러나 가뭄에도 강 밑으로 흐르는 강의 맥은 배수구의 높이도 넘지 못하고 단절되어 있다. 평화의 댐은 신성한 노동의 가치를 막았고, 자연의 순환을 막았으며 통일을 위한 평화정신의 비약을 막았다.

주인의 눈을 상실한 노동과 평화의 끝을 이곳 평화의 댐에서 본다. 평화는 평등과 조화이고 그 궁극적인 실현은 더 많은 인간을 이롭게 하는 것이니, 다름아닌 홍익(弘益)이리라. 압도적 다수의 행복이 아닌 소수의 행복을 위해 노동과 평화라는 말이 사용될 때 노동은 노역이 되었고, 평화는 안보로 환원되었다. 평화운동가 요한 갈퉁(Johan Galtung)도 목적으로서의 평화를 위해서는 수단으로서의 평화가 전제되어야 한다고 했다. 평화에도 그 실현을 위한 손잡이와 날이 다 있을 것이나, 날을 잡고 손잡이를 내려치면 다치는 것은 사람이다. 그러니 잘못된 평화의 수단은 그 목표인 사람을 해친다. 평화의 댐은 목적부터 잘못된 수단이었으니 평화란 말이 무색하다.

미국과 중국을 비롯한 주변국의 평화논리에는 한결같이 안보비용을 줄이고 경제비용을 늘리려는 의도가 숨어 있다. 그것은 제3세계에 안보와 평화의 관성화를 이용한 무장해제를 요구하는 것이나 다

비 오는 날의 소양호는
숙연하다. 아래로 흐른
물이 호수가 되고, 하늘로
올라간 물이 구름이 되어
재회하는 순간, 호수는
장엄을 드러낸다.

름없다. 평화시대의 전선은 힘의 유지를 위한 평화와 평화에서 나오
는 힘과의 대립이다. 힘의 유지를 위한 평화는 현대의 것이 아니라
근대의 것이다.

다시 평화의 댐 아래 서서 공룡 같은 댐을 본다. 이 댐을 어떻게
할 것인가. 아예 폭파할 수도 있고 지금처럼 황폐화시키는 것도 방
법이리라. 그러나 그것은 수단으로서의 평화만을 부정하는 것이 아
니라 그 속에 스며 있는 노동과 순수한 평화의지와 통일정신까지 부
정하는 것이다. 평화의 댐은 진정한 평화의 댐이 되어야 하고, 안보

전시관은 평화전시관이 되어야 한다. 세계사가 평화의 댐 앞에 선 우리에게 묻는다.

돌과 전쟁의 고을, 양구

파로호를 지나든 소양호를 지나든 서울에서 춘천을 거쳐 양구까지 가려면 반드시 호수를 거쳐야 한다. 새벽 물안개에 덮인 호수는 사색에 빠져든다. 어둠속 길 찾기든, 안갯속 길 찾기든 다를 것이 없으니 가던 길 멈춰서면 호수의 사색에 나도 포로가 된다.

어느새 비오는 호수는 숙연하다. 아래로만 흘러온 물은 호수가 되

파로호가 잠시 바닥을 드러내면서 발견된 선사유적들이 전시된 양구 선사박물관. 전시관 밖에는 수장위기에 있던 고인돌들을 옮겨 전시하고 있다. 수장위기는 모면했으나 제자리를 옮기는 순간 그 존재의미가 거의 사라진다고 볼 수 있는 고인돌을 여기서 보는 일은 안타까운 일이다.

고, 하늘로 올라간 물은 구름이 되어, 호수는 안개로 구름은 이슬비로 뒤엉켜 만난다. 수많은 사연을 안고 서로 먼 길을 돌아 하나가 되는 순간, 호수는 장엄을 드러낸다.

평화의 댐 공사를 위해 일제강점기에 만들어진 화천댐의 물을 45년 만에 방류하자 댐 공사로 수몰되었던 양구읍 동수리, 고대리, 공수리, 상무룡리와 지금은 이름마저 없어진 주막거리, 용호리, 허수리, 방현리, 서호리 등 파로호 상류지역이 옛날의 모습을 드러냈다. 지표조사를 한 유적조사단은 이곳이 공주 석장리와 연천 전곡리에 버금가는 훌륭한 구석기유적지라는 사실을 밝혀냈다. 호수는 오랜 시간을 간직한 채 에돌아와 우리에게 장엄을 드러낸 것이다.

그때 수습된 유물, 유구(遺構) 들을 박물관을 지어 보관해오고 있으니, 우리는 호수가 아니라 박물관에서 그것들을 만날 수 있다.

강물은 자갈을 다듬고 세월은 사람을 다듬는다. 세월은 다듬어지

피의 능선 전투 전적비

216

피의 능선으로 넘어가는 해

라 하고, 석기는 날을 세우라 한다. 다듬어진 자갈의 결을 갈라내어 석기문명을 만들었듯이, 다듬어지기만을 원하는 세월의 결을 갈라 내어 관성에 도전을 할 수 있었던 것도 사람의 노동이다.

선사박물관의 돌도끼는 한쪽 면만 날을 세워놓고 있다. 나머지 한 쪽은 그저 다듬어놓았을 뿐이다. 원만함과 투철함이란 대립되는 것 이 아니라 그렇게 한몸의 다른 측면으로 공존해야 쓸모있다는 사실 을 사람들은 오래 전부터 터득했던 것이다. 그러나 훌륭한 문명을 창조했어도 날과 손잡이를 바꾸어 잡아서는 그 문명을 지켜낼 수 없 다. 그때는 자해무기가 될 것이기 때문이다.

자유도 그러하다. 자유의 반대는 보통 구속이라고 생각하지만 실 제로는 관성이다. 사람들은 자신이 구속되었다는 사실을 자각하곤

하지만 관성은 그렇지 않다. 그게 관성의 무서운 힘이다. 또 사람들은 구속이 외부에서 오는 데 비해 관성은 내부에서 생기는 것으로 생각하지만, 관성도 구속처럼 외부에서 오곤 한다. 물건을 사는 손조차도 광고에 반응하는 손이다. 외부에서 온 것임에도 불구하고 내부에서 생기는 것이라는 판단, 여기에 관성의 실체가 있다. 전시관 밖으로 나와 걷다보니 뽑지 않고 깎아놓았던 풀들이 비온 뒤 다시 무성하다.

양구읍에서 평화의 댐 표지판을 보고 가다가 오른쪽 임당리 가는 길로 꺾으면 군부대와 군부대 때문에 생긴 유흥가가 갑자기 튀어나온다. 임당리에서 오른쪽으로 보이는 산이 대암산(大巖山)이다. '비무장지대 생태의 보고'라는 고원습지 용늪이 있는 산이다. 대암산 용늪으로 가는 표지판은 여러 곳에 서 있지만 아무나 용늪을 찾아갈 수는 없다. 학술연구 목적에 한해서만 출입할 수 있기 때문이다.

월운리에서 비아리와 해안면 가는 길이 나뉘는데 비아리 쪽으로 가다보면 중간쯤에 그 유명한 '피의 능선'이 있고 더 가면 지금은 북쪽 땅인 문등리 가는 길에 '단장의 능선'이 있다. 민통선지역인 이곳은 21사단 정훈공보실로 연락을 취해 허가를 얻어야 출입할 수 있다. 이 길은 유리 만드는 데 쓰는 형석광산이 있어 예전엔 유명했다. 피의 능선 전투는 정전회담이 별 성과 없이 지루하게 진행되던 기간에 계획되고 이루어졌다. 백마고지 전투 이전에 가장 치열했던 전투로 알려져 있지만, 정작 앞서도 인용했던 군사연구가 구겔러는 미군의 입장에서는 특별한 가치가 없는 곳이라고 단정한다. 그저 적이 접근해오는 것을 막기 위한 전투였다고 했다. 이런 전투에서 2천명 이상이 죽거나 실종되었으니 어처구니가 없는 전투였던 것이다. 이 전투에서 죽어간 병사들의 시신은 아직까지도 수습되지 않았다. 전쟁이 아무리 정치적 목적에 복속된다 하더라도, 억지전투를 기획해

도솔산 전적지 입구의 표석

능선을 피로 물들이는 것을 보면 전쟁은 전쟁 스스로를 위해 움직이지, 결코 평화를 위해 움직이는 게 아님을 여실히 보여준다. 휴전협정장에서의 한마디가 수천의 인명을 구할 수 있었는데도 그들은 대화보다 전쟁의 길을 손쉽게 택했던 것이다.

양구의 한 식당 거울에서 본 '축 발전'이란 문구가 스쳐간다. 웬만한 거울의 이마에 씌어져 있는 '발전'의 이념은 봉건을 극복하려는 근대주의자들의 핵심구호였다. 발전의 이념은 자본주의와 사회주의를 가리지 않고 전세계적 공통의 것이 되었고, 근대화의 척도는 곧 발전이 되었다. 발전은 곧 경쟁을 의미했고, 그것이 극단적일 때는 전쟁으로 발전한다. 발전의 이념 아래에서 평화는 힘의 공백과 균형의 어느 지점에 우연으로만 존재하는 것이었다. 근대적 선진국이 평화에서 나오는 힘이 아니라, 힘의 유지를 위한 평화에 머물 수밖에 없는 것은 근대의 숙명이었는지 모른다. 왠지 모든 것이 어색한 이 작은 소도시의 내면을 알고 나면 전쟁의 극복은 근대의 극복이어야

해안면의 일출

한다는 생각을 하게 된다. 유민으로 떠돌다 언제 유민이 되어 떠날지 모르는 인생과 똑같은 피해를 받아도 차별적 보상을 받아야 하는 억울함. 서울사람들의 '환경보호' 구호 탓에 생존권조차 위협받는 '지역 천민'의 현실이 그러하다.

펀치볼 을지전망대

피의 능선 전투에서 후방기지 역할을 했던 월운리 삼거리에서 오른쪽으로 꺾어지면 도솔산의 구비길을 넘고넘어 해안면에 이른다. 이 길 정상에 못 미쳐 도솔산 전적비가 있다. 도솔산의 도솔(兜率)이란 미륵신앙에서 현재 미륵보살이 설법하고 있는 곳이란 뜻에서 온 이름인데 이를 근거로 명주(溟州)에서 일어난 궁예가 철원으로 이동한 경로라고 추정하는 경우도 있다.

도솔산 옆에 대우산(大愚山)이 있고, 가칠봉(加七峰)은 대우산과

숨쉬듯 여린 안개를 내놓는 해안분지

어깨를 걸고 있다. '도솔'이 '큰 어리석음'으로 1만 2천 봉우리에 '일
곱 봉을 더하는' 산들의 서사시가 만들어내는 분지의 원대한 포옹을
보노라면 높은 경지와 넓은 도량을 함께 지닌 자연의 모습에 경탄하
게 된다. 그러니 누구인들 이 모습을 보고 상상의 흥분을 억제할 수
있었겠는가? 금강산을 불국정토(佛國淨土)로 여겼으니 그 끝자락인
이곳에 도솔천을 배치해두는 것도 어울리는 비유이다. 분지의 바닥
은 배수성이 좋아 군부대 테니스장에 까는 마사토가 20~45m 두께로
있다. 이것은 화강암이 산 정상부의 변성암에 비해 차별침식된 지질
학적 증거이다.

　또한 현리에서는 신석기시대와 청동기시대의 유적과 유물이 발굴
되어 양구 선사박물관에 보관되어 있으니 자연의 지층뿐 아니라, 역
사의 지층도 전쟁의 상처와 더불어 깊디깊기만 하다. 높은 산엔 깊
은 계곡이 어울리지만 해안분지는 깊지 않아서 오히려 깊다. 그 깊
지 않은 깊이를 표현하는 데 미군들이 작명한 펀치볼(Punch Bowl)

이란 이름은 그 뜻을 새겨볼 겨를도 없이 뭔가 소매치기당한 느낌이다. 펀치볼을 화채그릇으로 해석하여 유민들의 문화전시장, 긴장과 평화, 보존과 개발 등이 조화를 이루고 있는 것으로 비유하는 경우도 있다. '조화롭다'는 형용사가 아니라 동사여야 한다. 끊임없이 바깥세계와 화해하는 것을 의미하기 때문이다. 그 어느 곳보다도 심한 차별을 받는 지역이자 민통선이자 소외지역인 해안면, 그 연관의 끈이 총체적으로 화해할 수 있는 실마리를 발견할 때에야 우리는 조화에 대해 얘기할 수 있다.

왜냐하면 그냥 묻어두기엔 묻히지 않는 깊은 상처가 있기 때문이다. 도솔산과 대우산 전투가 시작된 때는 휴전회담이 시작되면서 전쟁이 끝날 것이라는 희망의 빛이 보일 때다. 1951년 7월 10일부터 휴전협상이 시작되었다. 회담이 시작되고 사흘 만에 유엔군측은 신문기자들을 참석시키자는 의견을 들고 나와 회의가 중단되었다. 7월 하순 수십년 만의 대홍수를 몰고 온 장마가 시작되고, 미군은 8월 중순 세 개의 방어선을 구축한다. 오두산―적성―도성현―화천호―양구―도솔산―간성―마달리, 이름하여 캔저스선이다. 비슷한 위도에 있는 미국의 캔저스(Kansas)와 연관이 있으리라.

8월 21일 미군의 '중점공격'이 시작되고 대우산은 피의 전장이 된다. 그러나 다른 지역에서는 공격이 중지되었다. 도솔산, 대우산, 피의 능선과 단장의 능선에서 유엔군이 전진할 수 있었던 것은 집중된 화력 덕이었다. 인민군과 중공군은 '적극 방어, 계속 저항, 반복 쟁탈, 적군 섬멸'의 원칙을 세우고 연천 마량산 전투에서 개발된 갱도를 전략으로 채택한다. 그들은 전선 전체에 견고한 갱도를 건설하고 전선을 회복한다. 당시 전선의 중심은 회담이 열리는 개성 주변지역의 탈환이었으나 미군은 이 지역에서 이렇다 할 진전을 보지 못했다.

당시 미 합참의장 브래들리(O. N. Bradley)는 이를 두고 전략상의

병사가 잠시 자리를 비운 초소에 햇살이 가득 들었다. 긴장 속의 평화.

해안면 현리의 아침 안개

실패라고 규정했다. 대통령 트루먼(H.S. Truman)에게 보고하면서 미 8군 사령관 리지웨이(M.B. Ridgway)가 시행한 개별고지 점령전술은 미국의 전반적인 전략에 부합되지 않으며, 이 방법으로는 20년 후에나 압록강까지 도달할 수 있으리라고 밝혔다. 회담은 다시 시작되었고 결국 양측은 군사분계선 설정에 합의하게 되었다.

정전회담에 합의하고도 무려 2년 동안이나 회담에서 유리한 조건을 만들기 위해 전쟁이 치러졌다. 만약 우리 앞에 다시 이런 일이 벌어진다면 어떻게 해야 할 것인가. 제국주의가 전쟁을 포기하는 경우는 더이상 전쟁의 명분을 찾을 수 없을 때였다. 한국전쟁과 베트남전쟁에서 미군이 철수하게 된 힘은 미국 내에 있었다. 즉 미국민이 반대하는 전쟁은 실패하는 것이다. 전쟁의 종식은 전쟁을 일으킨 당사자가 스스로 포기하는 것이며, 저항의 완성 역시 싸움을 걸어온 쪽이 스스로 포기하도록 만드는 것이다. 평화적 폭력과 패권적 폭력의 기준은 여기에 달려 있다.

들판 위의 산이 아니라 산 위의 들판인 해안분지가 담고 있는 하늘과 바람은 남과 북의 하늘과 바람이다. 평화의 댐에서 단절된 화두를 풀 실마리를 만나게 된다. 수단으로서의 평화가 아닌 목적으로서의 평화란 무엇을 말함인가? 수많은 대립과 투쟁의 목적은 자기 본성을 확인하고 유지하는 데 있으며 본성이 온전히 본성으로 발현되는 상태 그것이 평화의 상태이다. 수단으로서의 평화와 목적으로서의 평화의 기준점도 하나이다. 바로 주인의 눈이다.

해안면의 대인지뢰 피해자

해안면에 민통선 1세대가 입주한 것은 전쟁의 상처가 채 아물지 않은 1956년 4월 25일의 일이다. 호구책이 막막하던 그 시절, 무상으로 농토를 제공한다는 조건에 이끌려 전국 150가구 965명의 개척민이 몰려들었다. 작업복 차림으로 군용트럭에 나눠 타고 온 이들은 벌판에 천막을 치고 지뢰와 폭발물 천지인 황무지를 개간했다. 첫해에는 냉해로 쌀 한톨 건지지 못했다. 대신 지뢰밭을 개간하면서 50명의 사상자가 생겼다. 1998년 지뢰사고를 입은 백춘옥 할머니를 찾아갔더니, 그녀의 아들은 캐다놓은 지뢰를 공처럼 차고 놀다가 목숨을 잃었다고 했다.

오유리의 박춘영 할머니 가족은 지뢰로 피해입은 가장 불행한 집안이라 할 만하다. 20여년 전 큰아들과 손자가 먹을 게 없어 대우산에 토끼를 잡으러 갔다가 지뢰를 밟아 모두 즉사했다. 게다가 둘째 아들도 사고가 났던 근처 산에서 대인지뢰를 밟아 발목을 잃었다. 상심한 둘째아들은 서울로 올라갔고, 지하철 공사판을 전전한다고 했다. 손녀를 맡아 기르게 된 그녀는 산에서 나물을 캐다가 원통시

해안면의 한 지뢰피해자가 무거운 햇살을 등에 진 채 걷고 있다.

장에 내다 팔고, 그렇게 생긴 돈으로 작은 구멍가게를 내 과자부스러기를 사다가 팔아 생계를 이어갔다. 그런데 그녀조차도 나물을 캐다가 지뢰를 밟아 다리를 잃었다. 물론 배상 같은 것은 한푼도 받아본 일이 없다. 산다는 게 얼마나 모진 것인지 그 다리를 하고 그녀는 또 나물을 캐러 들어간다. 지뢰밭인 줄 알면서 말이다.

한참을 알고 지낸 사이가 되고서야 그녀는 사진을 찍도록 의족을 벗어 보였다. 여러 사람들의 피해부위를 보다보니 살결을 보면 지뢰사고 이후 어떻게 살아왔는지를 알 수 있게 되었다. 사람은 발을 딛고 사는 존재이기에 발에는 생활의 표정이 그대로 새겨지는 것이다. 다리가 잘리면 신경의 순환기능이 파괴되어 시간이 갈수록 다리살

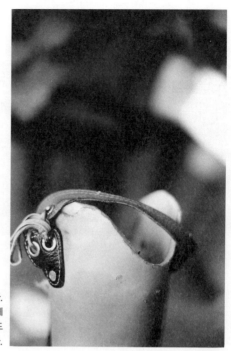

여름 의족은 무척 덥다.
의족의 가장 큰 불행은 피해자에게
다리는 되어줄 수 있어도
살결이 될 수 없다는 것이다.

이 빠진다. 당연히 맞췄던 의족이 헐렁해져 살에 닿아 딱지와 굳은
살이 생긴다. 다시 의족을 맞춰야 하지만 그럴 엄두를 못내는 박춘
영 할머니는 스타킹과 양말을 겹겹이 신어서 의족에 맞춘다. 의족에
수없이 까져 굳은살이 앉은 것을 보면 그녀가 이 다리를 하고서 얼
마나 많은 길을 험하게 걸어야 했는지를 알 수 있다.

지뢰로 큰아들과 손자의 목숨, 그리고 둘째아들과 자신의 다리까
지 잃고, 의족에 갇혀 의족과 양말의 자국이 살결이 된 채 손녀마저
맡아 기르는 어머니, 우리들 어머니의 다리. 상처는 분노로 남으라
하고 세월은 이제 그만 사랑으로 남으라 하지만, 분단의 결은 고스
란히 그녀의 살결에 새겨져 있다. 해안면 사람들 모두는 작고클 뿐

해안면 한 지뢰피해자 집의 마당

이런 분단의 상처를 하나씩 간직하고 산다. 그것은 해안면이 우리나라에선 유일하게 면 전체가 민통선마을인 것과 무관하지 않다.

지역주의와 민통선마을

사람들은 보통 민통선이란 단어를 들으면 얼른 비무장지대를 떠올린다. 그러나 비무장지대는 정전협정으로 생겼다. 군사분계선 남북으로 2km씩, 총 4km가 비무장지대이다. 반면 '민간인 통제선'인 민통선은 1954년 유엔군사령관 클라크가 군사적 목적으로 임의설정한 지역이다. 현재의 법적 주소지는 군사시설 보호법이다. 1997년부터 "국방장관이 합참의장의 건의에 따라 설정·변경"할 수 있다. 민통선은 헌법상 규정된 주거와 이전의 자유가 제한되는 지역이다.

그간 국가보안법이 악법이란 점은 여러차례 강조되어왔다. 그러나 민통선 주민들의 피해에 대해서는 사회적으로 문제제기조차 없

깊은 밤 해안면으로 가는 길. 우연히 마주친 자동차가 사라지면 곧 어둠과 함께 걸어야 하리라.

었다. 나와는 다른 특별한 곳에 사는 사람들의 운명이라고 생각했던 것이다. 국가보안법이 제 생명을 유지한 근거가 분단인 것처럼 민통선의 존립근거도 분단이다. 특히 군사시설보호법에 규정된 민간인 통제구역은 분단이 야기한 지역문제의 영역에 해당한다.

정전협정을 평화협정으로 바꾸는 문제가 남한·북한·미국 간의 복잡한 국제정치학적 난제라면 민통선 문제는 국내문제이기 때문에 그 해결이 훨씬 쉬운 주제이다. 김대중정부 시절 지역정책의 골격을 마련했던 황태연(黃台淵)의 '소외지역민과 패권지역 소외계층의 연합' 전략에 분단문제를 접목하면 민통선문제의 해법을 찾을 수 있다. 한국에서 비무장지대 접경지역은 잊혀진 지역이다. 차별보다 더 심한 소외의 대상인 셈이다. 심지어 마지막 생태의 보고라고 민통선을 소개할 때조차 이 지역 주민들의 설 자리는 없다. 1990년대 이후 봇물처럼 쏟아진 비무장지대의 활용방안에서 매번 갈등을 일으킨 개발과 보존의 대립은 '지역'으로서 민통선을 직시해야 함을 알려준다.

강원도와 경기도, 인천시를 포함하는 이 지역은 영남과 호남 같은 반민주권력이 만든 지역경계가 아니라 분단권력이 만들어낸 지역경계이다. 중앙권력 차원의 분단문제 해결만으로 환원될 수 없는 독자적인 문제가 이곳에는 있다. 예컨대 같은 분단문제임에도 국가보안법을 폐지하라는 운동에 비해 민통선을 해제하라는 운동은 미약하다. 또 민통선의 생태를 보존해야 한다고 주장하는 사람들은 그곳에서 지금까지 잊혀진 채 살아온 민통선 주민들의 권리를 찾는 운동에 소극적이거나 때론 적대적이기도 하다.

제4갱도

을지부대 검문소를 지나 대우산 쪽으로 난 포장도로를 따라 올라가면 제4갱도가 나온다. 갱도 입구에는 갱도를 발견할 때 폭발물을 밟아 죽은 수색견을 기념한 동상이 위령탑 대신 서 있다. 제4갱도로 들어가는 역갱도는 국방부가 자랑하는 최신 국산장비로 굴착되어 다른 갱도와 달리 인공도시의 터널을 걷는 듯한 기분이다. 갱도는 2, 3갱도와는 비교가 안될 정도로 좁고 낮아서 제1갱도 정도의 규모이다. 예전과 달리 놀이공원용 기차를 타고 앉아서 짧은 구간만 들어 갔다 되돌아오도록 되어 있어, 이 오지까지 갱도를 보러 온 사람들에겐 허탈할 뿐이다.

1990년 3월 당시 국방장관 이상훈(李相薰)은 1989년 말 땅굴의 징후를 포착하고 미 8군의 도움으로 갱도를 발견했다고 발표했다. 그 며칠 전 『세계일보』를 통해 보도가 흘러나간 뒤라 국방장관은 국회에서 1970년대에 판 갱도라고 보고했다. 그는 1970년대 이후 북한이 20개 이상의 땅굴을 판 징후가 있다고 덧붙였다. 듣기에 따라서는 발표시기를 골랐다는 오해를 낳을 수도, 궁색한 변명으로 들릴

제4갱도

수도 있었다.

　1990년 초 김일성은 신년사에서 남북대화를 제의했고, 미국에서
는 누적되는 재정적자로 군비축소의 분위기가 국방부와 백악관을
압박했다. 미국의 언론은 주한미군이 당장 철수라도 하듯이 규정짓
고 분위기를 몰아나갔다. 이에 난색을 표한 이가 있었으니, 주한미
군사령관인 루이스 메너트리(Louis Menetry)와 국방장관 딕 체니
(Dick Cheney)였다.

　또 한 가지 흥미로운 사실은 갱도의 발견과 별 연관이 없는 미 해
군 장성 한 명이 기자회견장에 나타난 것이다. 기자회견 후인 3월 15
일 미 하원에서는 '아시아의 군축'에 관한 청문회가 열렸다. 그 자리
에서 군비통제군축국장 로널드 레이먼(Ronald Lehman)은 아시아에
서 군사력을 감축하는 것은 미국뿐 아니라 우방국들에게 매력적이
지 않고, 특히 해군력의 감축을 우려한다고 말했다. 해군 장성의 기

밤에 본 을지전망대. 짙푸른 적막에 하늘만 높다.

자회견장 참석이 미국 내 반군축세력과 연계되어 있음을 짐작케 하는 대목이다.

게다가 2월 22일자 『세계일보』에 땅굴 발견기사가 보도되자 국군보안사령부(보안사)는 각 신문사에 전화를 걸어 이 기사를 취급하지 말라는 협조요청을 했고, 이튿날 새벽 그 신문의 편집국장과 국제부장을 영장 없이 연행했다. 또 지방으로 수송된 신문의 배포를 막기도 했다. 강제연행에 대해 국방장관은 군사기밀에 속하는 사항이 보도되어 경위를 알아보려 한 것뿐이라고 답했지만, 그 해명이 오히려 의혹을 키웠다. 이 내용은 『워싱턴타임스』에서 최초로 보도했고, 『세계일보』가 그를 전재했기 때문이다. 즉 처음으로 보도한 외신기자에게는 어떤 확인도 거치지 않고, 국내 기자만을 문제로 삼은 것이다. 갱도 발표 한달 후 주한미군사령관 메너트리가 경질된 것도 이례적이었다.

백악관은 의회와 국민들에게 경제난에도 불구하고 군축을 추진하지 않으려는 것처럼 보이는 것을 경계한 것이고, 또 제4갱도의 발표로 군부 내 반군축세력의 입장이 지나치게 강해지는 것을 원하지 않았던 것이다. 발표 초기의 이해할 수 없는 상황과 주한미군사령관의 경질은 이 맥락에서 해석해야 할 듯하다.

그후로 북한이 남침을 위해 판 갱도가 발견되었다는 공식적인 발표는 없었다. 갱도가 발견되었다는 발표가 일으킨 사회정치적 파장을 고려하면 다행이라고 할 수도 있지만, 나는 여전히 과거의 갱도가 정치적으로 활용되었을 뿐 아니라 기획되었다는 의심을 지울 수 없다. 너무나 엉성했던 것이다.

대지가 하루의 먼길을 돌아 태양과 포옹할 때면 수줍어 홍조로 물든다. 서화리로 나오는 길에서 본 저녁 해는 펀치볼로 떨어지고 있었다. 이곳으로 지는 해는 대지와 포옹하기 위해 지는 해이다. 해안면이 둥근 것은 눈물처럼 떨어지는 태양을 포옹하기 위함이다.

고엽제

해안면에서 을지전망대와 가칠봉전망대 쪽을 보면 거의 민둥산이다. 전망대에서 설명을 맡고 있는 군인은 한국전쟁 당시의 엄청난 폭격 때문이라고 하지만 쉽게 납득되지 않았다. 전쟁이 끝난 지 반세기가 되었으니 최소한 수십년생 나무들이 있어야 하기 때문이다. 한 주민에게서 제초제인 그라목손 때문이라는 얘기를 들었다. 비무장지대와 민통선은 '환경의 천국'이어야 한다고 생각했던 나로서는 의문이었다.

몇해가 지나서야 의문은 커다란 충격과 함께 풀렸다. 1967년 동

양구의 한 화생방종합훈련장. 알지 못하면 곧 죽는다는 경고가 어쩌면 이토록 편안하게 씌어 있는
지 궁금할 뿐이다.

두천의 캠프 케이씨(Camp Casey)에서 취사병으로 근무했던 토머스 울프(Thomas Wolfe)는 제대 10년 뒤부터 만성피로와 고열의 몸살에 시달렸다. 몸무게가 줄었으며 엄청난 통증을 느껴야 했고, 소화기도 이상했다. 병원에서는 암이란 진단을 내려 결국 그는 비장(脾臟)을 잘라냈다.

그러던 중 그는 정보자유법(FOIA)으로 해제된 미 육군의 기밀문서를 읽게 되었다. 1969년 1월 주한미군이 미 육군에 제출한 「최종보고 초목관리계획 CY68」이었다. 그 문서에 따르면 1967년부터 이태간 약 8만리터의 에이전트 오렌지 등이 73.45km²에 뿌려졌다. 이는 울릉도보다도 넓은 면적이다. 한국군과 주한미군은 비무장지대의 초목이 북한군의 침투를 쉽게 만든다고 판단해 고엽제를 사용한 것이다.

1963년과 1965년에 이미 미 1군단장과 2사단장이 고엽제를 사용하자고 주장했지만, 북한을 자극할 수 있다는 이유로 부결되었다. 그러나 1967년 초 주한미군은 방첩을 위해서는 비무장지대의 초목을 효율적으로 제거해야 한다는 결론을 내렸다. 같은해 9월 미 국무장관 딘 러스크(Dean Rusk)는 한국의 국무총리 정일권(丁一權)에게 편지를 보내 고엽제 사용을 허가하라고 요구했다. 그리고 우리 정부는 동의했다. 이에 주한미군은 휴전선 부근의 초목을 대상으로 고엽제 '모뉴론'을 시험적으로 사용했다. 그리고 이듬해 3월 고엽제와 살포장비가 도착했고, 미 8군 사령관은 4월까지 고엽제를 본격적으로 살포하라고 지시했다. 주한미군과 미국의 군사고문단, 한국군 1군단, 육군본부 대표들이 모여 고엽제 살포지역에 대한 합의도 이루어졌다. 비무장지대 이남의 철책 양쪽으로 100m, 전방지역의 주요 전술도로변 30m, 경계초소와 주요 경계지점에서 시야를 확보할 필요가 있는 지점 등으로 모아진 것이다.

보고서에는 일부 고엽제가 눈과 코, 목구멍과 피부에 부작용을 일으킬 수 있지만, 고엽제를 살포할 때 마스크나 장갑을 사용하고 살포가 끝난 뒤 바로 물로 씻으면 부작용을 최소화할 수 있다고 씌어 있다. 그러나 액체상태인 에이전트 오렌지와 에이전트 블루는 경유와 섞어 등에 짊어지는 농약살포기나 물뿌리개와 비슷하게 생긴 용기에 담아 살포했고, 분말상태인 모뉴론은 한국군들이 철모에 담아 아예 손으로 뿌렸다. 주한미군이나 한국군 모두 고엽제의 치명적인 독성에 대해 주의를 기울이지 않은 것이다.

피의 능선 전적비를 지나 월운리에서 비아리로 가면 오른편에 화생방훈련장이 있다. 그리고 그 뒤의 산은 다른 능선과 마찬가지로 민둥산이다. 이토록 철저하게 오염되고 황폐화된 산천을 앞에 두고 인류 마지막의 환경낙원 운운하는 것은 자기분열이나 다름없다.

박수근

박수근(朴壽根)은 1914년 양구면 정림리에서 태어났다. 양구보통학교를 마친 후 가사를 돌보며 독학으로 그림을 그리기 시작했다. 화강암의 표면 같은 회갈색과 황갈색을 이용해 평면에 명암이나 원근감을 배제하고 형태를 단순화한 작품들을 주로 그렸다. 그림으로 생계를 꾸려가다가 백내장으로 한쪽 눈을 잃는 등 가난과 신체적 고통에 시달리다 1965년 사망했다.

독실한 기독교 신자였던 그는 한국전쟁이 일어나자 반동으로 몰려 북쪽지역인 금화군 금성면에 가족을 두고 홀로 월남한다. 부인 김복순씨가 뒤이어 월남하면서 수많은 그림을 원남면 산허리에 있던 중공군이 파놓은 방공호에 묻게된다. 당시 부인은 박수근이 1935년부터 10년 정도 생산한 작품 수백점을 단지에 넣고 진흙으로 밀봉해 보존한 것으로 알려졌다. 현재 이곳은 지뢰가 묻혀있는 비무장지대이다.

그의 그림이 호당 1억원을 호가하게 된 데에는 미군부대 PX에서 초상화를 그려주며 알게 된 미국인들과의 인연도 크게 작용했다. 당시 한국에 체류했던 미국의 저널리스트 마거릿 밀러(Margaret Miller)는 국내 화단에서 별 주목을 받지 못한 박수근의 그림을 미국에 소개하는 한편 그의 미국 전시회를 주선했다. 또 많은 그림을 미국인들이 구매하는 데 가교역할도 했다.

양구에서 볼 수 있는 그의 그림이라고 해야 복제품밖에 없지만 그림 속의 풍경만은 여전하다. 그도 "나는 우리나라의 옛 석물(石物)에서 말할 수 없는 아름다움을 느낀다"라고 고백했듯이, 실제로 파로호(破虜湖) 상류에는 아직도 고인돌, 선돌 등 선사유적이 고스란히 남아 있다. 읍내를 바라보며 앉아 있는 그의 동상 옆에는 오래된 교회당이 서 있다. 척박한 세월을 견디며 그림을 그린 그는 고달픈 생애를 접으면서 이렇게 말했다고 한다.

"천당이 가까운 줄 알았는데…… 멀어, 멀어……"

양구 읍내에 그의 기념공원이 있고 경기도 포천군 동신교회 묘원 내에 묘지와 묘화비가 있다.

어둠에서 출발하는 이상

연천

신탄리 폐터널

연천에 처음 답사 갔을 때의 일이다. 마침 장마가 시작되는 날이라 비가 꽤 왔다. 언제나 답사길이 그렇지만 길을 찾아 헤매는 시간이 반이다. 차를 타고 가다가 깎아지른 듯한 절벽에서 물이 쏟아지고 있는 광경을 만났다. '와! 폭포다.' 답사 간 모든 사람들이 뜻밖의 구경거리에 환호성을 질렀다. 그런데 한 사람이 "저건 폭포가 아니에요"라고 말했다. 지도에는 이 위치에 폭포가 없다는 것이다. '바위에서 물이 떨어지면 폭포 아닌가?' 갑자기 폭포란 무엇일까 하는 의문을 던지면서 오랫동안 수다거리로 삼았다.

선사가 제자에게 했다던 옛말이 생각났다. '달을 보라고 했지, 달을 가리키는 손가락을 보라고 했느냐?' 달은 폭포였고, 손가락은 지도책이었다. 무엇을 본다는 것은 이토록 만만치 않다. 현실 변화의 속도가 의식 변화의 속도를 앞지를 때는 더욱 그러하다. 현실을 설명할 언어를 찾아내기 전까지의 혼돈을 우리는 위기라 한다. 그람씨(A. Gramsci)도 낡은 것이 물러갔는데도 새로운 것이 찾아오지 않은 상태를 위기라고 하지 않았는가?

238

신탄리 폐터널. 1951년 5월 하순 인민군 수백명이 몰살당했다고 전한다.

위기의 징후는 여러가지다. 관성에 젖거나, 절망스럽거나, 외롭거나. 내 스스로가 낡은 관성에 젖어 있다는 생각에 한참 부대끼고 있을 때 찾았던 곳이 신탄리역 근처의 폐터널이었다.

한국전쟁 때 조선인민군(인민군) 수백명이 몰살된 폐터널이 있다는 말에 무작정 찾아나섰다. 중국인민해방군(중공군)의 참전으로 전선은 남쪽으로 움직이게 된다. 그러던 것이 다시 북쪽으로 이동하자 중공군은 후퇴작전을 벌인다. 그 시기인 1951년 5월 28일에서 31일 사이 이곳에서는 중공군의 역습이 있었으나 다시 후퇴하게 된다. 이 나흘 동안 폐터널에서는 일군의 군인들이 몰살된다. 그들이 중공군이었는지 인민군이었는지에 대해 중국과 북한은 서로 다른 주장을 펴고 있다. 그러나 주민들은 인민군으로 기억하고 있었다. 철원평야가 한눈에 들어오는 고대산(高臺山)은 대마리 북쪽 효성산(曉星山)

과 더불어 이 지역에서는 진지전을 벌이기 위한 전략적 가치를 갖는 산이다. 때문에 치열한 전투가 치러졌다. 전투기도 첨단장비도 없었던 인민군은 미군의 전투기가 나타나면 터널로 무조건 피했다. 가장 튼튼한 대피시설이라고 생각했기 때문이다. 그러나 전투기는 직상 승하는 방법으로 터널을 폭격했다. 피하는 것말고는 방법이 없던 인민군들에게 터널은 무덤이 되기 일쑤였던 것이다.

의정부역에서 기차를 타고 신탄리역에 내려 장마비가 지난 뒤의 땡볕을 받으며 걷기 시작했다. 경원선 철도 종단표지판을 지나 옛 철길 터로 한 시간을 걸었지만 십여 분쯤 가면 나올 거라던 터널은 나타나지 않았다. 다시 마을로 되돌아와 물으니 어쨌든 계속 가면 나타난단다. 다시 한 시간 하고도 십여 분을 걸어 탈진할 때쯤 과연 터널이 나타났다. 입구에는 철책이 쳐져 있었고 터널 저편은 막혀 있어 캄캄했다. 오랫동안 방치된 탓인지 콘크리트벽은 지하수에 트고 부서져 자갈돌을 비죽비죽 드러내놓고 있는 것이 마치 동굴의 벽 같았다. 바닥은 질퍽했고, 천장에서 물방울이 목덜미에 떨어져 흠칫 놀라게 했다. 무척 길게 느껴지는 터널을 계속 걷고 또 걸으니 과연 터널은 씨멘트를 쏟아부어 막혀진 채 끝이 나 있었다. 이제 무엇을 어떻게 해야 하나. 뭔가가 있을 것 같았는데 막막한 마음에 문득 고개를 돌려 들어왔던 터널 입구를 바라보았다. 순간 터널에선 눈부신 광선이 쏟아지듯 들어오고 있었다. 터널을 찾기까지 탈진하도록 지치게 했던 빛이 이토록 눈부신 것인 줄이야. 빛은 밝았다. 순간 스쳐가는 말이 있었다.

"가장 어두운 자리에서만이 가장 밝은 빛을 볼 수 있다."

세상이 빛을 잃은 게 아니라 내가 빛 속에 빠져 있어 잊고 있었던 것이다.

전곡리 구석기유적과 통일미학

통일시대는 모든 것을 통일의 눈으로 인식하고 통일의 몸으로 체험하며 그래서 통일로 살아가는 것이다. 전곡리 구석기유적에서 통일의 미학을 고민하게 된 것은 우연히 한 노동운동가의 얘기를 듣고 나서였다.

오래 전 한 노동운동가의 얘기를 들었다. 초등학교를 중퇴하고 결핵으로 죽을 지경이 되자 홀어머니에게 서울에 돈벌러 간다고 가방 하나 둘러메고 집을 떠났다. 어머님은 울기만 하실 뿐 붙잡지 않았다. 돈벌러 가는 게 아니라 죽으러 가는 줄 알았지만 붙잡아도 어떻게 할 수 있는 길이 없었기 때문이다. 다행히 선(禪)치료를 하는 사람을 만나 산 속에서 수양을 하면서 죽을 고비를 넘겼다. 그러고는 다시 산에서 내려와 시장에서 짐꾼을 하였다. 먹을 게 없어서 버리

돌의 결에서 외로움과 싸워
이긴 열망을 발견한다.
마침 『한비자』의 비유가
일리있다.
"이(理)란 이미 이루어진
사물의 결(文)이다."

는 생선을 주워서 구워먹던 어느날부터 살이 찌기 시작했다. 병세가 기적처럼 회복되는 걸 느끼고 자신감을 얻어 공부를 시작했다. 그리고 서울대에 입학했다. 늦은 나이였지만 노동운동을 위해서 그렇게 했단다. 죽음을 이겨낸 생활력과 자상한 성격, 명석한 두뇌는 그를 인천지역 노동운동의 지도자로 만들었다. 그를 얘기하는 것은 성공에 대한 것이 아니라 그뒤에 따라온 위기에 대해 말하기 위함이다. 수배생활을 하며 어느 집에 있을 때 아이들을 데리고 노는 모습을 보고 동료는 그가 외로움을 타고 있다는 것을 느꼈단다. 동구사회주의권의 몰락에 대해 아무 말도 하지 않더란다. 그리고 얼마 뒤 시골 어딘가로 내려갔다는 소문이 들릴 뿐이었다. 주변사람들은 그가 낙향한 가장 큰 이유를 외로움이라고 얘기하는 데 이견이 없었다. 외로움. 외로움은 있어야 할 무엇이 없는 결핍이나 공백의 상태, 또는 지속되던 요구의 단절상태이다. 그러나 쓸쓸함이나 심심함과는 달리 단순한 공백이 아니라, 공백을 극복하려는 방향과 동력을 가지고 있는 상태이다. 외로움이 고통스러운 것은 바로 이러한 동력이 포기되지 않았기 때문이다. 그것은 일종의 위기이다. 낡은 것은 지나갔는데도 새로운 것이 도래하지 않은 상태. 전곡리유적지의 초라한 마당에서 나는 이 외로움이란 이름의 위기에 대해 생각했다.

전곡리유적지는 전곡역에서 남서쪽으로 걸어 KBS중계소를 지나다보면 나타나는 대지이다. 한탄강 국민관광지에 다다르기 직전, 왼쪽으로 전곡리 선사유적지라는 안내판이 보이지만 특별히 신경쓰지 않으면 지나치기 쉽다. 전곡리유적지는 안동의 하회마을 같은 물돌이지형이다. 한탄강의 얕고 빠른 물살에 부딪혀 둥글게 마모된 자갈들은 이곳에 이르러 물돌이 안쪽의 안정되고 조용한 흐름에 떨리며 모래 속에 묻히게 된다. 1978년 이곳에 놀러왔던 동두천 주둔 미군 그레그 보웬(Greg Bowen)은 이 자갈돌 중에서 모가 난 돌을 발견했다. 그는 고고학을 전공하다 입대한 사람이었다. 자갈돌이라면 당연히 둥글둥글하게 마모가 되어 있어야 할 텐데 양쪽으로 날이 서 있었으니 고고학을 공부했던 그는 그것이 강물의 작품이 아니라 사람 손의 작품이란 것을 대번에 알아차리고 그것이 주먹도끼 또는 박편도끼일 것이란 추정을 했다. 그는 돌을 프랑스의 구석기문화의 권위자에게 보내 그것이 분명 아슐리안문화의 석기라는 답변을 얻었다.

미국의 모비우스(H. Movius) 교수는 주먹도끼가 주로 사용되는 전기구석기시대를 주먹도끼문화권과 자갈돌석기문화권으로 구분하였다. 즉 주먹도끼문화는 주로 아프리카·유럽·중근동(中近東)·인도·자바 등 구대륙에서만 발견되고 있으며, 동남아시아와 중국·한국·일본 등을 포함한 동북아시아에서는 찍개로 대표되는 자갈돌석기문화가 있었다는 것이다. 그레그 보웬의 발견으로 모비우스의 학설은 정면으로 도전받게 되었으며, 고인류의 문화적 발전과정에 대한 이해에 새로운 면을 제시하였고, 동아시아에서도 구석기공작에 대하여 새로운 각도에서 이해하려는 시도를 불러일으키게 되었다.

그후 본격적으로 김원룡(金元龍) 박사팀을 시작으로 유적지 발굴이 시작되었고 한반도의 구석기유물은 기다렸다는 듯이 여기저기서 발굴되었다. 현재까지 발견된 20여곳 중에서 15곳 이상이 한탄강과 임진강에 집중되어 있다.

연천에만 해도 장남면 원당리, 군남면 삼거리, 선곡리, 남계리, 왕징면 강서리, 중면 삼곶리 등에서 발견되었으니 아직 결론이 나지 않은 한두 곳을 염두에 두면 15곳 중 절반 정도를 연천이 가지고 있는 셈이다. 이 강줄기는 구석기문화벨트라고 해도 과언이 아니다.

손바닥 안에 잡히는 이 작은 석기는 오늘날의 최첨단 컴퓨터보다도 인류의 진화에 더 큰 영향을 끼쳤다. 이 석기의 제작자들은 최초로 한탄강을 자연의 강이 아니라 인간의 강으로 만든 사람들이었다.

역사와 문명이 시작된 것이다. 민족문화의 시원이라고 해도 좋을 구석기문화에서 민족사상과 문화의 원리를 찾아봄으로써 통일시대 통일문화에 적용해보는 것은 의미있는 일이다.

발굴 당시 숙소로 쓰던 조립식건물이 구석기박물관의 전부여서 생각보다는 초라해 보였다. 연락을 하면 문을 열어준다는 친절한 안내판이 있었지만 나는 아무도 없는 그 '분위기'를 선택했다. 원래의 석기 대신 돌 깨기 체험행사 때 쓰였음직한 앞마당의 돌 하나가 그럴듯해 조용히 앉아 지켜보았다. 좌절이나 외로움이란 이름의 위기로 헤어져야 했던 많은 동료들의 모습과 전기구석기시대 전곡인들의 모습이 자꾸만 뒤엉켜 나는 앉았다 일어섰다 돌다 멈추었다를 반복하며 한나절을 돌과 씨름했다.

상상으로 이야기를 시작해보는 것이 좋겠다.

한탄강에서 강자갈을 주워다가 냇가에서 주워온 냇돌을 망치 삼아 움켜쥐고 손이 다치지 않도록 부딪치기 위해 자기도 모르게 혓바닥으로 입을 훔치고 있는 순간의 신중한 전곡리 조상을 떠올리며 우리에게 일어났던 것처럼 그들에게서 일어났을 일들을 생각해본다.

그들은 양식을 찾는 대신 돌을 찾았다. 전곡리는 석영(石英)을, 금파리는 규암(硅岩)을 주로 사용했다. 규암의 잘린 면이 고운 것에 비해, 석영은 규암보다 거칠다. 자연 스스로 만들어내던 돌의 결을 인간이 만들어낼 수 있게 되었다. 돌의 발견은 사실 결의 발견이었고 결을 발견하자 자연의 돌은 '도구'라는 이름으로 태어날 준비를 마쳤다. 그러나 아직 도구가 되기엔 험한 여정이 남았다. 결은 돌 속에 숨어 있는 것이었다. 어디를 봐도 빈틈이 없는 돌의 표면에서 어떻게 돌의 틈을 가르고 암흑에 갇혀 있는 결을 드러낼 것인가?

돌을 더이상 깰 필요가 없는 현대인과 돌을 깬다고 해서 과연 얼마나 더 나아질까에 대해 확신을 가지고 있지 못한 구석기인에게는 공통점이 있다. 치열하게 돌을 깨지 않는다는 것이다. 필요의 결여만큼이나 확신의 결여는 사물을 강렬하게 바꾸지 못한다. 전곡리에서 출토된 석기와 석기를 만들고 난 부스러기인 박편 몸돌(석핵石核)을 보면 두 번 이상 타격을 가한 흔적을 발견하기 힘들다. 몸돌이란 석기를 만들 때 박편을 떼어내고 남은 움푹 패인 부분이다.

그만큼 우연적이고 찰나적이었다는 것이다. 바로 이 애매모호함과 투박함이 유물의 초기성을 증명한다. 확신의 결여에서 확신의 충만으로 변화하기까지의 긴장이 서려 있어 이들 투박한 박편들에 오히려 더 애정이 간다.

돌과 돌을 강력하게 충돌시키지 않으면 돌의 결은 드러나지 않는다. 돌로써 돌을 깬다. 이것은 현대의 소립자물리학에서 소립자와 소립자를 충돌시켜 새로운 입자를 발견하는 것과 같은 이치이다. 돌 속에 숨어 있는 결을 인식하고 돌로 돌을 깨어 그 결을 끄집어내는 행위는 지금까지 혼돈일 뿐이었던 자연에서 질서와 구조를 깨닫는 법칙의 발견이었다. 법칙은 필연적으로 연관이다. 마오쩌둥(毛澤東) 시대의 이상적 노동자로 불린 레이펑(雷鋒)이 이런 말을 했다. "혁명은 빈틈없는 나무에 못을 박는 것과 같다." 틈이라고는 전혀 없어 보이는 현실이라도 힘을 집중하면 틈을 내고 의지를 박을 수 있다는 뜻일 게다. 틈새 하나 없는 돌이라도 손으로 부딪쳐 깨면 돌의 틈이 갈라지고 필연적으로 결이 나타난다는 확신, 법칙은 인간에게 확신을 주었다. 이것은 대단한 진보였다. 이러한 진보를 끌어낸 것은 상상력이다. 상상력은 과거의 심상을 기억할 수 있게 하고, 그 결과로 미래의 상을 예견할 수 있게 한다.

상상이 전망적인 미래를 향하면 이상이 된다. 상상은 추동력을 주지만 이상은 거기에 덧붙여 확신을 준다. 상상할 수 있다는 것은 달리 말하면 시간을 발견했다는 것이다. 확장된 시간 속에서 사람은 스스로를 발견할 수 있는 여유를 찾아낸 것이다. 자신을 발견함으로써 세계를 발견하게 된다. 세계를 발견했다는 것은 인간이 세계를 지배할 수 있는 질서를 발견했다는 것을 의미한다.

이로써 인간이 자신의 운명을 세상에 의존하는 것이 아니라 인간의 이상대로 세상을 바꿀 수 있고 이를 통해 인간의 운명도 바꿀 수 있다는 확신이 생겨난 것이다. 그러나 법칙과 확신은 외로움을 낳았다. 법칙은 있는 현실과 있어야 할 현실을 구분할 수 있게 해주었다. 있어야 할 현실이 있는 현실이 되는 순간, 있는 현실은 있었던 현실이 되었다. 있어야 할 현실에는 미래라는 이름을, 있었던 현실에는 과거라는 이름을 달 수 있게 되었다. 항상 현실이 확신대로 법칙대로 되는 것은 아니다. 혼돈의 과거는 갔는데 법칙의 미래는 오지 않았을 때 위기가 도래한다. 이 위기를 극복하지 못하면 미래는 건설될 수 없을 것이다.

어떻게 그 위기가 극복될 수 있었는가?

석기가 자연 스스로의 발명이 아니라 인간의 발명이란 점에서 석기의 연구는 인간의 연구와 만나게 된다. 사람의 손은 도구를 만들 수 있는 섬세함 때문에도 주목되지만 언어능력과도 연관되어 연구가 되고 있다. 바늘에다 실을 꿰다보면 자기도 모르게 혓바닥이 돌아가는 것을 발견한다. 손의 신경과 혀의 신경이 연결되어 있기 때문이다. 손을 세련되게 사용할수록 혀의 근육도 섬세해지고 훨씬 다양한 신호와 분절음을 낼 수 있는 능력이 증대한다. 비약적인 소통능력의 진보가 손작업을 통해 준비되는 것이다.

만일 전곡인들이 북부아프리카의 상고안(sangoan)에서 발견되어 아슐리안계 석기제작법이라고 불리는 문화를 배웠다고 가정한다면 전곡인들은 몇가지 문제에 부닥치게 되었을 것이다. 예컨대 다각면원구형이라고 불리는 석기에 기록된 흔적이 그러하다. 자갈을 원석

왼쪽은 원당리에서 출토된 구석기유적. 오른쪽은 전곡리 출토 구석기유적.

으로 사용하여 둥근 모양으로 박편을 떼어냈으므로 석기의 표면은 박편이 떨어져나간 면으로 많은 각을 이루는 것이 특징이다. 이것은 손에 쥐고 던져서 짐승을 사냥하거나 고기, 뼈 또는 나무 같은 것을 짓이기는 데 사용할 수 있다. 그러나 전곡리유적에는 박편을 내려는 흔적은 있으나 박편을 내지는 못한, 그래서 구별이 힘든 다각면원구형 석기들이 있다. 이것은 차돌의 단단한 재질 특성 때문에 오는 한계이다.

학계에서는 전곡인이 만든 석기 중 일부가 아슐리안계와 비슷할 뿐, 대부분은 '비정형과 즉시성의 석기'라고 판단한다. 더구나 최근에는 박편과 몸돌에 대한 연구가 진척되어 연천의 그것이 다른 문화권의 분류개념으로는 포함할 수 없는 독특한 양식임이 증명되었다.

유용욱은 한탄강 유역의 전곡리와 임진강 유역의 주월리, 가월리의 유적에서 출토된 주먹도끼에 대한 비교연구를 통해 주먹도끼의 가늘고 긴 정도와 인장도에서 보이는 형태의 차이를 주목했다. 그는 그 차이가 제작한 집단 사이의 인식차를 반영한다고 주장했다. 그에 따르면 전곡인들은 교조적이고 폐쇄된 문화보다는 모호하지만 창조적인 문화를 가꾸어낸 것이다.

그 외에 이상의 내면화가 필요했다. 설령 누군가 석기문화를 전해주었다 해도 그것을 이해할 수 있는 내적 준비가 되어 있지 않았을 때 그것은 결코 전수되지 못한다.

직접 먹이를 채집하는 대신 석기를 만들어야겠다는 생각이 원당리나 삼곶리 등으로 전파되어나갈 수 있었던 것은 이미 그것을 만드는 방법과 작업을 고민했거나 예감하고 있었기 때문이다. 그것은 아직 직접 채집하는 것보다는 애매모호한 문화였을 것이다. 그렇다고 하여 이러한 고민의 내면화과정을 포기했다면 전곡인은 단지 소통이 단절될 뿐 아니라, 사유능력 자체가 상실되었을 것이다. 러시아 출신의 언어학자 야콥슨(R. Jakobson)은 자신의 문법을 잃어버린 일종의 실어증환자가 그의 내면적 언어마저 상실한다는 결론을 1964년 보고한 바 있다. 새로운 석기혁명이 일어나고 있어도 비슷한 문제를 고민하거나 예감해보지 못한 사람은 자신이 항상 보는 강가의 돌로 만들어진 것임에도 이 도구문화를 이해하지 못한다. 이는 마치 형식적인 신호가 계속되지 않아 당황하고 있는 동물과 같다.

여기서 중요한 사실은 '애매모호한 희망' 같은 것들이 '논리나 원칙' 같은 외적 언어로 전이되어야 소통이 이루어지는 것은 아니라는 점이다. 1944년 폴란드 출신의 논리학자 타르스키(A. Tarski)는 모호한 내적 언어에서 직접 완결된 외적 언어를 구성하는 것이 불가능하다는 것을 보여주는데, 모호한 내적 언어도 내적 언어 자체와 조우

할 수 있다는 사실이 사람을 사람이게 한 결정적인 특징이라는 것이다. 1천년 이상 미륵사상이 소통될 수 있었던 것은 경전이나 논리보다도 언젠가는 도래할 이상세계에 대한 신념 때문이었던 것처럼 전곡인들의 석기혁명은 지금 우리가 보기엔 투박하지만 먼 시간 뒤에 실현될 이상이 있어 가능했던 것이다. 이상의 내면화와 그를 통한 내적 언어의 소통이 결국 석기문화의 진화를 가능하게 한 것이다.

구석기인들이 돌의 결만을 발견했다고 말할 수 있을까? 가혹한 시련과 위기를 딛고 일어선 전곡인이 스스로 고민하고 발견한 것은 무엇인가?

석기는 우연히 깨어진 돌조각이 아니라 인간 진화의 총체적 혁명을 가능케 한 발명이다. 혁명의 이상을 형성할 문화가 있었기에 석기는 탄생한 것이다. 그들에게 돌의 결은 자연의 결이자 사회적 상상력의 결이었으며, 문명의 결이었다. 돌의 결에서 세계를 재구성할 수 있는 능력의 진화가 시작된 것이다. 물론 그 주인공은 자기를 해석할 수 있게 된 전곡인이었다. 자연은 생활의 조건이 되었고, 시간은 역사가 되었으며, 생활의 결과는 문명이 되었다.

사람의 이상은 그 실체인 '결'을 발견함으로써 더욱 확고한 것이 되었다.

자신들의 이상을 실현할 돌의 결을 발견하자 이것을 어디에도 적용하게 되었다. 바람결, 물결, 살결, 숨결 등 이전에는 혼돈이었을 뿐인 자연과 세계가 '결'로 인식되기 시작한 것이다. 결의 미학은 민족문화의 중요한 요소를 이룬다는 게 나의 생각이다. 문득 떠오른 『한비자(韓非子)』「해로(解老)」편의 이 말은 참으로 정확하다.

이(理)란 이미 이루어진 사물의 결(文)이다.

이제 결의 미학을 통일의 결을 발견하는 데도 적용해보자.

돌의 결을 발견하는 과정만큼이나 통일의 결을 발견하는 과정도 쉬운 일은 아니다.

1990년대 통일운동은 관성의 늪에서 벗어나지 못했다. 소통이 단절되고 자신의 얘기만을 되풀이하면서 서로 지치게 하고 만성적 위기는 많은 사람을 외로움의 이름으로 이탈케 했다. 전곡리인들의 석기 제작에서 발견되는 문화적 의미를 되새겨볼 필요가 있다. 전곡리식 석기라는 새로운 문화가 창조되기 위해서 법칙을 발견하고, 상상력으로 미래의 이상을 예견하며 자기 반성과 내적 언어를 통해 열렬히 소통하고자 하였다. 그 결과 애매모호했던 서로의 의사는 소통되었고 그를 통해 혼돈 자체인 자연과도 소통되었다. 자연의 결이 발견된 것이다. 전무후무한 역사적 실험인 한반도의 통일과정도 이와 같으리라. 언제가는 통일이 될 것이라는 것을 우리는 알고 있다. 다른 곳에서 석기가 발명된 것을 알 듯이 다른 나라의 통일을 보고 우리는 알 수 있는 것이다. 그러나 아는 것만으로는 통일이 되지 않는다. 세상은 아는 것보다 좋아하는 것에 의해 바뀌고 좋아하는 것보다는 즐기는 것에 의해 더 많이 바뀐다. 현실의 결핍에도 불구하고 좋아하고 즐기기 위해서는 상상력이 풍부해야 한다.

상상력의 부족과 결핍은 현실을 미래로 나아가게 하지 못하고 과거로 퇴행시킨다. 남북정상회담의 성과에도 불구하고 서해교전이 나자 '그럼 그렇지' 하며 과거의 삶으로 쉽게 생각한다면 이는 통일에 대한 상상력이 부족하기 때문이다. 전곡리인들도 석기를 만들다 만들다 안되면 포기하고 눈에 보이는 먹이만을 찾아 헤맸을 것이다. 그러나 그들은 상상력을 잃지 않았다. 상상이 전망적인 미래를 향하면 이상이 된다. 이상은 빛이 아니라 어둠을 향한 도전이다. 보이지 않는 세계에 대한 도전인 것이다. 어둠에서 길을 찾아가는 방법이

'결'이다. 이상을 실현할 결을 발견하는 데 꼭 필요한 것이 반성의 능력이다. 아무것도 보이지 않는 어둠에서 볼 수 있는 것은 자신이다. 반성은 자신을 볼 수 있게 해준다. 자신의 내면의 언어가 충만할 때 우리는 다른 사람과 세계에 소통하기 위해 손을 뻗는다. 그런 간절함이 있었기에 남북정상회담이 가능했다. 1999년 서해교전 이후 아무것도 해결되지 않은 상태에서 남한의 대통령 김대중이 북한의 인민군으로부터 사열을 받게 될 것을 누가 상상이나 했겠는가? 타르스키가 지적한 인간만의 능력이다.

이 임진강의 구석기유적 중 몇몇은 초등학생들의 제보로 발견된 것들이다. 그뒤로 연천지역의 초등학교에 지뢰예방교육을 다니다가 어린이들이 강가에서 유물보다 지뢰를 더 자주 발견한다는 얘기를 듣고 숨이 턱 막히고 말았다. 그토록 찬란한 석기문화 제작자들의 이상은 더이상 강처럼 흐르지 못하고, 분단 앞에 무릎을 꿇고 마는가. 돌의 결을 발견했던 전곡인처럼 통일과 평화의 결을 발견할 수는 없는 것일까.

경원선의 분단 풍경 1: 의정부의 미군기지

임진강이 분단의 철조망을 능청맞게 굽이치며 흐르는 강이라면 의정부에서 신탄리까지 연결되는 경원선은 미군의 군화발에 채이면서도 능청맞게 달려온 철길이다. 비무장지대 평화예술제란 것을 준비하다가 나는 이 경원선을 다시 발견했다.

의정부에서 출발할 때부터 신탄리행 경원선은 편하질 않다. 사복의 미군과 짙은 화장을 한 아가씨, 이어폰을 끼고 연신 몸을 흔들어대는 흑인, 반질반질하게 군복을 다려 입고 어딘가를 갔다 오는 한국군, 나물 캐러 빈 배낭을 짊어지고 나온 아낙들, 그 가운데 가려 보

의정부역. 경원선은 신탄리행으로 축소되어 의정부역을 출발한다.

일 듯 말 듯 섞여 있는 철도 근처의 주민들, 무엇하나 마음이 편치 않
은 뒤섞임.

경원선은 용산을 출발해서 한강변을 따라 지금의 국철구간인 왕
십리를 거쳐 의정부, 동두천, 연천, 철원을 경유하여 원산까지 가는
노선이다. 그러나 한국전쟁과 함께 철로가 끊겨 전쟁 후에는 의정부
와 신탄리까지가 경원선의 남아 있는 구간이 되었다. 경원선은 경의
선과 마찬가지로 분단의 상징이 되었는데, 우리는 보통 철도 종착점
을 머리에 떠올린다. 그러나 종착점만이 단절된 것이 아니라 전구간
이 미군기지에 의해 포위되어 있는 것을 알고 나면 이 노선이 분단
의 상처가 왜 가장 아물지 않는 곳이 되었는가 절감하게 된다.

경원선은 출발부터 미군기지와 함께 있다. 의정부역사 양편에 위
치한 캠프 폴링 워터(Camp Falling Water)가 있다. 이 부대는 많은
의정부사람들이 전철을 타기 위해 지나쳤지만 무슨 부대인지는 잘
알지 못한다. 정문 앞에 많은 이름이 씌어져 있다. 하나하나 해석해

보면 이렇다. 건물과 군용철도 관할구역, 시설 관구, 공병작업장, 연방 상주사무소 등. 다양한 기능을 포괄하고 있는 셈이다. 군용철도는 전쟁 때 미군이 물자를 대량으로 수송하는 핵심시설이다. 경원선을 따라가다가 의정부시 한가운데서 포천 쪽으로 갈라지는 지선(支線)을 볼 수 있는데 이것이 캠프 카일(Camp Kyle)과 캠프 씨어스(Camp Sears)의 군수물자를 실어나르는 군용철도이다. 또한 동두천 지나 동암역에서 캠프 케이씨(Camp Casey) 군수창고와 연결되는 철도도 모두 이곳에서 관리하고 있다. 목재소를 방불케 하는 많은 목재와 크레인 등은 이곳이 공병작업장임을 알게 하는 시설들이다. 공병작업장은 평시의 군사시설물을 제작할 뿐 아니라 전쟁 때 지형지물에 적합한 군수자재를 생산하는 곳이다. 또한 연방 상주사무소가 있어 미국인으로서의 미군들에 관한 업무와 민원을 처리한다. 그러나 무엇보다 중요한 기능은 거미줄 같은 미군 통신망의 거점이라는 것이다. 때문에 무시무시한 시설은 눈에 띄지 않지만 전시와 평시에 미군의 생명선인 제작, 수송, 상주업무, 통신 등을 통괄하는 곳이다. 길 건너 맞은편에 2층을 넘는 건물이 없는 것도 미군기지 고도제한에 묶여 있기 때문이라고 한 가게주인이 알려준다.

서울과 의정부 경계인 도봉산 다락원 휴양시설 입구에 캠프 잭슨(Camp Jackson)이 있다. 이곳은 아직 임무가 부여되지 않은 장교와 카투사(KATUSA)를 훈련하는 기지이다. 사격장 같은 시설이 있고 뒤의 도봉산을 무대로 독도법이나 가벼운 행군훈련하는 것을 볼 수 있다. 이곳에서 의정부역 사이에 도봉산탄약창이 있었다. 이 탄약창은 1990년 초 미국의 전 대통령 부시의 보증 아래 남북비핵화선언과 핵무기 철수발표 이전까지 전방 임시핵무기저장소가 있었던 곳으로 주목된 곳이다. 그리고 의정부역에 캠프 폴링 워터가 있고 조금 가서 의정부경찰서 바로 뒤편 가능동에 주택가 사이로 길게 자리잡고 있는 캠프 라과디아(Camp LaGuardia)가 있다. 주택가에 숨어 있는 데다 길쭉한 모양으로 누워 있어 찾기가 쉽지 않다. 기지모양이 길쭉한 것은 과거 이곳이 미육군 비행장으로 활주로시설이 있기 때문이다. 지금은 미 보병 2사단 소속으로 교각을 사용하지 않은 임시교량인 리본부교(RBS)와 침투작전용 보트, 탄약고 등 복합적인 기능을 포함하고 있는 보병부대로 전환되었고, 항공부대는 의정부교도소 옆의 캠프 스탠리(Camp Stanly)로 이동하였다.

이곳에서 멀지 않은 경민대학 옆에 캠프 레드 클라우드(Camp Red Cloud)가 있다. 여중생 두 명이 미군의 장갑차에 깔려 사망한 사고로 집회와 시위가 자주 열리는 곳이다. 현재 미 보병 2사단 사령부가 있다. 1990년대 중반 이전까지는 동두천에 있는 캠프 케이씨에 사령부가 있었고, 이곳은 한미야전군사령부였다.

본래 한미 1군단이던 것을 한미연합사 출범과 함께 1980년 3월 11일 한미야전군사령부로 이름을 바꾸었다. 그리고 1990년대 중반 한미야전군사령부 폐지 후 미 2사단 본부의 역할을 하고 있다.

한편 보병전투에서 정보전과 지원이 차지하는 비중은 날로 커지고 있어서 캠프 레드 클라우드는 정보와 지원을 기지의 중심적 기능으로 삼고 있다. 캠프 레드 클라우드 뒷산 호명산(虎鳴山)은 한국공군의 유도미사일 방공포대가 있었으나 최근 레드 클라우드 소속 통신대의 안테나와 통신대훈련소가 그 자리를 차지했다.

'대한민국과 미합중국 간의 상호방위조약 제4조에 의한 시설과 구역 및 대한민국에서의 미합중국 군대의 지위에 관한 협정'이란 길고도 긴 이름을 가진 이른바 소파(SOFA)의 규정에 의해서 공여된 기지도 아닌데 실제로는 미군이 자신의 시설로 만들어놓고 자신들이 사용하니, 자연히 미군기지나 마찬가지가 된다. 이런 곳에서 미군과 부딪히면 십중팔구 미군은 이곳을 자신들의 땅이고, 따라서 자신들의 군법이 적용되는 곳이라고 여기고 있음을 발견하게 된다. 미군기지가 아닌데도 미군기지나 다름없이 사용되는 이런 시설들에 의해 현재 미군기지의 통계에 숨어 있는 기지가 많다. 소파 개정을 통해 해결해야 할 미묘한 문제이다.

한편 산 정상의 이런 안테나는 어떤 군사적 가치를 갖는가? 보스니아내전을 평가하며 한 제독은 "앞으로의 전쟁은 어느 편의 안테나가 더 오래 버티느냐에 달려 있다"라고 말한 적이 있다. 현대전에서 정보전의 지위를 상징적으로 대변하는 말이다. 레이더가 파괴되면 레이더로 유도되는 방공미사일 등은 고철덩어리가 되고 만다. 미군은 걸프전쟁과 소말리아전쟁에서 통신씨스템 사이의 표준이 달라 의사소통의 곤란을 경험한 적이 있다. 그래서 미 합참의장의 'C4I발전전략(C4I for the warrior)' 선언을 필두로 기존 씨스템 사이의 상호운용성을 통합하기 위한 계획을 추진하게 된다. 이에 따라 범세계지휘통제체계(GCCS)가 만들어지고, 한미연합사는 GCCS-K를 운용하고 있다. 때문에 의정부 어디에서나 볼 수 있는 이 위압적인 안테나는 전지구적 차원의 미국 군사패권의 그물망 중 하나인 셈이다.

지금은 미 2사단 사령부이지만 1990년대 이전 한미야전사령부일 당시 야전사 포병부는 핵무기와 관련해 주목을 받았다. 이곳의 부장은 한국군 대령으로 되어 있었는데 미군의 핵무기 관리조직과 기능을 한국군과 연결시켜주는 주한 무기지원파견대로부터 연락조가 파견되어 협조체제를 이루고 있었다. 의정부지역에 많은 수의 한국군 포대대, 탄약부대가 산개해 있는 것은 이런 맥락에서 이해할 수 있다. 정보전과 관련해서 포천으로 가다보면 나오는 금오리에 위치한 캠프 에쎄이온(Camp Essayon)을 주목할 필요가 있다. 이 부대 역시 별다른 군사시설 없이 말쑥한 미군들이 드나드는 것을 볼 수 있는데 정문에는 군사정보(MI)대대라는 간판이 붙어 있다. 전투를 위한 지식을 생산하는 곳이란 자부심을 가진 그들이 정보전의 주역들이다.

캠프 에쎄이온 옆에 캠프 카일이 위치해 있다. 카일은 군수지원을 담당하며 그 옆에 캠프 씨어스는 소방대대다. 이들 캠프와 가장 멀리 떨어져 있는 의정부교도소 옆의 캠프 스탠리는 한편에 육군 항공대대와 포병대대 등이 위치해 있다. 1980년대까지 한반도에 배치된 핵무기의 존재와 관련 가장 따가운 의심을 받았던 곳의 하나가 당시 포사령부 소재지였던 캠프 스탠리였다. 1960년대 주한 미대사관의 문정관을 지낸 바 있는 미국의 군사전문가 헨더슨(G. Henderson)의 분석에 따르면 서울 북방의 스탠리에는 M198과 M199 핵투발 포병대대가 주둔하고 있다고 했는데 이는 노틸러스연구소(Nautilus Institute)의 피터 헤이즈(Peter Hayes)가 한국 현지조사를 통해 밝힌 논문「한국에서의 핵 딜레마」에서도 뒷받침되고 있다. 당시 스탠리에 있던 제8야포 8대대는 A, B, C 세 개의 포대가 있어서 각기 18문씩의 155mm포를 갖고 있었다. 헤이즈는 이를 203mm, 105mm의 포에 사용할 수 있는 핵폭탄 40개가 1985년에 반입되었다는 사실과 연결시키고 있다. 스탠리에는 이밖에 2사단 직할의 방공포부대와 기갑부대가 자리잡고 있었다.

대인지뢰문제를 함께 취재하던『내일신문』의 기자 남준기는 자신이 군복무 시절『전우신문』(현재의『국방일보』)에서 보았던 기사 하나를 잊지 않고 있었다. 핵지뢰가 한반도에 배치되어 있음을 확인한 기사였다. 1991년 비핵화선언이 있기까지 미국의 핵정책은 그 유명한 'NCND'였다. 시인하지도 부인하지도 않는 비밀주의였던 것이다. 나는 그에게 그 기사를 찾아보자고 제안했고, 그는 국회도서관을 뒤져 찾아내고야 말았다. 그리곤 자신이 일하는 신문에 발표했다.

1985년 1월 13일자『전우신문』에는 실린 그 기사의 제목은 "핵배낭 한국에도 배치"였다. 미국 특전부대용으로 개발된, 핵배낭이라고 불리는 '야전휴대용 특수핵폭탄'(SADM)이 북한의 군사령부와 비행장 등 주요시설을 파괴할 목적으로 의정부에 배치되었다고 미국의 NBC방송이 10일 보도했다는 내용이다.

단 하나만으로도 의정부를 날려버릴 소형핵무기를 군인들이 배낭에 몇개씩이나 메고 돌아다녔다는 사실을 생각하면 달리는 기차의 창밖 풍경이 아찔해진다.

그럼 여기서 한가지 질문을 던져보자. 미국은 전술핵 철수 약속을 지킨 것일가? 대부분의 전문가들이 '그럴 것이다'라고 답했다. 그러나 어느 누구도 증거를 내놓지 못했다. 나는 전문가들의 그 '근거 없는 확신'을 접하고 직접 증거를 찾기로 했다. 1년이 넘도록 우리나라와 일본의 미군기지를 두루 살폈지만, 발품을 판다고 해서 잡힐 증거

〈전우신문〉의 눈으로 본 80년대 미국의 핵정책

본지는 〈대인지뢰〉 문제를 취재하던 중 '한반도에 핵무기가 실전 배치되었을지도 모른다' 는 가설 아래 지난 80년대에 발행된 〈전우신문〉을 분석해 보았다. 〈전우신문〉은 현 〈국방일보〉의 전신으로, 군사문제에 관한 한 당시 유수의 일간지들보다 훨씬 구체적인 정보를 다루고 있었다. 〈편집자 주〉

지난 1983년 4월15일 새벽, 당시 와인버거 미 국방상과 윤성민 국방장관은 제15차 한미안보협의회를 마치고 공동기자회견을 열었다.

그해 4월17일자 〈전우신문〉에는 그 기자회견 전문(全文)이 실려 있다. 이 기자회견 마지막 부분에서 어느(이름은 없음) 기자가 '한국에 있는 핵억지력' 에 관해 질문했다.

문 : 한국에 있는 핵억지력에 관해서는

답 : 우리는 우리에게 필요한 군사억지력은 침략예상세력의 침공능력에 따라 측정되어야 한다고 생각한다. 우리들이 현재 갖추고 있는 대비와 무기의 배치는 이러한 목적에 합당하다고 생각하며 …

'한국에 있는 핵억지력' 이란 표현에 전혀 개의치 않는 와인버거 장관의 답변에서 NCND를 넘어서는 어떤 태도를 읽을 수 있다. 핵문제 전문가 김태우(자민련 정책실장) 박사는 이 대목을 미국의 '불확실 전략' 이라고 해석했다.

1983년 5월7일자 〈전우신문〉에는 미국의 핵 · 군사 문제 전문가 잭 앤더슨씨가 〈워싱턴포스트〉지에 쓴 칼럼의 내용이 비교적 상세하게 번역 · 게재되었다.

이 칼럼에서 잭 앤더슨씨는 "미 국방성은 한국에 중성자탄 배치를 검토하고 있으며 이미 비무장지대(DMZ) 남방에 핵지뢰를 매설해 놓았다"고 밝혔다.

일반적으로 알려진 것이지만 미국은 한국에 이미 전술핵무기를 배치해 놓고 있다. … 핵지뢰는 남북한 군사분계선의 비무장지대에서 1마일 이내에 매설돼 있다. 이 지뢰는 북한 기갑부대가 DMZ에서 40km 떨어진 서울을 향해 넘어오는 경우 원격조종장치에 의해 폭발하도록 돼 있다. …

잭 앤더슨씨는 1984년 6월3일자 〈워싱턴포스트〉지에도 같은 내용의 칼럼을 실었는데, 이 칼럼 내용은 6월6일자 〈전우신문〉에 비중있게 취급되었다.

미 국방부 비밀보고서에 의하면, 미국은 지난해 초까지 핵지뢰 608개를 생산, … 이중 21개는 태평양지역(주로 한국)에 배치했으며 …

〈전우신문〉 1985년 1월13일자는 "핵배낭 한국에도 배치"라는 제목의 기사가 실렸다.

'미 특전부대용으로 개발된, 핵배낭으로 불리는 야전휴대용 특수핵폭탄(SADM)이 한국의 의정부에도 배치되어 있다' 고 미 NBC TV 방송이 10일 보도했다는 내용이다.

남준기 기자

jknam@naeil.com

미 국방성은 한국에 중성자탄 배치를 검토하고 있으며 비무장지대(DMZ) 남방에 핵지뢰를 매설해 놓았다고 밝힌 잭 앤더슨씨의 기사가 실린 1983년 5월7일자 〈전우신문〉의 삽화

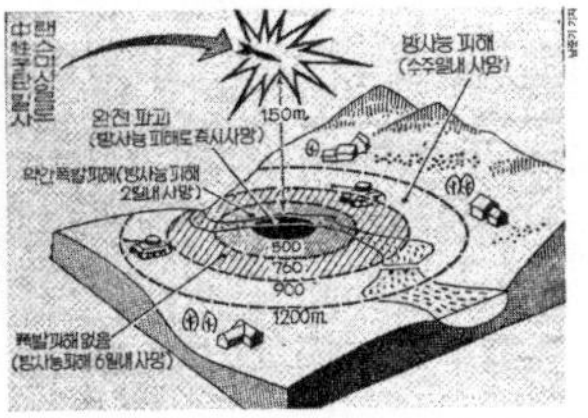

『내일신문』 310호에 실린 기사

의정부의 한 미군기지. 훈련이 끝난 뒤 굳게 닫힌 기지 안의 유일한 평화는 노을빛이다.

가 아니라는 것을 깨달았다. 무엇인가 보는 방법이 필요했던 것이다. 그러던 중 신도오 켕이찌(新藤健一)의『보이지 않는 전쟁(見えない戰爭)』에서 보관하고 있는 무기종류를 미군 탄약고의 표지로 구별할 수 있음을 알게 되었다. 그는 팔각형 오렌지색 바탕에 '1'이라고 씌어진 표지가 붙은 탄약고에 핵무기가 보관되어 있다고 주장했다. 그러나 미군의 「폭발물 및 탄약 안전기준」에는 그 표지가 핵무기에 버금가는 폭발물을 포함하지만 정작 핵무기에는 그 표지를 사용하지 않는 것으로 되어 있다. 그러니까 탄약고임에도 표지가 붙어 있지 않을 때를 의심해봐야 한다는 것이다.

그래서 나는 노틸러스연구소의 연구원인 한스 크리스텐슨(Hans Kristensen)에게 신도오식 구별법에 관한 몇가지 질문을 이메일로 보냈다. 그러나 그는 즉답을 피하고, 자신이 2002년 9월 한반도 핵문제에 관한 논문을 발표하니 그것을 참고해달라고 했다.

그 사이 나는 잊었던 과거사 한토막을 다시 떠올렸다. 비핵화선언 후에도 진해에 있는 미 해군기지에 핵잠수함과 핵구축함이 기항(寄港)했다는 주장이 그것이다. 그곳에서 카투사로 근무했던 시민이 한 시사잡지에 증언하면서 촉발되었는데, 그 주장대로라면 미국이 비핵화선언을 위반한 셈이니 그저 흘려들을 수 없는 이야기였다. 북한은 진해의 해군기지를 폐쇄하라는 성명을 냈고, 우리의 국방부는 사실무근이라고 일축했다. 그후 한 국회의원이 국방부에 질의를 했지만, 비공개로 진행되어 아직 '공식적인' 진실은 어둠상자에 갇혀 있다. 그리고 이 논쟁은 잊혀졌다.

그후 나는 미 해군의 공식자료를 보았는데 그의 증언에 상당한 개연성이 있었다. 자료에 따르면, 한미연합훈련인 독수리훈련이 진행되던 1995년 10월 24일부터 사흘간 공격형 핵잠수함 헬레나(Hellena)호가, 1998년과 이듬해에는 핵구축함 쿠싱(Kushing)호가 진해기지에 기항했다. 또 1998년 2월에는 낙동강 하구의 가덕도(加德島) 근처에서 진해로 들어오던 7천톤급 핵잠수함 라졸라(La Jolla)호가 오징어를 잡던 27톤짜리 배와 충돌하는 사건까지 일어났다.

실제로 핵잠수함이 진해에 들어왔다면 앞에서 말한 비핵화선언을 어긴 것은 물론 국제해양법상으로도 큰 문제이다. 게다가 핵잠수함에 탑재된 미사일 토마호크(Tomahawk)는 재래식 탄두와 핵탄두를 모두 장착할 수 있어 그 심각성을 더해준다. 1992년 미국의 공식기록은 선박에 장착된 핵탄두를 모두 폐기했다고 쓰고 있다. 그러나 이태 뒤에 발간된 「핵 태세 보고서」(NPR)에 따르면 320기의 토마호크는 W-80핵탄두와 함께 조지아주 킹스 베이(Kings bay)에 모셔져 있었다. 마음만 먹으면 언제든지 재배치될 수 있음은 물론이다.

그리고 1997년 11월, 공격형 잠수함 보스턴(Boston)은 핵탄두용 미사일 토마호크를 성공적으로 재탑재한다. 미 해군은 전술용 선박에서 핵무기를 제거하겠다는 부시의 결정을 빨리 그리고 쉽게 뒤집기 위해 공격용 핵잠수함을 위한 휴대용 발사씨스템을 구입한다. 2002년 「핵 태세 보고서」에 대한 미 국방부의 브리핑이 끝난 뒤 핵과학자들과 나눈 인터뷰에서 국방부의 담당관은 미국의 '민첩한 군사력'에 대해 비축된 핵탄두를 재사용하는 것을 포함한다고 말했다. 핵과학자 윌리엄 아킨(William Arkin)은 공격형 핵잠수함이 해상에서 발사되는 순항미사일을 접수해 훈련할 수 있음은 곧 실전에서도 사용될 수 있음을 뜻한다고 분석했다.

이런 사실들은 진해에 입항한 미 해군의 공격형 잠수함에 선적된 토마호크에 핵이 탑재되었거나, 핵을 탑재한 상태를 상정한 훈련을 벌였을 가능성을 강하게 암시한다.

얼마 뒤 크리스텐슨의 논문은 그의 말대로 핵과학자들의 잡지인 『불리틴』(The Buletin of the Atomic Scientists)에 게재되었다. 거기에는 또 한가지 놀랄 만한 내용이 있다. 그는 미국의 정보자유법(FOIA)으로 기밀해제된 문서 중 미 본토의 제4전투비행단 메모에서 '1998년 6월 노스캐롤라이나에 있는 한 공군기지를 출발한 F15E전투기들이 B61핵폭탄의 실물크기 모형폭탄을 싣고 플로리다에 있는 한 폭격장에 투하하는 훈련을 했다. 이들은 대북 장거리 핵공격을 위한 모의훈련을 했다'는 내용을 발견해 실었다. 그리고 그 메모에는 "우리는 한반도 씨나리오를 사용해 한국전쟁에서의 전투를 모의실험했다"고 적혀 있기도 했다. 그러나 미국이 제네바합의를 체계적으로 위반했음을 밝힌 이 논문은 철저하게 외면당했다.

사람들은 당연히 소파보다 북한의 핵개발을 저지하는 것이 우선이라고 생각하지만, 나는 또다시 여기서 소파를 거론하지 않을 수 없다. 한반도가 진정한 비핵지대가 되는 게 궁극적인 목표이기 때문이다. 소파 3조 1항은 "합중국은 시설과 구역 안에서 이러한 시설과 구역의 설정·운영·경호 및 관리에 필요한 모든 조치를 취할 수 있다"고 되어 있다. 미국은 우리 정부에게서 어떤 시설을 공여받으면, 그곳에서 자신들의 법에 따라 모든 조치를 취할 수 있다. 예컨대 미군이 핵무기를 배치하거나 움직이거나 운영한다고 해도 미국은 우리 정부에 통보할 의무조차 없이 제 마음대로 '조치'할 수 있는 것이다. 이 정도면 불평등도 이만저만한 불평등이 아닌 셈이다.

그리고 캠페인을 통해 한반도의 비핵지대화를 이끌어내는 것도 중요하다. 오끼나와(沖繩)의 대부분 마을에는 '비핵평화선언의 마을'이라는 입간판이 세워져 있다. 미 육군사령부가 있는 토오꾜오(東京)의 '자마(座間)'에도 비핵평화선언 간판이 미군기지 길목과 기지 뒤편 공원에 섰다. 비핵지대화에는 한반도의 비무장지대를 중심으로 한반도·중국·일본을 포함하는 원형지대로 설정하는 안과 비무장지대를 중심으로 미국의 알래스카에서 러시아 일부까지 포괄하며 타이완(臺灣)에 이르는 타원형지대 안이 있다. 미국과 러시아를 뺀 비핵지대화 선언에는 한계가 있으므로, 동북아시아의 비핵지대화 선언은 완벽한 선언이 되도록 해야 한다.

또한 비핵지대화선언은 북미 제네바합의가 파산될 경우를 대비하는 의미도 있으며, 미국의 MD정책을 저지시킬 수 있는 평화전략이 될 수도 있다. 왜냐하면 미사일의 탄두는 핵이기 때문에 비핵지대화가 지켜지면 MD정책 또한 자동 무산되는 것이다.

경원선의 분단 풍경 2: 동두천의 미군기지

경원선 통일기행에서 의정부에 이어 우리의 기억을 우울하게 만드는 곳이 동두천이다. 1992년 일어난 윤금이(尹今伊)씨 살인사건을 잊지 못하는 이가 많겠지만 1950년대부터 이런 일들이 비일비재했다. 소설가 조해일은 「아메리카」에서 소요산역에 내리는 장면을 이렇게 묘사한다.

나는 눈이 작고 볼이 두터운 그 여자와 함께 ㄷ읍의 거리에 내려섰다. 백색의 햇빛이 거리에 속속들이 스며 있어 거리는 마치 한밤중인 것처럼 조용해 보였다. 행인 몇 사람이 눈에 띄었으나 그들도 마치 햇빛의 일부분처럼 보였다. 햇빛의 일부가 움직이고 있는 것 같다고나 할까.

동두천의 자랑인 소요산(逍遙山)은 원효(元曉)와 공주 요석(瑤石)의 이야기가 스며 있는 산이다. 요석이 머물렀다는 별궁터와 원효가 수도했다는 원효대도 있다. 정상인 의상봉 옆에 있는 공주봉 역시 원효가 요석을 두고 지은 이름이라고 한다. 어찌되었든 원효는 사랑하는 요석을 곁에 두고 소요하면서도 면벽수도할 수 있었다니 고승임에 틀림없다.

그러나 소요산의 유구한 전통도 미군기지 앞에서는 그저 무색하기만 하다. 우리가 미군에 대해 생각할 때 간과하기 쉬운 것이 있다. 미군은 세계 도처에 주둔하고 있는데 한 국가를 위해서 주둔하는 경우는 거의 드물다. 그들은 지역, 즉 대륙을 영역으로 한다. 때문에 일본에 주둔하고 있는 주일미군과 한반도 남쪽에 주둔하고 있는 주한미군은 각각 다른 두 나라에 주둔하고 있다고 생각할 수 있지만 그들에겐 일본과 한국이 둘이 아닌 하나의 전쟁터일 뿐이다. 때문에 전쟁을 염두에 둬야 할 상황이 생길 때 주한미군에 대해서만 생각하는 것은 숲을 보지 못하는 오류를 낳을 수 있다.

미군의 전쟁씨나리오에 따르면 데프콘(Defense Condition) 3으로의 전시상태 선포와 함께 가장 먼저 움직이는 것은 전방의 미군들

동두천의 한 미군기지 담벼을 따라 뻗어 있는 경원선. 경원선은 분단의 상처로 달리는 분단선이다.

이 아니라 억제전력과 신속전개군이다. 억제전력은 항공모함 등을 앞세운 무력시위라고 생각하면 쉬운데 이들이 발진하는 곳은 토오쿄오 근처의 요꼬스까(橫須賀)항과 사세보(佐世保)항의 미 해군기지이다. 그 다음 신속억제전력은 오끼나와에 주둔하고 있는 제3해병 원정대인데 이들과 함께 대규모 군수물자가 부산항에 도착하는 순간부터 본격적인 전방의 움직임이 시작된다. 3만 7천여명 정도 되는 주한미군만으로는 전쟁을 치를 수 없기 때문이다. 이들 주한미군의 주력은 미 보병 2사단으로, 이들은 '인계철선'(Trip Wire)의 역할을 해서 미국을 한국전쟁에 자동 개입시키고 또 한편 최정예 전투부대로서의 역할을 한다. 인계철선은 건드리기만 해도 폭발하는 설치형 폭약인 부비트랩의 폭발장치이다. 캠프 케이씨는 1972년까지 7사단이 사용하다가 철수하면서 2사단이 들어왔고 1990년대 중반 한미야전군 해체논의와 함께 의정부의 캠프 레드 클라우드로 2사단이 옮겨

가면서 지금은 1여단 사령부로 쓰이고 있다.

1973년 9월부터 1974년 9월까지 현 국무장관 콜린 파월은 2보병사단 제32여단 제1대대장으로 부임하여 캠프 케이씨에서 근무하기도 했다. 그의 출세가도에서 중요한 계기였던 백악관연구회과정을 거치고 비어 있는 대대장자리를 찾아 세계적으로 최전선의 하나인 동두천에 부임했을 때 그가 맞닥뜨린 최대의 문제는 북한의 침략이 아니라 부대 내의 인종차별과 마약문제였다. 기강이라고는 찾아볼 수 없이 흐느적거리는 부대에서 그가 했던 가장 큰 이바지는 군기를 잡은 것이었다고 한다.

동두천에는 2개 전투여단이 있는데 캠프 케이씨에 1여단이, 캠프 호비(Camp Hovey)에 2여단이 있다. 캠프 케이씨는 과거 2사단 본부가 있던 곳이었으나 1990년대 본부가 의정부의 캠프 레드 클라우드로 옮겨가면서 지금은 미 1여단 본부가 자리잡고 있다. 케이씨가 무려 14,163,800m²(4,292,060평)에 8,800명이 거주하고 있는데 반해 레드 클라우드는 663,675m²(201,113평)에 2,600명이 거주하고 있다.

캠프 케이씨의 1여단에 편제된 503보병연대는 한국전쟁 당시 지평리전투의 최선두에 섰던 23보병연대 후신으로 3여단과 함께 비무장지대 근무를 담당한다. 또 9보병연대 2대대는 1978년 미군철수 1진이었다. 철수 1진 1단계 병력 중 주력 전투부대인 2사단 9보병연대 2대대 병력 219명은 오산미군기지에서 특별전세기 편으로 귀국길에 올랐다. 이 부대는 창설된 지 1백년이 넘는 전통을 가지고 있었다. 한국전쟁에 참전, 낙동강전투에서 북진의 기회를 만들어냈으며 1954년 일시 미국으로 귀국했다가 1965년 재배치된 부대였다. 그런데 최근 부대구성에 포함된 것으로 봐서 복귀한 듯하다. 과거에는 NBC(핵·생물·화학무기)훈련시설도 캠프 케이씨 안에 있었다. 핵무기에는 핵지뢰와 핵포탄, 미사일, 핵탄두, 핵폭탄이 있는데 이 중 핵포탄은 2사단의 기갑 1대대와 포병 1개 대대용이며, 어네스트 존 핵탄두는 2사단 야전포병 1개 대대와 제4미사일 사령부 내의 야전포병 1개 대대용이고, 나이키 핵탄두는 38방공포병여단 방공포병 1개 대대용이다. 핵지뢰는 무선 내지 유선을 폭파시키는 목적으로 군사분계선 남쪽 일대에 배치된 것으로 되어 있다.

1987년 5월 7일 정보자유법에 따라 기밀해제된 2사단 비망록과 2사단 조직과 기능에 관한 요강이라 할 "Organization and Functions Manual for HQs, 2nd ID"에 따르면 미 2사단 화학장교는 "화생방공격에 대한 방어"에 관하여 교육받았다. 사단 공병대에 대한 교육은 더 노골적이다.

화생방과 관련해 기술 지원과 축조사업을 제공한다. 영구적이거나 임시적인 방공호를 건설하고, 핵공격을 받은 군사시설을 재건하며, 지상장비를 이용하여 화생방 제독 작업을 하는 것이 이에 포함된다.

다연장로켓용 XM-135화학탄두는 적의 후속부대를 목표로 한다. 이 화학무기에서 주의해야 할 것은 다연장로켓 자체가 미 육군이 추진하고 있는 공지전독트린의 골간을 이루는 무기라는 점이다. 다연장로켓의 역할은 적의 후속부대 제2제대의 선두를 공격하는 것이다.

155mm 화학포탄은 사정거리가 짧아 전방의 적부대 공격에 사용된다. 현행 미육군의 보병전술에 의하면 화포가 미치는 전선범위 내에서는 군사상 사용 가능한 화학무기는 속효제(速效製)뿐이다. 결국 화포를 사용하는 화학무기는 퇴각할 때 사용하는 것이 아니라 순수한 공격용인 것이다. 하늘에서의 화학무기 공격으로는 비행기에 살포탱크를 탑재한 뒤 목적지 상공에서 화학제를 살포하는 경우가 있는데 적이 대공무기를 가지고 있는 경우에는 이 방법은 자살행위나

다름없다. 따라서 빅아이(Big Eye)화학탄은 목표에서 3.2~6.4km 떨어진 장소에서 '높이 집어 던지는' 투탄방식으로 투하된다. 이렇게 해야만 적의 대공포로부터 탑재기가 노출될 위험을 막을 수 있기 때문이다.

케이씨 안에 있는 4화학중대는 제독업무를 넘어 공격적 화학무기의 사용을 강력히 의심케 한다. 만일 이러한 염려가 사실이라면 미국은 스스로 주도하여 만든 화학무기금지조약(CWC)을 위반하고 있는 것이다. 조약의 전문에는 '화학무기의 개발, 생산, 획득, 비축, 보유, 인도 및 사용의 완전하고 효과적인 금지와 그 폐기'를 명백히 규정하고 있다. 미국은 자신이 주도한 군축협약에서 사실은 소파의 핵심조항을 부정하는 항목들을 신설하고 있다. 이를 지혜롭게 이용하면 소파의 핵심인 '시설과 구역' 관련 조항을 개정할 수 있는 틈새를 마련할 수 있다.

한편 캠프 호비는 캠프 케이씨와 정문은 서로 다르지만 내부에서는 직통도로로 연결되어 있다. 캠프 케이씨와 캠프 호비 사이에 오스카훈련장이 있는데 503보병연대의 산악훈련장이다. 1996년에는 군인들의 연막탄 훈련 도중 인화된 불씨로 산불이 번지자 공무원들이 화재진압에 나섰다가 돌풍으로 불길에 휩싸여 사망한 사건이 있었던 곳이다. 동두천시 광암동 쇠목마을에는 1996년 소총사격장에 이어 포사격장을 설치하기 위해 폐탱크와 크레인 8대가 마을 아래 공터로 실려왔다. 미군 측은 아연실색한 주민들에게 포사격장을 미리 조성하려는 것이라고 말했다. 마을 주변 권총사격장 때문에 안 그래도 통행제한과 소음피해에 시달리던 주민들은 두 달간 격렬하게 항의해 폐탱크를 철수시켰다.

캠프 케이씨에서 북쪽으로 가면 캠프 캐슬(Camp Castle)이다. 주로 2사단을 공병지원하는 2공병대대의 주둔지이다. 캠프 캐슬 노스

(Camp Castle North)는 캠프 캐슬에서 좀더 북진하면 나오는데 이곳에는 거대한 유류탱크군과 자재창고가 있다. 한편 캠프 님블(Camp Nimble)은 동두천을 가로지르는 신천 옆에 있다. 동두천 어디에서도 보이는 높은 물탱크를 찾으면 그곳이 캠프 님블이다. 케이씨와도 지척이다. 캠프 모빌(Camp Mobile)은 신참들을 교육시키는 역할을 주로 한다. 동두천기지들은 미군철수단계에서도 그대로 남는 부대들이다.

이들 부대들은 그렇게 큰 비중을 차지해 보이지 않을 수 있으나 이들만 남아 있으면 오끼나와와 미 본토에서 신속전개군이 합류하여 충분히 전투를 수행할 수 있는 조건을 만들 수 있기에 냉전 해체 후 유연화 전략의 적용이라 할 수 있다. 이처럼 주한미군기지의 전력은 주일미군기지를 고려하지 않고는 생각할 수 없다. 미군에 있어서 한반도, 오끼나와, 일본 본토는 하나로 연결된 작전구역이고 전략적으로는 국경이 존재하지 않는다. 모두 '전방방위지역'인 것이다. 그 어디에서도 전쟁이 시작되면 그곳이 전선기지가 되고, 다른 곳이 후방 발진기지이자 지원기지가 된다.

동두천역에 닿으면 시끌시끌하던 미군과 아가씨들은 대부분 하차한다. 부대찌개와 양공주의 슬픈 사연뿐 아니라 사대적 지식인문화의 대명사가 되어온 기지촌문화의 이미지를 아직까지 안고 있는 곳이다. 대부분의 동두천 시민들은 동두천 전체를 기지촌처럼 인식하는 바깥사람들의 시선이 불만스럽다.

1992년 대선바람과 함께 겨울바람이 한참 불기 시작하던 10월 말 윤금이씨가 살해당한다. 그녀는 고추장으로 유명한 순창에서 태어났다. 중학교를 중퇴하고 열여섯에 가출, 봉제공장 등에서 일하다 생활고를 견디다 못해 경기도 송탄을 거쳐 동두천 보산동에 월 4만 원에 세든 뒤 인근 클럽 등을 떠돌며 미군을 상대로 몸을 팔아 생계

헬리콥터는 바람에 약하다. 풍격(風擊)의 도전 또한 받아야 한다. 동두천에서 본 아파치헬기.

를 이었다. 눈치있는 사람이라면 그녀의 이력에서 분단된 땅에서 가
난하게 태어난 비극적 운명의 주인공을 만나게 된다. 세상사람들은
아마도 그녀의 운명 앞에서 그녀가 바로 자신일 수도 있다는 충격에
빠졌으리라. 사건이 해결될 때까지 미군을 태우지 않겠다고 선언한
동두천 택시노조도, 그녀의 죽음을 알리기 위해 길거리로 나선 여대
생들도 윤락녀이니 양공주이니, 기지촌이니 하는 우리 사회 내부의
차별의식이 미국 앞에서 얼마나 사소한 것인가를 깨달았기 때문이
리라. 그 불 같은 움직임은 개정된 지 1년도 안된 소파 재개정 논의
에 불을 붙인다.

'윤금이'란 깃발로 끈질기게 끌어온 소파의 2차 개정이 2000년에
이루어졌다. 그러나 아직도 어둠 속에 묻혀 있는 사건이 경원선 여
행의 막바지인 연천에 있다. 1997년 2월 연천 폐폭발물 처리장에서
일어난 열화우라늄탄(DU) 폭발사고가 그것이다.

경원선의 분단 풍경 3: 연천 열화우라늄탄 사고

나는 연천에 미군기지가 없는 것으로 알고 있었다. 그런데 1997년 2월 16일 연천의 한 폭발물 폐기장에서 열화우라늄탄이 잘못 처리되어 폭발했다는 발표가 있었다. 국방부가 아니라 미군 측에서 발표한 것이었다.

일반폭탄으로 잘못 분류되어 폭파 처리한 미군의 열화우라늄탄 1발의 폭파장소는 미군이 발표한 연천군 광사리가 아니고 연천군 청산면 대전2리인 것으로 밝혀졌다. 광사리라는 지명은 연천군이 아닌 양주군에 있다. 경원선 철로 변에 위치한 캠프 광사리는 미 2사단의 탄약고이다. 열화우라늄탄을 보관·저장하는 곳임을 짐작할 수 있다. 폭발물 처리장이 없다는 사실이 확인되면서 왜 미군이 장소를 의도적으로 은폐하려고 했을까 하는 의혹을 갖게 되었다.

청산면 대전리는 1970년까지 캠프 비버가 있던 곳이다. 닉슨독트린으로 처음 폐쇄된 기지이다. 현재의 그 터에는 두 개의 육군부대가 주둔해 있으며 이 기지 뒷산에 연천 폭발물 처리장이 있다. 주민들의 말로는 모두 미군기지 터였다고 한다.

열화우라늄탄을 보관하고 있는 것으로 의심되는 캠프 광사리는 현재 한국군과 함께 사용한다. 캠프 비버 터의 폭발물 처리장은 한국군이 관할하는데 미군이 일시 대여하는 형식으로 사용하는 것 같다. 열화우라늄탄은 미국의 관리면허가 있는 사람만이 취급할 수 있기 때문이다. 한국군에게 그 처리를 위임할 리 없지 않겠는가. 열화우라늄탄이 걸프전쟁에서 처음 사용되고 각국에 배치가 되었으므로, 1997년까지 7년 사이에 미군이 무상 대여하여 이 기지를 사용했다는 얘기가 된다. 또 열화우라늄탄 관리면허(SUC-1380)의 체크리스트에 의하면 열화우라늄탄의 저장과 보관에 적합한 시설을 가지고 있는지 체크하도록 되어 있다. 즉 새로운 시설을 갖고 있어야 한

연천의 한 전자포 사격장 입구. 연천읍의 주요 산은 군작전지역이다.

다는 얘기다. 미군 측은 열화우라늄탄을 보유하기에 적절한 것으로 판단하는 탄약저장시설에 저장했으며, 한반도에서 적대행위가 발생했을 때만 사용하기 위한 것이라고 발표했다.

열화우라늄탄에 대한 설명을 잊었다. 열화우라늄의 방사능 독성은 천연우라늄 수준을 초과하진 않지만 시간이 흐를수록 독성이 증가하며 습기가 많은 공기와 반응하면 위험한 수소불소가스를 발생한다고 한다. 독일의 방사능 허용량은 연간 50마이크로벨트인데 열화우라늄탄에서는 매시간 11마이크로벨트가 나온다. 즉 다섯 시간이면 1년 치를 쬔다는 얘기다. 걸프전쟁 이후 걸프전쟁 씬드롬의 실체도 바로 열화우라늄탄 피해이며, 1999년의 유고전쟁 이후 이딸리

열화우라늄탄과 A10기.

아 병사들에게 나타난 집단 백혈병증세도 열화우라늄탄 피해로 주
목받고 있다. 또 미국은 이라크전쟁에서도 열화우라늄탄을 사용해
국제적으로 많은 비난을 받았다.

열화우라늄탄에 반대하는 시민운동이 활발해진 이유는 지금까지
미국이 숨겨왔던 새로운 사실들이 속속 밝혀지기 때문이다. 그러나
미국은 시민운동 측이 주장하는 증세가 열화우라늄탄 때문이라는
직접적인 근거가 없다는 이유로 이 무기의 사용을 공식적으로 포기
하지 않고 있다. 그러나 그들도 열화우라늄탄의 위험을 인정해서인
지 주한미군은 미 원자력규제위원회에서 면허를 받아 실제 적대행
위가 발생한 상황을 제외하고는 어떤 경우에도 사용할 수 없도록 규

정하고 있다. 그런데 평시에도 이때처럼 사고로 폭발하는 경우엔 어떻게 할 것인가.

그래서 다시 소파가 문제다. 한미행정협정에 따르면 한국은 미군의 살상무기에 대해 전혀 통제권을 갖지 못한다. 그러나 일본의 경우는 미군기지 안에 있는 미군 특수무기의 이동과 배치 등에 관한 통제권을 확보하고 있다. 이 부분은 2000년에 개정된 소파에도 언급되어 있지 않다. 미군범죄와 환경문제도 중요하지만, 소파 개정의 핵심은 시설과 구역에 관한 조항이다.

일본에서도 1990년대 중반 오끼나와의 무인도 도리시마(鳥島)에 있는 사격연습장에서 열화우라늄이 포함된 '철갑소이탄'을 잘못 발사한 사실이 발각되어 열화우라늄탄 철거운동이 거세게 일어났다. 결국 미군은 이를 다른 곳으로 완전 철거했다. 그로부터 2년 뒤 연천에서 열화우라늄탄이 폭발한 사고가 일어났고, 매향리에서도 열화우라늄탄으로 훈련을 한다는 사실이 밝혀졌다. 그후 오끼나와의 주민평화단체에서 찾아와 자신들의 땅에서 철거된 열화우라늄탄이 한국에 흘러들어왔다고 무척 미안해하는 것을 보았다. 그것이 어찌 오끼나와 주민들의 탓이겠는가.

열화우라늄탄에 대해 관심을 갖게 된 개인적인 이유도 있다. 십여년 전인가 평화연구소 연구원인 정목인씨가 내게 사진을 배우러 왔다. 그는 사진을 왜 배우려 하느냐는 내 질문에 수줍은 듯 둘러댔지만, 일주일마다 가져오는 사진은 매향리의 폭격장 사진들이었다. 당시는 매향리가 세상에 알려지기 전이었다. 외롭게 매향리 주민들과 함께 싸우던 그가 1년 정도가 지난 뒤부터 자꾸 목이 가렵다고 했다. 본인도 주위에서도 대수롭지 않게 여겼다. 심지어는 '그러니까 목욕 좀 자주 하라'고 핀잔을 주기도 했다. 그런데 그게 아니었다. 병에 걸렸던 것이다. 그것도 불치병이었다. 우리나라에선 병명조차 알 수 없었다. 미국까지 가서야 그것이 불치병이라는 사실만을 알고 돌아왔다. 그리고 얼마 뒤 그는 저 세상 사람이 되었다.

최근 그의 동료였던 평화연구가 김창수씨가 내게 말했다. 아무래도 그가 매향리에 들어가 사진 찍고 다닐 때 열화우라늄탄에서 나온 방사능에 노출되었던 것 같다는 것이다. 그래서 그때 그가 찍었던 사진들을 면밀히 분석해보기로 했다. 매향리에 열화우라늄탄이 사용되었다는 사실을 밝힐 수 있을지도 모른다는 생각이었다. 그러나 얼마 뒤 별 성과가 없었다는 힘 빠진 목소리가 전화로 들려왔다. 만약 살아만 있다면 알게 된 방사능 전문가에게 진단을 받을 수 있었을 텐데 하는 아쉬움만을 뒤로 한 채 전화를 끊어야 했다. 연천에서 있었던 열화우라늄탄의 폭발사고로 누군가 그처럼 이름도 모르는 병으로 운명을 달리했을 거란 상상을 하는 것은 억측일까? 연천 폭발물 처리장 앞으로 실개천이 흐른다. 실개천은 대전리를 거쳐 한탄강으로 흘러든다. 그리고 임진강과 한강을 거쳐 서해까지 흘러간다. 폭탄더미들은 폭파되는 순간 흙을 새까맣게 태워버릴 정도로 토양을 오염시키며 이 실개천에도 자신의 성분을 쏟아낸다. 과연 이곳은 안전하다고 할 수 있을까?

경원선의 분단 풍경 4: 신탄리역의 유실지뢰

이제 경원선의 마지막 종착역인 신탄리역이다. 다행히 고대산 같은 명산이 있어 신탄리역까지 오는 길이 막막하진 않다. 그러나 내가 신탄리역에 오는 이유는 따로 있다. 대인지뢰 피해자들을 만나기 위해서 가장 많이 오는 곳이 신탄리역이다. 이 역 근처 마을에 많은 대인지뢰 피해자들이 살기 때문이다. 종착점 표시가 되어 있는 철길을 걷노라면 옆으로 차탄천이 흐른다.

신탄리역. 서로 다른 두 길이 만나지만 그 때문에 기차가 부딪치는 일은 없다.

이 차탄천은 해마다 홍수나 장마가 나면 대인지뢰 유실사고의 공포에 떠는 곳이다. 차탄천 상류에 위치했던 미군부대 주변에 뿌려놓았던 대인지뢰가 장마와 함께 흘러 내려오기 때문이다. 당시 최전방으로 철원평야를 눈앞에 두고 있던 이곳에는 전쟁 직후부터 높은 안테나가 서 있는 미군부대가 있었다고 한다. 미군통신부대가 주둔해 있었던 것이다. 그리고 부대 앞으로는 온통 지뢰를 설치해서 얼씬도 못하게 해놓았다. 1970년 초 그들은 한국군에 이양도 하지 않은 채 철수해버렸다. 주민들은 해마다 장마철이면 지뢰가 하천으로 둥둥 떠다니는 것을 보았다고 한다. 이쯤 되면 미군이 철수해도 문제다. 지뢰도 그렇고, 오랫동안 잠복기간을 거쳐 발병하는 방사능 문제도 그렇다. 설치한 측에서 정보를 제공하지 않거나 그로 인해 발생하는 피해에 책임을 지지 않는다면 전쟁의 휴유증은 언제 아물게 될 것인가. 여기서도 소파가 문제다. 소파 제4조에는 미군이 우리 정부에 자신들이 사용한 시설과 구역을 반환할 때, 애초 상태로 원상회복하거나 보상할 의무가 없다고 되어 있다.

실제로 군은 이 지뢰를 제거하는 데보다 유실된 지뢰를 찾는 데 많은 인력과 예산을 투여한다. 그렇게 해서 신탄리에만 대인지뢰 피해자가 수십명이다. 그 중 여섯 명만이 생존해 있다.

처음엔 두 분만 있는 줄 알고 찾아갔는데 그뒤로 찾아갈 때마다 지뢰 피해자들은 늘어났고 또 죽어갔다. 어느 날인가는 아침부터 이장댁 스피커에서 「회심곡」이 구슬피 흘러나왔다. 지뢰 피해자 중 한 분이 돌아가셨단다. 상주는 그래도 돌아가기 전에 아무도 알아주지 않던 당신의 상처를 이해해주는 사람이 있어 행복해했다며 내 손을 잡았다. 돌아오는 기차에서 보니 지뢰밭이 멀지 않은 동산에서 상여꾼들이 달구질을 하고 있었다.

지뢰를 밟고 나서는 인생이 지뢰밭이었다고 하더니 그는 죽어서

방 한쪽에 세워놓은 의족이 주인을 지켜본다. 의족과 살결의 잦은 불화.

도 지뢰밭에 묻히고 말았다. 해는 서서히 저물어 열차는 어둠 속으로 빠져들고 있었다. 간간이 내리던 눈은 실내의 온도 때문인지 차창에 닿자마자 물이 되어버린다. 그러고 보니 '눈물'이다, 차가운 세상이 따뜻한 마음을 만났을 때 흘러내리는 눈물.

신탄리행 경원선 열차는 분단조국의 가장 낮은 곳으로 가는 하행열차이다.

태풍전망대

그래도 연천에서 제1의 볼거리는 태풍전망대다. 연천읍에서 신망리역 324번 도로로 좌회전하여 조금 가면 옥계리 삼거리가 나온다. 여기서 우회전하여 횡산리 방향으로 직진하면 수리봉 정상에 태풍전망대가 있다. 중면사무소 근처에서 검문소를 거치는데 신분증만 제출하면 된다. 검문을 통과해야 하는 번거로움이 있지만 그래도 비무장지대의 관측초소(OP) 중에 여기만큼 유장한 경치를 보여주는 데가 없다. 그러나 근처 산은 모두 베거나 불태워버려 잡초만 무성한 알몸뚱이의 민둥산들이다. 산이 모두 알몸뚱이가 된 것은 이곳이 얼마나 긴장 감도는 지역인가를 대변해준다.

태풍전망대 건너편으로 1.5km 정도 떨어진 비무장지대의 베티(Betty)고지는 1953년 7월 15일 밤부터 다음날 새벽까지 한국군과 중공군의 혈전장이었다. 그러나 중공군의 기록에는 이 혈전이 5월 27일에서 6월 23일까지 있었던 2차 하계공격 기간에 있었던 것으로 되어 있다. 7월 15일이 맞다면 인민군과 중공군의 3차 하계공격 시기이다. 어쨌든 휴전회담 막바지인 이때의 최대 쟁점은 포로 송환문제였다. 인민군과 중공군은 중립국으로 송환한다는 처리방안을 내놓았고 미군도 이 방안에 기본적으로 동의하였으며, 머지않아 회담은 타결될 예정이었다. 그러나 이 기간 이승만 정부는 어떤 타협에도 반대한다면서 단독으로 북진하겠다고 발표했다. 서울, 부산 등에서는 휴전 반대시위가 벌어졌다. 중공군은 주요 공격대상을 미군을 위시한 연합군에서 한국군으로 바꾸었고, 5월 27일과 6월 24일에 공격했다. 중공군 19병단 제1군은 이곳 베티고지에 배치되었으나 한국군에게 패한다. 그러나 이곳을 제외한 나머지 전투에서 한국군은 인민군과 중공군에게 패한다. 이승만의 휴전 반대와 북진론은 그 반평화적인 의도 때문에 세계여론의 비난을 받았다.

전쟁 당시 큰노리고지라고 불렸던 이 산꼭대기에는 1m²에 4,500발의 탄약이 쏟아져 산의 높이가 5m 가량 낮아졌고, 거기서 흘러내린 토사가 둥근 보름달 같던 용소(龍沼)를 메워 지금의 반달연못이 되었다고 한다. 전쟁은 지형마저 변화시킨 것이다.

관측초소엔 푸른 바탕에 별이 그려진 유엔기가 휘날린다. 이곳이 한국군이 아닌 유엔군, 더 정확히 말하면 미군이 관할하는 지역임을 알려준다. 원래 정전협정에 따르면 비무장지대는 군사분계선에서 남북으로 2km씩, 총 4km의 폭을 가져야 하는데, 이곳은 불과 800m밖에 되지 않는다.

그래서 범종루 북쪽 비끼산(비시뫼) 쪽으로는 '귀순자 대환영'이라고 씌어진 선전판이 크게 설치되어 있었다. 환영은 호의와 맞아들임이다. 상대를 또 하나의 주체로 인정하는 태도이자 연대의 정신이다. '귀순자'만을 골라서 환영하는 정신은 이제 바뀌어야 한다. '환영'이란 인사말에는 구별을 초월한 포용의 정신이 담겨 있어야 한다.

글을 완성하기 전에 혹시나 해서 다시 다녀오지 않았다면 나는 큰 실수를 할 뻔했다. '귀순자 대환영'은 온데간데없고 '우리는 한 형제'가 대신 서 있었기 때문이다. 언제 바뀌었냐고 묻자 6·15정상회담 뒤에 바로 교체되었단다. 아직 국방부에서는 북한을 주적으로 규정

태풍전망대에서 바라본 북녘. 포천에서 장단에 이르기까지 악산(岳山)이라고는 없는 토산(土山)이어서 잔잔히 물결치는 산하가 눈 맛을 시원하게 한다.

하고 있는데 '우리는 한 형제'라니, 형제가 적이 될 순 없지 않은가? 그러고 보니 다른 곳들도 거의 '우리는 한 형제'로 바뀌어 있었다. 바뀐 것은 선전판뿐이 아니었다. 대북방송도 예전엔 귀순자를 등장시켜 귀순을 유인하는 식이었는데, 지금은 북한이 요구한 전력지원을 효과적으로 하기 위해 어떤 절차를 거치는 게 좋겠는지를 제안하고 있었다. 군인들끼리 맺은 정전협정의 질곡을 반백년의 신음 끝에 정치적 결단으로 훌훌 털 수 있었다는 사실을 확인이라도 하듯.

그러나 우리의 눈에 들어오는 것은 선전판의 구호보다 그조차 왜소하게 만들어버리는 어머니 품 같은 광활한 산천이다. 굳이 이름하자면 화려강산이라기보다는 원융(圓融)의 강산이 더 어울리리라. 태풍전망대에서 바라보는 산들은 찰랑이듯 물결을 이룬다. 산물결 저

6·15선언 이전의 태풍전망대 선전판. '귀순자 대환영'의 '환영'이라는 글자가 보인다.

끝에서 임진강이 철책선에 제 살을 스치며 굽이굽이 에돌아 흐르니 산태극수태극(山太極水太極)이다.

풍경을 볼 줄 안다는 것은 음악을 보는 것과 같다. 듣는 음악이 아닌 보는 음악. 이것이 내가 풍경과 만나는 방법이다. 광활하고 웅장한 경관은 격동적인 정서를 불러일으키며, 작고 아기자기한 경관은 자상한 정서를 불러일으킨다. 이곳 태풍전망대의 산야는 아기자기하고 광활하며, 차분하고 격동적이다. 철책선 사이를 흐르는 임진강은 처연하면서도 능청맞다.

통일의 이상을 산과 강으로 빚어놓는다면 바로 이러하리라.

6·15선언 이후 같은 곳의 문구는 '우리는 한 형제'로 바뀌었다.
선언의 영향이 가장 빨리 나타난 곳은 비무장지대였다.

노곡리의 지뢰와 갱도사건

백학면사무소 앞에서 백령리로 가는 길 반대편 왼쪽으로 난 길을 따라가면 신라 마지막 왕인 경순왕이 누워 있고, 그 앞으로 고랑포의 '김신조(金新朝) 침투로'가 있다. 면사무소 앞에서 왼쪽 국도를 타고 가면 옛 삼팔선 표지가 나오고 그곳에서 바라보이는 마을이 노곡리이다. 길을 따라가다보면 노곡제일교회와 노곡주유소가 서로 마주보는데, 이곳은 민간인지역에 방치되어 있는 지뢰밭으로 매스컴에도 자주 소개된 곳이다.

노곡1리에 대인지뢰가 매설된 것은 1962년 쿠바사태 즈음이다. 더욱이 1천평에 달하는 사유지에도 지뢰를 매설했다. 땅 주인은 민원을 계속 올렸지만, 지뢰를 제거하는 데 위험이 따른다는 이유로 대책을 세워주지 않아 35년 넘도록 자신의 땅을 사용하지 못하고 있다. 사실 마을 입구와 버스정류장 주변도 예전에는 지뢰밭이었다. 지금 그곳엔 주유소와 교회가 들어서 있다. 사유지임에도 군에서 지뢰를 제거해주지 않자 20여년 전 주유소 주인이 사비로 씨멘트를 덮어 주유소를 지었다. 지뢰를 제거하지 않은 상태로 말이다. 또 노곡제일교회의 놀이터는 지뢰밭 위에 흙을 1미터 정도 쌓아 만들었다.

경기도 연천군 백학면과 신서면 지역에서 실제로 만난 피해자는 4명이었다. 그러나 그들을 통해 알게 된 지뢰피해자 명단만 21명에 달했다. 더욱 놀라운 것은 순수한 개인과실로 피해를 입은 주민이 한 사람도 없다는 것이다. 그러나 그들 중 피해배상을 받은 주민은 단 1명에 불과했다. 노곡리에서 조금만 가면 민통선이다. 민통선 안 갈현리에서 김동필씨가 대인지뢰 사고를 당한 것은 2000년 5월 14일이었다.

11만평 정도의 농지가 개간되던 이곳에서 김씨는 민간인 지뢰 제

노곡리 지뢰밭. 노곡초등학교 학생들이 등하교하는 길 옆에 지뢰밭이 있다.

거업자의 보조원으로 지뢰가 제거되면 빨간 표지를 매다는 일을 하고 있었다. 사고 전날 들짐승이 그간 매달아놓은 표지들을 헝클어놓아 이를 매만지기 위해 첫발을 내딛는 순간 '펑'하는 소리와 함께 의식을 잃었다.

"정신을 차려보니 내 다리가 없더라고……"

한국대인지뢰대책회의와 함께 실태조사를 위해 25사단 장교들을 만났다. 왜 지뢰 제거도 하지 않은 땅에 대해 농지 개간허가를 내주었는가를 물었다. 그들에 따르면 예전에는 농지개발권에 대해 가부(可否) 두 가지 결정만 있었다. 그러던 것이 김대중 정부가 들어서면서 민통선이라 해도 민간인이 가급적 개간하여 사용할 수 있도록 규제를 완화하라는 조치에 따라 '조건부 동의'라는 것이 생겼다. 조건부란 지뢰사고가 발생했을 때 군에서 책임지지 않는다는 내용의 각서를 쓰는 것이다. 이 조치로 민통선은 부동산 개발업자들의 각축장

노곡제일교회와 노곡주유소. 교회의 어린이놀이터는 1990년대 민간인 땅굴발굴단이 땅굴논쟁을 불러일으킨 곳이다. 놀이터가 지뢰밭을 덮어 만든 것임이 알려져 또 한번 세상을 놀라게 했다.

지뢰지대에서는 목숨을 건 개간이 계속된다. 지뢰에 대한 공포보다 땅에 대한 애정이 더 깊기 때문이다.

이 되었다.

이때 개간자는 군부대의 묵인 아래 민간인 제거업자를 동원해 개간지역의 지뢰를 없앤다. 제거업자는 축적된 경험을 바탕으로 지뢰를 파내지만 금속탐지기로 발견되지 않는 플라스틱 발목지뢰에 사고를 당하지 않는 것이 이상할 지경이다. 지뢰 제거는 법적으로 군에서만 하도록 되어 있다. 때문에 민간인 지뢰 제거업자나 업체는 불법이다. 그러나 합참의 답변은 이렇다. 지뢰전문가는 충분하지만 개인을 위해 군부대를 투입할 수는 없는 것 아니냐. 사정이 이러하다. 민통선 개간에 대한 '조건부' 동의는 지뢰사고를 법적으로 보장하는 셈이나 마찬가지다. 더구나 김동필씨처럼 지뢰 제거작업 보조원은 상해보험에도 가입되지 않기 때문에 보상대책이 막막하다.

지뢰탐지기가 잡아내지 못하는 플라스틱 발목지뢰는 어디에선가

한 노인이 향에 취해 지뢰밭에 들어갔다 죽었다는 이야기를 듣고 찾았을 때,
들꽃 한송이가 지뢰에 기댄 채 피어 있었다(위).

지뢰탐지기가 별 효과 없는 플라스틱지뢰는 도처에서 사람을 노린다. 땅은 더이상
우리를 포근하게 안아주지 않는다. 땅과 사람의 신뢰가 이토록 파괴된 적이 있었던가(아래).

사람을 노리고 있다. 땅은 더이상 어머니의 품이 아니다. 어떤 세기에도 땅과 사람의 신뢰가 이토록 파괴된 적은 없었다. 지뢰는 사람과 땅의 관계를 단절시키고 있는 것이다. 설령 통일이 된다 해도 그 관계가 회복되는 데에는 지금으로선 가늠할 수조차 없는 시간이 걸릴 것이다.

그러나 농부들은 농사를 통해 땅을 배우고, 흙은 농사를 통해 비로소 땅이 된다. 지뢰밭에서는 오늘도 목숨을 건 개간이 계속되고 있다. 지뢰에 대한 공포보다는 땅에 대한 애정이 더 깊기 때문이고, 먹고살아야 하기 때문이다.

한국전쟁과 관련된 연천의 지명유래

연천은 특히 전쟁의 흔적이 많은 곳이어서, 곳곳에서 바뀌어버린 마을의 이름을 만날 수 있다. 하루빨리 아름다운 새 이름으로 바뀌길 소망한다.

신망리 한국전쟁 당시 치열했던 전투지역. 1954년 미군이 이곳을 피난민 안착지로 개발하여 세대당 330m²의 부지에 목조루핑가옥 1백동을 건립해 그들에게 분양했다. '희망의 새 마을'란 의미에서 신망리(新望里)라 부르게 되었다.

다방거리 신망리는 농촌마을이었고, 이곳은 상인이 집중된 마을이었다. 연천군 관내에서 다방이 처음으로 문을 열었다고 해서 다방거리라 불렀다.

고포리 이 지역으로 들어가는 길에 조그만 고개가 있는데, 이 고개의 끝이 새의 모양으로 생겼다 하여 '부리동리'라고 불렀다. 한국전쟁 당시 이 동리 앞 벌판에 곡사포부대가 주둔했는데, 부대에서 피난민을 입주시키면서 부대장이 고포리라 명명하였다 한다.

양수마을 한국전쟁 직후 이 지역에 양수장이 설치되고 그후 주민이 살게 되면서 양수마을이라 부르게 되었다.

구호주택 한국전쟁 직후인 1954년, 허허벌판이던 이곳에 피난민들이 이주해 왔다. 정부에서 그들에게 집과 배급을 주었다. 그후 사람들은 이 마을을 구호주택이라고 불렀다.

두암동 이 산골에 두견새가 많이 산다고 해 두암동으로 불렀다. 한국전쟁 후 주한미군 포병사령부가 주둔하고 1957년 마을이 수복되자 월남한 피난민을 비롯하여 각지에서 많은 사람들이 모여들어 흥청거리는 기지촌으로 바뀌어 황금시대를 만났다. 1970년 11월 주한미군의 철수로 기지촌은 폐쇄되고 미군기지가 한국군기지로 변하여 현재에 이르고 있다.

신기동 옛날 이곳에는 큰 장터가 있었다. 선비들의 백일장과 무사들의 활쏘기대회가 열리곤 했다. 원산에서 말을 타고 와 이곳에서 시장을 보고 하룻밤을 묵은 후 다시 한양으로 떠날 만큼 크고 넓었다. 한국전쟁으로 폐허가 되고 군부대가 주둔하여 마을 전체가 다른 곳으로 이주했다가 수복 후 다시 마을이 형성되었다. 새로 형성된 마을이라 하여 신기동(新起洞)이라 불린다.

경순왕릉

경순왕릉은 장남면 고랑포리 민통선에 갇혀 있다. 왕릉으로 올라가는 오른쪽 숲에 노란색 파이프가 줄지어 박혀 있는데 제1갱도를 발굴하기 위해 박아놓은 시추공이라 한다. 경순왕(敬順王)은 신라의 마지막 왕이다. 927년 경애왕(景哀王)이 포석정에서 견훤(甄萱)의 습격으로 사망한 뒤 왕위에 올랐다.

935년 견훤의 잦은 침공과 호족들의 군웅할거로 더이상 국가를 유지할 수 없게 되자 신하들과 함께 고려에 항복할 것을 결정했다. 이때 큰아들 마의태자(麻衣太子)는 항복에 반대해 금강산으로 들어갔고, 막내아들 범공(梵空)도 화엄사에 들어가 중이 되었다.

왕건은 그를 융숭하게 대접했다. 경종 4년에 사망했으며 이때 경순(敬順)이란 시호를 받았다. 경순왕릉은 오랫동안 잊혀져오다가 조선 영조 때 현재의 위치에 있는 것이 확인되었다. 한국전쟁 후 방치되었던 것을 1975년 사적으로 지정했다. 봉분은 원형의 호석(護石)을 둘렀고, 나즈막한 담인 곡장(曲墻)으로 보호받고 있다. 봉분 앞으로 표석(表石), 상석(床石), 장명등(長明燈)이 일직선으로 놓여 있고, 장명등 좌우에는 석양(石羊)과 망주(望柱)가 배치되어 있다. 이는 모두 조선 후기 양식이다.

경순왕릉은 신라의 왕릉 중 유일하게 경주를 떠나 경기도에 있는 능이다.

석대암 지장보살

　신서면 내산리 보개산 속에 석대암지(石臺庵址)가 있다. 이곳에 가려면 군부대(5사단)의 허락을 얻어야 한다. 군부대 안에 있는 심원사(深源寺) 터를 지나 성주암(聖住庵)까지는 그래도 찾기 쉬우나, 그 다음부터는 길을 아는 사람이 아니면 거의 찾을 수 없다. 유적지임을 알리는 안내판도 없어 단지 머리를 넘는 높이의 석대로 이곳이 석대암지임을 알 수 있다.

　민지(閔漬)의 『보개산석대기』에 창건에 얽힌 이야기가 있다. 이순석·순애 형제가 금빛 멧돼지를 보고 활을 쏘았다. 피를 흘리고 달아난 흔적이 있어 쫓아가니 멧돼지는 없고 석상만이 샘물 가운데에 머리만 내놓은 채 잠겨 있었다. 왼쪽 어깨에 화살이 박혀 있어, 그들은 화살을 뽑으려 했으나 요지부동이었다. 두 사람은 석상에게 용서를 빌며, 이튿날 샘물 곁의 돌 위에 앉아 있다면 출가하겠다고 다짐했다. 과연 석상은 돌 위에 앉아 있었고, 이에 두 사람은 출가하여 이 암자를 짓고 돌을 모아 대를 쌓았다. 그리하여 석대라 이름하였다.

　그뒤 조선시대에는 심원사가 관할하는 암자에 속했다가 심원사와 함께 전쟁으로 불탔다. 다만 그때 지장보살상만은 사람들이 피신시켰다가 현재 철원군 동송읍 상노리에 심원사를 옮겨짓게 되면서 그곳 명부전(冥府殿)에 봉안했다. 우리가 연천에서 볼 수 있는 것은 잡초만 우거진 석대암지이다. 따라서 철원의 지장보살상을 보러 가는 것이 더 현명할지 모른다. 그러나 나는 찾아오기 힘든 이 버려진 폐허가 더 마음에 와 닿는다.

석대암 지장보살. 지장보살은 머리에 면사포를 쓰고 손에는 여의주를 들고 있는 여성적 형상의 보살이다.

고랑포

고랑포나루는 한국전쟁 전까지 임진강가에서 최대의 상권을 형성했던 곳 중 하나이다. 조류를 타고 임진강을 거슬러온 조기배·새우젓배·소금배 들이 장단콩·땔감·곡물을 교역하던 곳이다. 한편 주변의 경치는 너무나 빼어나 고호팔경(皐湖八景)이라 불려왔는데 해질녘부터 밤에 이르기까지의 풍경이 주를 이룬다.

조대모월(釣臺暮月) 임진강가 낚시터 바위 위에 비치는 깊은 밤의 고운 달빛
지탄어화(芝灘漁火) 자지포에서 고기를 잡는 어선의 가물거리는 등불
미성초월(嵋城初月) 자미성(호로고루성) 위로 떠오르는 초생달
괘암만하(掛岩晩霞) 고랑포 동쪽 고야위란 바위에 비친 저녁 노을
평사낙안(平沙落雁) 장좌리의 넓은 모래펄에 열을 지어 내려앉는 기러기떼
석포귀범(石浦歸帆) 저물녘 반정리의 들거리에서 고랑포로 돌아오는 돛단배
적벽단풍(赤壁丹楓) 장단석벽 좌우로 비단처럼 펼쳐지는 가을 단풍의 절경
나릉낙조(羅陵落照) 신라 마지막 왕인 경순왕릉 위에 비치는 저녁 햇빛

그러나 노을도 가물거리는 불빛도 지금은 철책선 안에 갇혀 있다. 한국전쟁 전에는 삼팔선이 그어졌고 전쟁중에는 휴전선이 그어졌다. 한반도를 초토화시킨 후 삼팔선에서 분단을 확정한다는 미국 국무장관 덜레스의 계획이 정확하게 관철된 곳이다. 철책이 세워진 후 이곳을 넘은 북쪽사람들이 있었으니 김신조 외 31명이 그들이다. 청와대까지 직접 침투한다는 그 대담성 탓에 세계특수전사에서도 엔테베(Entebbe) 구출작전만큼 자주 거론된다.

그들은 1968년 1월 16일 한국군 26사단 마크가 부착된 군복에 개머리판을 접을 수 있는 AK소총과 수류탄 및 대전차수류탄으로 무장하고 황해도 연산을 출발했다. 그리고 미 2사단 구역을 통과하여 고랑포에서 얼어붙은 임진강을 건넜다. 이들이 선택한 침투로는 임진강과 휴전선이 가장 근접한 지역이자 강이 얼었을 때 쉽게 건널 수 있는 특별한 곳이었다.

같은날 국방부는 박정희의 특별지시에 따라 분산된 대간첩작전을 일원화하

고랑포. 왼쪽이 민통선이고 오른쪽이 미군의 전차훈련장이다.

는 새 기구안을 마련해 국무회의에 상정했다. 기구안은 대통령 직속으로 대간 첩작전을 총지휘하며, 정책을 마련하는 중앙협의회와 정책을 실천하는 대책본부를 두고 대책본부는 합동참모본부에 설치하는 것으로 되어 있었다. 때문에 김신조 사건은 이 기구의 합당성을 증명한 오비이락(烏飛梨落)이 되었다.

지금은 이곳을 '김신조 침투로'라는 이름으로 안보관광화하고 있다.

동해의 여명을 보며

고성

금강산 ▲

통일전망대

⑦

화진포
이승만 별장 ● ● 김일성 별장

건봉사 卍

간성

송지호

⑯

청간정

진부령 卍 화암사
미시령

동해에서 보는 어둠

양구에서 진부령을 넘으면 고성이다. 내가 고성을 찾는 시간은 주로 밤이다. 아무리 세월이 흘러도 동해의 장관은 새벽풍경이기 때문이다. 그러나 동해의 밤풍경 역시 새벽 못지않다. 빛은 하루를 달려 황혼과 함께 고개를 넘고 서서히 어둠 속으로 회귀한다. 차의 왕래가 거의 끊어진 밤중, 진부령을 넘을 때면 '어둠'이란 말의 수많은 의미에 대해 사색의 여행을 하게 된다. 그러다 보면 어둠의 고정된 이미지에 젖어 그것을 피해다니던 나를 만난다. 어둠 속에 서니 오히려 밝다.

근대서양사는 빛의 시대였다. 단떼(A. Dante)에서 아인슈타인(A. Einstein)까지. 빛에 대한 열광에서 빛에 대한 회의에 이르는 사이, 이성은 혁명을 거쳐 실존에서 해체로 흘러갔다. 양자역학과 상대성이론에 이르러 빛에 대한 탐구는 그렇게 회의에 빠진다. 빛보다 더 큰 어둠을 만났기 때문이다. 현대 우주물리학은 우주의 비밀이 빛을 발하는 항성에 있지 않고 항성 사이의 암흑공간, 즉 어둠에 있음을 밝혀냈다. 빛의 시대에서 어둠의 시대로의 이행이 현대사상의 흐름

누군가 어둡다고 허둥지둥 불 밝혀놓았다. 어둠보다는 밝음에 익숙한 때문이리라.
그러나 새벽은 불빛이 아니라 어둔 하늘에서 오고 있었다.

이 되었다. 과학에서 카오스의 발견이 그러하고, 철학에서 타자의
발견이 그러하다. 어둠은 빛의 반대도 아니고, 대비로서의 어둠도
아니다. 빛의 바탕으로서의 어둠이다.

우리는 밝음을 통해 그와 상대되는 어둠을 본다. 그러나 밝음이
덜한 상태를 어둠으로 인식해온 데서 알 수 있듯이 진정한 어둠은
밝음을 통해서는 보지 못한다. 서양의 역사를 설명하기 위해 동양의
역사를 끌어다 붙였듯이, 빛을 설명하기 위해 어둠을 끌어다 붙였
다. 그러다 보니 빛이 덜한 상태가 어둠이었다. 빛으로 인식 가능한
세계가 곧 세계의 경계가 되었고, 그나마 소외된 덜 밝음을 개척해
온 것이 서양진보사이다. 이를테면 서양의 소외된 계급인 노동자와

제3세계의 민중들은 빛의 세계에서 소외된 어둠으로 인식되었다. 그러나 빛의 세계에서 소외된 덜 밝음과 어둠은 그 처지가 다르다. 맑스는 영국의 인도 침략을 제국주의의 식민지 침략으로 보지 않았다. 자본주의의 이식이자 인도의 오래된 봉건제가 해체되는 합법칙적 과정으로 이해했다. 소외된 계급의 입장에 서 있던 사상가조차도 소외된 민족의 입장에 서는 것은 쉽지 않았다. 그것이 당시 서양사가 다다른 경계였다.

천자문의 첫 문장인 천지현황(天地玄黃)은 세계의 본성을 설명하는 말로 검을 현(玄)을 쓰고 있다. 흑과 백으로 대비하지 않고 검은 하늘과 누런 땅으로 비유하고 있다. 그래서 '현묘한 도'(玄妙之道)란 어둠과 빛을 나누지 않고 어둠과 경계의 미묘함을 전제로 한다. 검다는 것은 공포와 두려움의 속성이 아니라 지혜와 도리의 속성이며, 어둡다는 것은 정체(停滯)가 아니라 어두운 자리로 끝없이 움직이는 것이다. 그래서 어둠은 민중을 말하되 관성화되지 않는 살아 움직이는 민중을 말한다. 빛을 포기한 유일한 보살인 지장보살(地藏菩薩)처럼 하염없는 민중으로의 지향이 어둠이다. 어두운 자리로의 운동 뒤에는 결이 남는다. 그러니 결은 어둠을 찾아가는 방법이다. 결을 볼 줄 아는 능력이 없으면 어둠에도 이르지 못하니 하물며 다른 사람을 감동시키는 것이 가능이나 하겠는가. 어둠과 결이 어우러져 그럴 듯해야 비로소 아름답다고 말할 수 있다. 다시 밤하늘 보니, 빛은 작고 어둠은 크다.

동해의 여명

저 멀리 작은 집 한 채. 어둡다고 허둥지둥 불 밝혀놓았다. 어두움이 두렵거나 불편해서이리라. 어둠보다는 밝음에, 절망보다는 희망

에 익숙한 때문이다. 그러나 새벽은 불빛에서 오는 게 아니라 어두운 하늘로 살며시 걸어온다. 우리는 불빛에 의지하다 밤하늘로 걸어오는 새벽을 보지 못하고 있는 것은 아닌가.

새벽이 오기 전에 나는 송지호(松池湖)로 향한다. 언제부턴가 송지호의 새벽은 찬란하지 않고 비장하다. 불타버린 민둥산의 그림자를 담고 있기 때문이다. 송지호는 석호(潟湖)다. 서해에 갯벌이 있다면 동해엔 석호가 있으니 동해안의 자연습지들은 짠물도 민물도 아닌 독특한 형태의 기수호(汽水湖)이다. 기수호는 염도 변화가 심해 많은 종(種)이 살지 못하나 풍부한 양의 플랑크톤, 갑각류, 연체동물, 양서파충류, 어류 들이 서식하고 수초나 말류 같은 수생식물이나 호수 주변으로 갈대밭이 깔려 있다.

동해안의 호수들은 이처럼 태백산맥에서 흘러내리는 맑은 물과 호수의 풍부한 먹이, 안심하고 몸을 숨길 수 있는 갈대숲 때문에 철새들의 중요한 보금자리이자 먹이창고이다. 호수 속 모래가 훤히 들여다보일 정도로 맑은 송지호에서는 전국의 호수 중 유일하게 재첩이 생산된다. 이로 인해 해변에서 불과 1.3km 떨어진 왕곡전통마을은 1백년 동안 기와집촌을 이루고 사는 부촌이 될 수 있었다.

산에는 송이가 있고 송지호에는 재첩이 나와 사람에게나 철새에게나 풍부한 자연의 창고였다. 그런데 산불은 이 모든 것을 앗아갔다. 늦가을에서 초겨울이 될 즈음이면 고성은 이제 산불의 대명사가 되어버렸으니 1996년 산불이 일어난 이래 계속해서 산불이다. 1996년, 2000년 산불 모두 육군 뇌종부대에서 폭발물을 제거하기 위해서 폭파처리를 하는 과정이나 소각장에서 불이 옮겨붙어 일어났다. 이 외에도 작은 산불이 많았는데 비무장지대에서 시계 확보를 위해 화공작전을 펴면서 불길이 번진 것이 대부분이다. 계속되는 고성 산불은 천재도 인재도 아닌 분단재해인 셈이다. 산불 이후 누구는 잿더미에 절망하기도 하고, 누구는 재를 털고 복원되는 새싹에서 희망을 보기도 했다. 그러나 그 모든 가능성을 현실로 전화시킨 것은 일상화된 절망에도 불구하고 정치였다. 6·15선언의 후속조치로 비무장지대에서 화공작전을 하지 않기로 남북이 합의한 것이다.

산에서 바다 쪽으로 고개를 돌리면 하늘엔 밤이 반 새벽이 반이다. 지나온 짙푸른색의 밤과 다가올 붉은색의 일출은 어디가 경계인지 모르게 하나로 되어가니 내게 새벽은 자줏빛 여명이다. 푸름과 붉음의 원융(圓融)으로만 가능한 자줏빛. 어둠에 물들었던 해가 서서히 어둠을 물들이는 그 격렬한 고요. 짧고도 긴 자줏빛 여명의 운동 끝에 붉은 해가 하늘을 찢듯이 불쑥 솟는다. 그러나 하늘은 찢어지는 대신 너그럽게 태양을 포용하니 일출의 미덕은 이 찬란한 포용에 있는 것이 아닐까.

나는 보통 해가 솟기 전에 사진 찍기를 끝내고 소주로 몸을 풀든지 잠시 눈붙이고 쉴 곳을 찾는다. 그리고는 통일전망대가 업무를 시작하는 시간에 눈을 뜬다. 통일전망대에 가려면 통일안보공원에서 신청을 해야 하는데, 여기서 꼭 보아야 하는 것이 북한의 영화이다. 남한은 사람이 살 수 없는 체제임을 선전하는 선전영화인데, 그 내용은 어린 여학생이 곤란한 집안사정 때문에 자기 눈을 빼어 팔테니 사달라는 광고판을 몸의 앞뒤에 붙이고 사람들에게 호소하는 장면으로 끝난다. 예전엔 북한의 왜곡된 관점에 혀를 차는 분위기였으나, 어찌 그럴 수만 있겠는가. 외환위기 이후 우리 사회 현실의 일부가 되어버린 게 아닌가. 보험금을 노리고 지나가는 기차에 자기 다리를 들이미는 자해는 물론 가족을 죽이는 경우까지 일어나지 않는가.

북한을 비판하기 위해 보여주는 영화가 남한의 현실이 되어 눈물짓게 하고, 들키듯 사람들을 걸어나오게 하고 말았다. 그러나 이곳을 찾는 주요 관광객은 북한을 비판하는 것에도 남한을 홍보하는 것에도 별로 관심이 없는 이산가족들이다. 이들에게 고성의 통일전망대의 망원경은 그 무엇보다 고향을 느끼게 해주는 것이다.

반쪽 난 북쪽의 고성군에 고향을 두지 않은 사람도, 금강산 앞에서는 마치 그것이 상징적 고향인 것처럼 경탄과 비탄을 연발한다. 그 애절한 심정에 비하면 망원경으로 '본다는 것'은 부둥켜안고 싶은 간절함을 점잖게 관성화시키는 제도이다. 그러나 고성 통일전망대에서 동해를 바라보며 눈물짓던 이산가족들이 이젠 눈에 띄지 않는다. 금강산호가 다니면서부터이다. 안보관광이 빛을 잃고 통일관광이 빛을 발하기 시작했다고나 할까. 배를 타고 세상을 보는 것은 망

통일전망대의 망원경. 본다는 것은 부둥켜안고 싶은 간절함을 점잖게 관성화시키는 제도가 아닐까.

원경으로 보는 것과 전혀 다르다.

망원경으로는 보고 싶은 것을 볼 수 있지만, 선원은 무엇 하나 의지할 데 없는 바다에서 소리만을 듣는다. 그는 자연을 변화시킬 수도 지배할 수도 없다. 그렇기 때문에 선원은 사물이 아니라 사물의 구조만을 응시한다. 자연의 구조만을 인식하는 것으로도 그는 바다에서 살아남을 수 있다. 선원이 보는 방법은 우리가 결코 지배할 수도 움직일 수도 없는 낯선 세계를 알아간다는 것의 뿌리를 생각케 한다. 통일을 보는 방법이 망원경에서 배로 바뀌자 통일에 대한 생각도 바뀌었다. 한때 한 시민단체에서는 늦봄통일상을 금강산호에 주자는 얘기까지 나왔다고 한다. 보는 방법이 바뀌자 생각이 바뀌고, 생각이 바뀌자 시대도 바뀌어가는 모양이다.

고성의 지역운동

일본의 비평가 카라따니 코오진(柄谷行人)은 상대와 관계를 맺을 때 '말하고 듣기'에서 '가르치고 배우기'의 방법을 제시한다. 상대는 물론 개인일 수도, 지역일 수도 있으며 국가일 수도 있다. 그는 타자와 관계맺는 방식에 대해 질문을 던진다. '말하고 듣기'는 주체가 다른 주체를 인정하는 것이며, '가르치고 배우기'는 서로의 주체를 확장하는 것이다. 그러나 '말하고 듣기'는 어느 한쪽이 다른 상대를 주체로 인정하지 않을 때 불평등한 회유나 세뇌가 될 수도 있다. 이때는 주체화가 아니라 타자화가 되어버린다. 우리에게도 타자가 되어버린 지역이 있지 않은가.

우리나라에서 지역은 곧 권력이었다. 이런 상황에선 지역간의 대화가 일방적인 것이 되고 만다. 주체에 대한 인정과 평등을 전제하지 않기 때문이다. 우리에게는 여전히 '말하고 듣기'보다 '배우고 가르치기'의 방법이 절실하다. 영남이 호남을 대할 때, 호남이 충청을 대할 때, 충청이 경기 북부와 제주도와 강원도를 대할 때, 평등한 관계라고 '전제' 하는 것을 경계해야 한다. 민주주의란 말이 어떤 지역에선 이해되지 않는 교과서 속의 개념일 수 있다. 우리에게 마음을 열고 대화하는 것보다 마음을 열고 서로를 공부하는 게 필요한 이유가 여기 있다.

비무장지대는 북한을 반민주주의·거지소굴·독재·전쟁광 등의 개념으로 묶어 타자로 만드는 경계선이다. 그뿐 아니라 남한 내에서도 타자를 만들어내는 경계선이다. 반공이데올로기로, 지역적 소외로, 민주주의의 부재로 모든 일상을 전근대로 만들어낸다. 특히 비무장지대 접경지역인 강원, 경기 북부, 인천 일부 지역은 철저하게

북쪽에서도 통일전망대를 볼 수 있게 되었으니 그 역할을 다한 것 아니냐 한다.
이제는 동해를 바라보며 평화를 전망해야 하지 않을까.

고성 산불 이후.
어둠은 어둠대로, 고독은
고독대로 아름답다. 외로움은
상처의 조건만이 아니라
성숙의 조건이기도 하다.

소외되고 대상화된 지역이다. 우리의 머릿속에 이곳은 사람이 사는
지역으로조차 남아 있지 않다. 이곳의 역사·사투리·음식·문화·정
치색·사람들에 대해 우리가 알고 있는 것은 무엇인가. 단지 외지인
들에게만 그런 것이 아니라, 이 지역에 살고 있는 사람들도 그렇다.

내가 고성에 관심을 갖게 된 것은 원전폐기물 처리장 반대시위와
향로봉 생태보존지구화 반대시위가 있었다는 얘기를 듣고 나서였
다. 1995년 이전 고성에 관한 기사는 관광지 소개나 민통선에 호랑
이·곰이 나타났다는 기사 등 외지인들을 위한 기사였다. 그러다가
고성 지역민들의 지역적 저항이 처음으로 기사에 실리기 시작한 것
이다. 패권적 지역주의를 무너뜨릴 수 있는 가능성은 저항적 지역주
의에만 있다.

건봉령의 노을

진부령에서 간성읍쪽으로 20km 정도 달리면 광산초등학교 지나 도로변에 조선면옥이 나타난다. 이곳 삼거리에서 좌회전, 비포장길을 1.3km 들어가면 부대 앞 삼거리이다. 여기서 다시 좌회전하여 4km 정도를 달리면 건봉사(乾鳳寺)에 도착한다. 간성읍에서는 진부령 쪽으로 1.2km를 달려 건봉사 표지판이 있는 곳으로 진입, 농로를 따라 약 3km 들어가면 부대 앞 삼거리와 만난다.

건봉사에 들어서면서 세 가지 유물과 만난다.

첫번째 유물은 부도(浮屠)이다. 건봉사 입구 삼거리 전에 '군사시설 보호구역'이라고 쓴 씨멘트기둥에서 시작된 부도비군은 고승뿐 아니라 신도들의 부도비가 다수인 점이 다른 절과 다르다. 신라 경

아직도 건봉사 부도군은 불도(佛徒)들의 보호를 받는 대신 군사시설로 보호를 받는다.

덕왕 때 선남선녀 10여명이 진주 미타사(彌陀寺)에서 만일염불계(萬日念佛契)를 맺고 정진하고 있었다. 주인을 따라온 욱면(郁面)이라는 여종이 있었는데 집에서 일을 시켜놓으면 반나절 만에 일을 마치고는 절에 와 나무아미타불을 염송했다. 고되어 졸리거나 하면 장대를 양편에 세워놓고 줄을 걸어 합장한 손을 맞뚫어 그 줄에 꿰고서 염불을 계속하는 열성을 보였다.

서쪽 하늘에서 그녀를 부르는 소리가 들리더니 욱면은 절간 천장을 뚫고서 날아갔다. 날아가다 해탈한 몸체가 떨어진 곳이 금강산 건봉사다. 이 절에서 만일염불회의 법통을 이어 경덕왕 17년에 발징화상(發徵和尙)이 미타만일회를 열었는데, 그중 31명이 서천으로 승천했고, 스님들을 후원했던 1,800여명의 신도들도 차례로 극락왕생했다 한다. 이 만일염불회는 건봉사만의 독특한 전통으로 조선 말기까지 다섯 차례에 걸쳐 계속되었으며 기도중 염불자의 몸에서 빛이 나며 생사리가 출현하는 등 기적 같은 일들이 많았다고 한다. 만일염불회는 기도도량으로서 건봉사의 명성을 날리게 했고, 신도들의 부도가 생기게 된 연유가 되었다.

고사(故事)란 과장되게 마련이나 만일염불회의 정진을 통해 성(聖)과 속(俗)이 하나가 되어간 내력을 이 부도비군은 말해주고 있다. 근대 종교의 보편적 현상인 세속화는 신분과 권력의 경계를 허물 가능성과 종교의 타락화를 가져올 가능성을 함께 가지고 있지만, 이미 불교의 성역이 민중의 실천적 결사로 허물어지게 된 것은 사실이니 건봉사의 성속불이(聖俗不二)정신의 계승을 가장 잘 보여주는 유물들이다.

두번째 유물은 민통선 표지이다. 이것은 건봉사와 별개로 민통선을 대표하는 간판 유적이다. 씨멘트 담벽을 떼어다놓은 것 같은 이 표지 옆에는 고사목이 멋스럽게 기대어 있어 이것을 설치한 군부대원 중 누군가의 손맵시가 느껴진다. 이 표지는 건봉사가 민통선 안에 갇혀 있다가 사람들의 출입이 이곳까지 허용되면서 사람들에게 알리기 위해 세워진 것이라고 한다. 전쟁 전까지는 순천의 송광사(松廣寺), 합천의 해인사(海印寺), 통도사(通度寺)와 함께 우리나라 4대 사찰로 꼽힐 정도로 융성했던 역사(歷寺)였다. 건물의 칸수가 766칸이었고 조선 후기 전성기 때에는 무려 3,183칸에 이르렀으며 전국 31본산 중의 하나로 양양의 낙산사(洛山寺), 속초의 신흥사(神興寺), 인제의 백담사(百潭寺) 등 강원도 일대 대부분의 사찰을 말사로 거느리고 있었다. 1951년 2월과 5월 사이 이곳은 인민군과 국군 1군단, 미 10군단이 싸우고 있었으나 동해안 정면에서 미 해군이 함포사격을 하고 있었으므로 전선은 6월경 현재의 휴전선으로 밀려가게 된다.

당시 인민군으로 참전했던 비전향장기수 리공순 선생의 증언에

건봉사 알림판 오른쪽 폐허에 민통선 표지가 있었다. 국방부에 건의하여 민통선 조정을 건의했다는 얘기를 설핏 들었는데 건봉사의 중요성이 더해지면서 취해진 조치이리라.

리공순 선생

따르면 남쪽에서는 미군의 탱크에서 계속 포탄이 날아오고 동해에서는 미 해군전함의 함포사격으로 산을 넘어 날아오는 포탄공격에 고개를 들 수가 없었다고 한다. 포격이 잠시 멎은 사이 고개를 들어 보면 몸에 화약재가 수북히 쌓였고 화약안개로 앞을 볼 수가 없었으며 계곡 물은 모두 화약에 오염되어 먹을 수 없었다 한다. 이런 지경이니 인민군이 머무르던 건봉사가 아무리 향로봉의 호위를 받고 있어도 남아났을 리 만무하다.

그리고 전쟁 뒤 누가 돌아볼 여유도 없이 민통선에 갇혀버렸으니 지금 그 옛날 고래등처럼 즐비했던 절집들은 흔적도 없이 사라져버렸고 가시덩굴 우거진 폐허에는 남방한계선을 넘어온 바람소리만이 가득하다. 건봉사는 그때부터 출입이 해제된 1992년까지 꼼짝없이 전쟁유적이 되었고 이 민통선 표지판은 얼마 전까지도 건봉사를 보기 전에 이곳이 민통선임을 각인하라고 명령하듯 건봉사 입구에 굳건히 버티고 서 있었다.

세번째 유물은 불이문(不二門)이다. 이제 폭격에도 불구하고 살아남은 우람한 소나무 사이를 지나 건봉사의 정문인 불이문 앞에 서게 된다. 불이문은 1920년에 세워졌다. '불이'란 둘이 아니니 곧 하나란 뜻이다. '통일'이 체계를 세워 하나로 합치는 것을 뜻한다면, '불이'는 원래부터 하나였으니 둘로 보는 것 자체가 무의미하다는 심오한 역설을 전해준다. 사진을 하는 나로서는 이 서체의 주인공을 부러라도 언급해야 할 것 같은 의무감을 느끼는데, 그가 바로 근대 서예의 거목이면서 한국 영업사진관의 효시인 천연당(天然堂)사진관의 주인 해강(海岡) 김규진(金圭鎭)이다.

깊은 밤
건봉사
불 켜진
불이문.
문득 찾아온
돈오(頓悟).

김규진은 서예가·사진가·화가로 다능을 과시한 인물이다. 금강산 구룡폭포의 '미륵불'이란 대글자가 김규진의 것이며 이외에도 많은 대자의 족적을 남겼다. 그는 1894년경에 청나라에 유학하여 서체를 섭렵 자득(自得)하였다. 귀국한 후 조정에 출사하여 황실에 필요한 서화를 제작하고 고종의 일곱번째 아들 영친왕(英親王)의 서법을 교수하는 사부가 되었으니, 당대에 오세창(吳世昌) 등이 있었으나 그들을 제치고 서예가로서 출세가도를 걸었다. 또한 그는 묵죽도(墨竹圖)로 이름을 떨쳤지만 진채(眞彩)화가로서도 유감없는 역량을 발휘하였으니 창덕궁 희정당(熙政堂)에 소장되어 있는 「해금강 총석정절경(海金剛叢石亭絶景)」과 「내금강 만물초승경(內金剛萬物肖勝景)」이 그러하다. 김은호(金殷鎬)는 "선생이 서(書)와 난죽(蘭竹) 같은 문인화만 그리는 줄 아는데 이것은 그분을 잘 모르는 말"이라고 했다. 김은호에 따르면 김규진은 마흔을 넘어 나라를 빼앗기고, 제자인 영친왕이 일본으로 끌려가는 상황을 맞아 슬퍼하던 끝에 농채법(濃彩法) 같은 복잡한 화법을 포기하고, 주로 절개와 지조를 상징하는 문인화류, 그중에서도 묵죽에 주력했다.

김규진이 사진을 배우게 된 데에도 독특한 사연이 있다. 김은호는 그에게서 들은 얘기를 이렇게 정리했다. "제자가 강제로 일본에 끌려간 것에 궁중은 물론 그 스승이던 선생까지도 울적했다. 게다가 생활조차 어려워진 걸 안 영친왕의 생모(순빈淳嬪 엄씨嚴氏)가 고종에게 아뢰어 선생을 일본으로 보내 왕세자를 자주 만나는 동시에 사진을 배워오게 한 것으로 안다." 그는 1907년 8월 16일 『대한매일신보』에 천연당사진관 개관을 알리는 '사진개관(寫眞開館)'광고를 게재한다. 천연당사진관은 '자연 그대로 사진을 찍는 집'이라는 뜻이다.

이익(李瀷)이 『성호사설(星湖僿說)』에서 사진이란 말을 정의하길 "정신이란 모습 속에 있는 것인데, 모습이 이미 같게 되지 않았다면

김규진이 쓴 불이문의 현판

속 정신을 전해낼 수 없다." 외부묘사의 사실성과 내용인 사상이 통일되어야 함을 강조한 것이다. 그의 제자인 정약용(丁若鏞)이 칠실파려안(漆室玻瓈眼, 암실렌즈)이란 이론을 청나라에서 도입해 소개하였다. 처음으로 '포토그라피'를 접한 것은 중국사절단으로 연경(燕京)에 갔던 이의익(李宜翼) 일행이었다. 그가 돌아와서 쓴 보고서 『연행초록(燕行鈔錄)』에는 연경에 있던 러시아 사진관에서의 일을 회고하면서 '포토그라피'를 '사진'이라고 적고 있다. '포토그라피'가 빛(photo)으로 그린다(graphy)는 기술적 의미만을 갖는 것에 비해 '사진'은 진실[眞]의 묘사[寫]라는 뜻을 가지고 있다. 때문에 김규진이 '사진' 앞에 '자연 그대로'란 뜻인 천연을 붙인 것은 사진의 의미를 사실묘사로 환원시켜버린 것이니 실학에서 비롯된 사진의 미학적 전통과 정확히 접목되지 않은 당시 상황을 말해준다. 그러나 천연당사진관이 사회에 미친 영향은 컸다. 미술평론가 이경성(李慶成)

은 이렇게 평가한다.

"당시로서는 가장 귀중한 조형방법을 아카데믹한 것에 머무르지 않고 대중 속에서 개방한 것으로 모든 사람의 것으로 만들었다."

그러니 성속불이의 전통은 김규진한테도 이어지는 셈이다. 그러나 아무나 천연당사진관에 드나들 수 있는 건 아니었다.

한편 그가 개업하기 한해전부터 영국의 사진가 매켄지(F. A. Mckenzie)는 의병들을 카메라에 담았다. 김규진에게는 사진의 대상조차 되지 못했던 그 의병들 말이다. 1906년에서 1907년까지 매켄지가 찍은 의병 다큐멘터리는 외국기자로서 정보를 수집하는 차원이 아닌 민족성에 대한 존중의 관점에 서 있음을 알 수 있다.

그들은 매우 측은하게 보였다. 그들은 전혀 희망이 없는 전쟁에서 이미 죽음이 확실해진 사람들이었다. 그러나 바른쪽에 서 있는 군인의 영롱한 눈초리와 얼굴에 감도는 자신만만한 미소를 보았을 때, 나는 확연하게 깨달은 바가 있다. 가엾게만 생각했던 나의 생각은 아마 잘못된 생각이었는지도 모른다. 그들이 보여주는 표현방법이 잘못된 것이었다고 하더라도 적어도 그들은 자기의 동포에게 애국심이 무엇인가를 보여주고 있었다.

성속불이의 평등사상이란 그 주체를 얼마나 넓게 설정하는가에 달려 있으니 평등은 압도적 다수의 평등이고, 평등의 진정한 기준은 홍익이다.

그것을 염려해서인지 불이문의 돌기둥엔 금강저(金剛杵)가 새겨져 있다. 금강저는 고대 인도에서 쓰였던 무기인데, 인도신화에서는 천둥과 번개의 신인 인드라(Indra)의 무기로 형상화되었다. 따라서 금강저는 인드라가 아수라에게 휘두르는 벽력(霹靂)과 같은 무기를

불이문에 새겨진 금강저.
민중화가 아닌 세속화를
경계하라는 뜻이 아닐지.

가리킨다. 천둥과 번개, 그 강력함과 예리함은 곧 지고의 신인 인드라의 상징이었고, 그 신이 지녔다고 상징된 금강저 또한 대적할 바 없는 최상의 무기였던 것이다. 불교에서는 누적된 악업에서 비롯된 온갖 번뇌와 망상을 깨뜨려서 더없이 높은 평등심을 성취시켜주기 위한 법구(法具)가 금강저이다. 불이문은 말한다. "이 문을 들어설 때마다 마음속에 금강저를 세우고 항상 경계하라. 민중화가 아닌 세속화를……"

건봉사

광주 '통일의집'에서 기거하던 리공순 선생을 송환되기 얼마 전에
만났다. 남쪽에서는 마지막이 될 그의 증언을 들었다. 공주 마곡사
(麻谷寺)에서 인민군으로 입산하여 전국의 전장을 거치며 고성전선
에 투입되었을 당시를 회고하며 들려준 말이 건봉사 샘물을 마시다
문득 생각났다.

온통 화약에 뒤덮인 전장에서 먹을 것 없이 전투해야 했던 상황이
라 식수를 보급하는 일은 중요했는데, 어린 병사를 시켜 수통에 물을
구해오라고 했지 않았것어. 개가 가고 나서 또 한 번 융단폭격이 쏟아
지는겨. 시체가 여기저기 나뒹굴고, 그때는 옆에서 누가 죽는지도 몰
러. 그런데 화약안개 사이로 사람그림자가 비취더니 개가 속옷만 걸
치고 홀랑 벗은 채로 나타난겨. 아니 이게 어찌 된 일이냐 했더니, 화
약에 오염되지 않은 샘물을 찾았는데 수통에 물을 담아오다가 폭격을
만났다는겨. 수통도 박살나서 어디 갔는지도 모르고. 그래서 다시 샘
물로 가서는 자기 옷을 벗어서 옷에 물을 적셔가지고 들고 왔다는겨.
옷을 짜면 물을 먹을 수 있으니께. 병사들이 참 그놈 기특허다, 기특
허다 했지.

대웅전 동쪽. 옛 백화암(白華庵) 터를 고르던 스님이 북쪽 대밭
아래가 질펀한 것을 보고 파보다가 발견한 이 장군샘이 그때 그 샘
물이 아니었을까. 건봉사의 봉은 봉황을 뜻하는데 『강희자전(康熙字
典)』에는 봉황이 물의 정기를 받아 생겨나는 신조이자 상서로울 때
감응하는 서응조(祥應鳥)로 "대나무 열매가 아니면 먹지 않고, 솟아
오르는 단물이 아니면 마시지 않는다(非竹實不食 非醴泉不飲)"라고
기록되어 있다. 일주문을 지난 왼쪽 언덕에 세운 돌솟대 위에 봉황

이 있고, 백화암 북쪽에는 봉의 먹이인 대나무숲, 그 아래에는 봉이 마실 '예천(醴泉)'이 있으니 왜 건봉사인지를 이 샘물 덕택에 알게 되었다. 사명대사(泗溟大師) 유정(惟政)이 전국의 의병을 모아 왜군을 무찌른 후, 의병들을 먹여 살린 이 샘물을 '장군샘'이라고 불렀단다.

밤에 절집을 찾는 게 예의가 아닌 줄 알면서도 건봉사의 밤을 사진에 담기 위해 몇번 갔었다. 새벽까지 사진을 찍고 나니 허기가 돌아 발소리를 죽여 장군샘을 찾았다. 물 위에 뜬 달을 박에 떠 마시고 보니, 샘에도 달, 박에도 달, 뱃속에도 달.

고성 사람이라면 누구나 건봉사가 금강산권의 문화적 중심이라는

건봉사의 '봉'은 봉황이다.
봉황은 대나무 열매만을
먹는다 했으니, 이곳에
대숲이 있는 그럴듯한 이유이다.

데 이의를 달지 않는다. 건봉사는 문화유적으로서의 가치뿐 아니라 정신적 가치에서도 고성이란 한 지역을 뛰어넘는 메씨지를 품고 있다고 생각하기 때문이다. 건봉사는 신라의 발징화상에서 고려의 도선국사(道詵國師)와 조선의 사명대사를 거쳐 일제강점기 때는 친일과 민족운동 사이를 오가다가 전쟁으로 폐허가 된 채로 민통선 안에 갇히기까지 고성과 함께 파란만장한 역사를 훑어왔다.

일제강점기에 이렇다 할 민족운동이 없었던 것에 비해 건봉사의 봉명학교(鳳鳴學校)에서 한용운(韓龍雲)이 민족교육을 실시했다고 전한다. 그러나 봉명학교는 1906년 설립되어 단 1년 만에 폐교되었을 뿐 아니라 『한국근대불교사 연구』에 따르면 당시 건봉사는 일제의 불교정책에 동화되어 있었고, 1912년 8월 일왕 메이지(明治)가 죽자 그의 명복을 비는 기도행사를 열었다. 또 철원애국단 사건과 관련해 건봉사 승려 탁능허·이운파의 밀고로 평창지역의 조직이 탄로나기도 해, 민족적 성격을 단정하기엔 이르다.

더구나 일제강점기 건봉사의 족적에서 고성정신을 찾는 것은 무리다. 지역을 움직이는 핵심동력으로서의 지역정신은 향토주의에 입각한 문화적 정체성의 차원에서 찾아지지 않는다. 지역정신은 새것을 창조한 진보적 전통에서 찾아야 한다. 건봉사를 중심으로 한 고성정신을 이야기할 때 고성사람들은 그 시대정신의 높이에서나 후대에 끼친 영향력에서나 임진왜란의 전세를 뒤바꾼 사명대사와 승병들의 애국주의를 꼽는 데 주저함이 없었다.

휴정과 유정의 실천을 통한 단결사상

사명대사 유정은 선승이면서도 어느 누구도 따르지 못할 전략경세가였다. 유정은 건봉사를 중심으로 수천의 의승군을 양성하여 금강산 일대의 백성을 구했다. 그는 스승인 서산대사(西山大師) 휴정(休靜)과 함께 평양성 탈환전투에서 대승을 거두어 왜군이 북진을 포기하고 회군하게 하는 결정적 계기를 마련한다.

휴정과 유정의 승병활동은 당시 천대받던 불교에 대한 인식을 획기적으로 바꾸었을 뿐 아니라 이후 민족사상의 흐름에도 큰 영향력을 미친다. 허균(許筠)은 유정을 일러 말하길 "사명대사의 평생이 임란의 시끄러울 때를 당하였으므로 전쟁중에 고생하면서 나라를 지키고 강한 적을 막기에 치우쳐서 법보(法寶)를 선양하고 미도(迷途)를 진쇄(盡碎)할 여가가 없었으므로 이 점이 부족하였을 것이라 생각하고 그것을 결점으로 여길 사람이 있겠지만 그들이 어찌 악마를 베어 어지러움을 구제하는 것이 불교를 믿는 사람의 공덕임을 알겠는가. 나는 비록 유가이지만 형제와 같이 깊이 사귀고 사명대사를 가장 깊게 안다. 만일 세상에 묻는다면 지눌(知訥)과 나옹선사(懶翁禪師)의 도맥을 이을 사람으로 우리 스님을 버리고 누가 있겠는가"라고 했다.

유정은 특별한 저술을 남기지 않았다. 말과 행적이 남았을 뿐이다. 글이 아니라 실천으로 사표(師表)가 된 것이다. 유정은 유점사(楡岾寺)에서 적을 설복하고 문도들에게 말했다. "여래가 원래 세상에 나온 것은 중생을 구하기 위함이다." 나는 이 말이 사명대사 불교사상의 근본이라고 믿는다. 그는 또 "내가 부처라면 나는 중생을 구하는 이외 다른 것은 없다. 지금 적이 함부로 사람을 죽이고 있으니 이것을 개유(開諭)하는 것은 곧 자비교에 어긋나지 않는"다고 말하며 고성으로 들어갔다. 유정의 이런 생각은 스승인 휴정에게서 온 것이며 실천으로 증명했다. 그렇다면 스승인 휴정의 생각은 어떤 것이었는가.

조선의 불교는 심한 탄압과 소외를 받았다. 조선 초기 무학대사

'좌향로 우건봉(左香爐右乾鳳)'을 거느리고 하늘에 닿듯 오르던 금강남맥(金剛南脈)도
아직 철책은 넘지 못했으니……

(無學大師)와 함께했던 기화(己和)는 정도전(鄭道傳)이 『불씨잡변(佛氏雜辨)』을 통해 논쟁을 붙여옴에 따라 대화를 모색한다. 기화는 불교와 유교가 뿌리가 같음을 이야기하고자 했다. 그러나 불교 진영의 대화전술은 일방적 패배로 끝난다. 이미 불교의 폐단에 염증을 느낄 대로 느끼고 쿠데타를 일으킨 사대부들에게 변명으로 들렸던 것이다. 그 이후의 억불정책은 불교를 아사 직전까지 몰고 갔다. 이런 사회적 분위기에 일대 선풍을 일으킨 것이 휴정이다.

휴정은 『삼가귀감(三家龜鑑)』이란 책에서 유가와 도가의 논리를 예리하게 분석하면서, 유가의 천(天)과 도가의 도(道)가 불교에서 말하는 심(心)으로 모아지고 통하는 것임을 논증하였다. 혹자는 『명심보감(明心寶鑑)』을 휴정이 저술했다고 주장한다. 왜냐하면 『삼가귀감』 중 상권에 속하는 『유가귀감(儒家龜鑑)』의 서술체계가 『명심보감』과 거의 일치하고, 『유가귀감』의 독특한 내용이 『명심보감』의 그것과 일치하기 때문이다. 사실 여부를 떠나 휴정의 사상적 영향력을 가늠해볼 수 있는 대목이다. 그는 어린시절 유학과 도가를 섭렵했기 때문에 유가와 도가의 논리를 철저하게 분석할 수 있었다.

『유가귀감』에서 휴정은 당시 번성하던 주자(朱子)의 신유학이 아닌 공자(孔子)의 원시유학으로 거슬러올라갔다. 즉 신유학의 이(理)·기(氣)·심성(心性)으로 파악하지 않고 천(天)으로 파악하였으며, 그것이 결국 무극(無極)이면서 태극(太極)이라는 결론을 내렸다. 따라서 천은 곧 도(道)이며, 도는 곧 심(心)이라 하여 유가의 천 사상을 불교의 심으로 회통(會通)하고자 하였다.

이 부분은 『논어(論語)』의 「양화편(陽貨篇)」에서 연유한다.

공자가 "나는 말하지 않으려 한다" 하시니 자공(子貢)이 말하였다. "선생님께서 만일 말씀하시지 않으시면 저희들이 어떻게 도를 전하겠

습니까?" 공자가 말씀하였다. "하늘이 무슨 말씀을 하시는가? 사시가
운행되고 온갖 만물이 성장하는데, 하늘이 무슨 말씀을 하시는가?"

공자는 수행자들 대부분이 언어로만 성인의 도를 관찰하고, 하늘
의 이치가 말없이 드러나는 것임을 살피지 못함을 질타했다. 하늘이
곧 도요, 도는 곧 마음인 셈이다(天卽道 道卽心). 이는 정약용이 택
한 방법과 같다. 다산은 뛰어난 금석학 지식을 이용해 신유학의 사
변적 성격을 극복하고 원시유가의 실천적 성격으로 돌아갈 것을 주
장하였는데, 이미 휴정이 그 방법론의 물꼬를 텄다고 볼 수 있다.

석가여래치상탑비.
임진왜란 후 사명대사는 일본에서
부처의 진신 치아사리를 돌려받아
건봉사의 팔상전 뒤편에 봉안했다.
한국전쟁 때 세 동강 난
이 비는 1726년에 건립되었는데
사명대사의 행장과 치아사리가
건봉사에 봉안된 내력을 적고 있다.

휴정의 실천적 애국주의

휴정은 『삼가귀감』을 통해 동시대 유가들과의 여러 논쟁을 피하면서도 유교를 불교로 회통하는 수준 높은 방식을 택했던 것이다. 그러나 휴정이 당대 사상계와 정치계에 영향력을 발휘할 수 있었던 힘은 그의 이론적 박식함이나 논리적 치밀함으로 말미암은 것만은 아니었다. 그의 힘은 무엇보다 조국과 민족의 급란(急亂) 앞에 몸을 던진 데에 있다.

휴정은 수행자가 유불선을 바탕으로 공통의 장점을 실천하고 수행함에 있어서 불교의 계율을 대단히 중시하였다. 음란함은 청정(淸淨)의 종자를 끊는 것이고, 살생은 자비의 종자를 끊는 것이며, 도둑질은 복덕(福德)의 종자를 끊는 것이며 망언은 진리의 종자를 끊는 것이라고 했다. 따라서 이들을 버리지 못하면 보살의 종자를 얻지 못한다 하였다. 유가와 도가가 이런 계율을 기본적인 행동률로 국한한 것에 비해 휴정은 이를 귀감으로 삼아 수행할 것을 강조했다.

이런 그가 임진왜란 당시 도총섭(都摠攝)으로서 승군을 지휘하여 부처가 정한 불살생계를 범하면서까지 왜군들을 살생한 것을 어떻게 설명할 것인가. 억압받는 민중과 한편이었던 승려들이 조국의 위기에 직면해 들끓고 있을 때 대선사인 휴정의 입장 변화는 이들이 모일 구심을 마련해주었다. 당시 휴정의 인식 변화를 불교계율의 새로운 해석에서 비롯된 것으로 보는 것은 오류인 듯하다.

당시 휴정과 그의 제자 유정은 정여립(鄭汝立) 모반 사건에 연루되었다가 간신히 옥고를 면할 수 있었다. 또 그의 출신지인 북방의 변경지역은 이후 임꺽정(林巨正)과 홍경래(洪景來)의 난으로 이어지는 끊임없는 변혁의 소용돌이에 있었고, 그 자신 또한 과거에서 큰 성과를 거두지 못하는 북방지역 출신으로 결국은 출가할 운명에 처해 있었다. 제자인 유정이 호남 유학의 기대승(奇大升)에게서 크게 깨닫고 정진하였던 점 등을 미루어볼 때 당시 사상계의 분위기와 분리되어 있었던 것은 아니었다. 즉 관념적 선의 세계를 뛰어넘을 수 있었던 것은 이런 사정으로 미루어보면 필연이었는지도 모른다.

북의 소설가 최명익(崔明翊)의 『서산대사』는 휴정의 의식 변화를 잘 보여주고 있다. 고증에 상당한 공을 들였다는 이 소설은 휴정이 민중과 함께 왜군을 평양성에서 무찌르는 과정을 실감나게 그리고 있다. 흥미로운 것은 남쪽에서 이순신 장군을 임진왜란의 영웅으로 삼는 데 비해, 북쪽은 서산대사를 영웅으로 삼는다는 점이다. 휴정은 『선가귀감(禪家龜鑑)』에서 살생계율을 지키는 것보다 중생에 대한 사랑이 더 중요한 가치라고 표현한다. 그는 수행자가 공부나 수행 없이 시주를 받지 말 것과 공양을 받을 때는 독을 먹고 화살을 맞듯이 두려워하고 삼가는 마음이어야 한다고 경책(警責)하였다.

휴정과 유정의 공으로 불교는 조선시대를 통틀어 가장 영향력있는 위치에 올라선다. 이후에 조선성리학에 반기를 드는 동인계열의 양명학자, 실학자 들은 휴정 이후의 불교사상과 교류하며 독자적인 사상의 틀을 만들어간다. 이 과정에서 휴정의 삼교회통사상은 불교에 대한 유가의 벽을 넘어서 일정한 영향력을 행사했고, 동학(東學) 등 민중사상에도 이어졌다. 그러나 영정조 시대에 유교적 질서가 체계를 잡아가면서 불교는 다시 쇠락의 길로 접어든다. 이때부터 승병세력들은 두 갈래로 분화된다. 한 갈래는 '땡추'라는 말의 유래가 된 당취(黨聚) 등의 조직에 묶여 변혁세력이 되고, 나머지는 선(禪)을 중심으로 한 불교사상을 좀더 발전시켜 임제종(臨濟宗)과 조동종(曹洞宗) 등으로 발전한다. 금강산 당초와 지리산 당초, 양대 당초세력들은 각종 민란과 직간접적으로 연계되었으며 조선 후기 변혁세력의 일파로 발전한다. 그러나 건봉사는 왕실의 원당사찰(願堂寺刹)로 특별한 혜택을 받으며 조선조 최대의 가람으로 유지된다.

    휴정과 유정의 사상에서 새로운 것은 민중에 대한 사랑으로 자신의 한계조차 끌어올릴 수 있었던 주체성이고, 낡은 것은 그 주체의 발견과 실천을 왕과 국가라는 틀로 다시 묶어버린 관성이다. 눈 내린 밤길을 걸어 오르다보면 떠오르는 그의 시가 항상 새롭다.

눈 쌓인 들판을 걸어갈 제 어지럽게 걷지 말라
오늘 나의 발자국이 뒤따라오는 사람에겐 길이 되나니
踏雪野中去 不須胡亂行　今日我行跡 遂作後人程

민간신앙과 교류한 흔적으로
해석되는 솟대는
깨달음과 대화의 중요성을
상징한다.

건봉사의 폐허엔 조선 후기의 것으로 보이는 솟대모양의 입석이 있다. 이는 휴정과 유정 이래 새 것의 전통이라 할 만하다. 건봉사를 찾는 사람들은 제일 높은 곳에 있는 적멸보궁(寂滅寶宮)까지 보고 절집 기행을 마친다. 그러나 이는 건봉사 입구에 서 있는 민통선 표지의 훈시를 지나치게 경시한 일이다. 적멸보궁 오른쪽으로 난 오솔길을 걸으면 바로 개울이고, 개울을 건너면 철책이 나타난다. 민통선 철책이다. 휴정은 여기서 시냇물 길어 차를 달여 마신다.

걷고걷고 또 걸어서 층층한 벼랑 몇겹이더냐.
구렁에 흰 구름 일어나 향로봉을 문득 잃었구나.
시냇물 길어 낙엽 태워 차를 달여 마시고……

흰 구름 대신 철책이 일어나 우리는 향로봉 가는 길을 잃고야 말았다. 건봉사 계곡은 임진왜란 당시 승군들이 목을 축이던 곳이었다. 4백년이 흐른 지금 그곳으로 민통선 철책이 지나가고, 물과 철책은 그렇게 만나고 있었다.

철책은 물결 위에 제 모습을 던지지만, 흔들리는 물결은 그 모습을 비출 수 없는 모양이다. 관계는 요구하기에 앞서 인정하는 것이기 때문이다. 관계는 서로 바라보는 것이 아니라, 서로 배우는 것이다. 철책이 허리를 가르고 지나갔어도, 물은 그 흐름을 멈추지 않는다.

동해 북부선

반세기 전까지만 해도 7번 국도는 동해북부선상의 금강산 열차가 다니던 길이다. 양양에서 기차를 타면 한걸음에 내달려 하루 만에 충분히 금강산을 보고 돌아왔다는 철도다. 그러나 휴전선 남방한계선상에 있는 통일전망대 아래쪽 터널은 북쪽 출구가 막혀 있어 빛 한줌 들지 않는다.

그러나 양양부터 통일전망대까지 시원하게 새로 뚫린 국도변에서 해무(海霧)에 걸린 옛이야기처럼 남아 있는 철도의 자취를 찾을 수 있다. 한국전쟁 당시 산산이 뜯겨진 신세가 되었지만 길을 따라 문득문득 나타나는 추억 속의 철도. 예전의 기찻길은 해변을 따라 농로나 산책길이 되어 시간의 덮개를 하나 더 얹었다. 중간중간 길이 끊기거나 찔레덤불에 묻혀 가던 길을 되돌아나와야 하는 번거로움만 감수한다면 이 기찻길둑에서 고성 너른 바다 긴 수평선을 완상하는 일은 분명 여행의 절정이다.

죽왕면 공현진리의 공현진해수욕장 옆 10m에 이르는 터널과 직선으로 곧게 뻗은 방죽의 철로자리도 그런 곳 중 하나이다. 이 길을 통해 원산에서 만주로 유랑길에 오르던 일제강점기의 설움은 고스란히 눈물이 되었다. 거진읍 송죽리와 배봉리에는 한국전쟁 당시 폭격으로 폐허가 된 철로의 교각이 우뚝 선 슬픔으로 남아 있다.

동해북부선은 1929년 안변과 흡곡 간 31.4km가 개통된 뒤, 통천·두백·장전·외금강·고성을 잇는 노선이 건설되었고, 1937년 12월에는 간성과 양양 간 42.6km가 개통됨으로써 전노선이 개통되었다. 1960년대 초 새로 북평과 경포대 간의 동해북부선이 건설되었으나 의붓아들처럼 영동선에 편입되었다.

온정리에서 원산에 이르는 108km 노선은 2002년 4월 남쪽의 한 기업이 금강산 샘물을 운송하기 위해 이었다. 6백만달러를 투입했고, 공사기간도 2년에 이르렀다고 한다. 소금장수가 산길을 낸다더니 이번엔 물장수가 기찻길을 냈으니, 이제 온정리에서 고성까지는 불과 24km이다. 이 철도만 잇는다면 굳이 물길로 돌아 금강산에 갈 이유가 없다. 경원선이나 금강산선보다 훨씬 잇기 쉽고, 북쪽이 제

건봉사 둘레를 에워싼
민통선 철조망을 외면한 채
물은 무심히 흐른다.

안한 금강산 육로관광에서 가장 실현가능성이 높은 경로이다. 이 철로는 시베리아철도나 만주철도로 이어져 유럽과 중국을 횡단하는 길로도 이용될 것이다.

통일전망대 밑으로 폐쇄된 터널과 철책을 지나면 왼쪽으론 금강산을, 오른쪽으론 쪽빛 동해바다를 품고 달리던 철길을 그려볼 수 있다. 나뭇꾼과 선녀의 전설이 있는 감호(鑑湖), 말들이 바다로 달려나오고 있는 형상의 말무리반도, 해금강 내륙 평야지대는 광복 당시 양양에서 금강산 자락을 거쳐 원산까지 가는 동해북부선 철도의 중간지점인 초두역 자리였다. 남북회담이 열려 통일의 꿈이 커져가던 1972년 남북체육공원을 조성하기 위해 남과 북이 지뢰를 제거한 덕분에, 이곳은 휴전선 155마일 중 유일한 무지뢰지역이 되었다.

배후에는 금강산이, 앞에는 하얀 모래사장이 있는 통천(通川)은 통일 후 설악산과 연계해 인간이 아는 모든 레저를 즐길 수 있는 곳이 될 것이라고 한다. 통일조국의 형상이 뛰어놀기 좋은 산천의 회복으로 인식되는 것도 탈현대를 살아가는 어쩔 수 없는 풍경인가.

북부의 학호(鶴湖)는 4km 길이의 백사장을 두르고 있고, 남쪽 송전리는 울창한 송림과 10만평의 모래사장을 갖고 있다. 그 중간의 시중호(侍中湖)는 해안에서 300m 떨어진 석호(潟湖)로 일광욕장, 숙박시설과 낚시터 등이 건설되어 있는 북한의 천연기념물이다.

통천은 고구려 때부터 군(郡)이 설치된 유서 깊은 고장이다. 이곳에는 관동팔경 중 시중대(侍中臺)와 총석정(叢石亭) 등 이경(異景)이 있다. 시중대는 한명회(韓明澮)가 유람 도중에 시중 벼슬을 받아 그렇게 불리게 되었다. 총석정의 바위기둥은 다발묶음처럼 해변에 서 있다. 왜 동해북부선을 우리나라에서 가장 아름다운 철도라고 부르는지 절로 고개가 방아질을 친다.

게다가 그 여정의 마지막엔 금강산의 대화엄이 기다리고 있으니 더 말할 것이 있겠는가. 간성 사람들은 어릴 적 금강산 가던 추억을 이렇게 기억한다. 보통학교 시절 금강산엘 가려고 친구들을 꼬드겨서는 기차를 타고 삼일포역에서 내린 뒤 걸어서 두어시간 걸리는 온정리로 들어갔다. 금강산 관문인 용강역의 주말은 동해북부선을 타고 온 관광객으로 발 디딜 틈 없이 북적거렸다. 그리고는 원정탕에 들러 몸을 깨끗이 씻고 목욕재계했다. 명산에 들어갈 때에는 몸을 단정히해야 하기 때문이다.

그렇게 오른 비로봉 마의태자의 묘 앞에서 원산항을 내려다보며 깎아지른 수천봉의 절경에 반하며 날밤을 지새웠다고 한다. 1940년대 초 한 유학생의 추억담에 따르면, 밤 11시 서울역에서 무딴장(牧

아침햇살을 받고서야 눈에 띈 마른 풀잎. 이들조차 동해선의 역사였다.

丹江)까지 가는 열차 맨 앞칸에 타고 밤새 경원선을 달린다. 캄캄한 새벽, 원산 교외 안변역에서 함경선과 동해북부선이 갈리고 뒤칸은 북쪽으로, 앞칸은 남쪽으로 달린다. 동틀 무렵 통천과 장전을 지나 아침 8시 양양에 닿는다. 다시 목탄버스로 갈아타고 먼지 나는 자갈길을 하루종일 달려 강릉에 닿으면 저녁 5시. 대관령길보다 금강산 철로가 훨씬 친근한 생활벨트였던 것이다.

동해북부선 폐허에 서서 지그시 눈감고 꿈꾸어본다.

짙은 안개 속에 동트는 여명을 싣고 금강의 품에 안기는 목마른 꿈, 아픔은 아픔대로 설움은 설움대로 1만2천 봉우리에 쌓고쌓아 화엄진경 펼치는 꿈, 기적에 깜짝 놀라 50년의 몽매에서 깨어나는 꿈.

강릉 잠수함전시관

고성의 여정이 끝나고 시간이 더 있으면 정동진(正東津)에 가자고 떼쓰는 사람이 있어 강릉까지 내려갈 일이 생길지도 모른다. 정동진과 동해는 일출을 보기에 더할 나위 없는 바다임에 틀림없지만 군사적 눈으로 보면 지금 이 순간에도 남한과 북한, 미국 심지어 러시아 잠수함이 오고가는 긴장의 바다이다. 서로 잘 피해가면 별일 없지만 뜻하지 않게 마주치는 날이면 어떻게 될지 모를 열전의 바다이다. 이런 예리한 단면을 드러낸 사건이 1996년 있었던 강릉 잠수함 사건이다. 정동진 못 미쳐 안인진(安仁津)에 터를 닦아 당시의 잠수정이 전시되어 있다. 함께 전시되어 있는 배는 구축함인 전북함이다. 1944년 건조되어 한국전쟁에도 참여했던 미 해군 에버레트 라쓴(Everett Larson)함으로 한국군에게 인도되었다가 1999년 퇴역해 이곳에 와 있다.

잠수함 돌출부인 함교(艦橋)에 관이 솟아 있는데 이를 스노클

(snokel)이라 한다. 디젤기관으로 움직이는 잠수함은 물 속에 있을 때 엔진을 끄고 축전지의 전기로 스크루를 돌려 움직인다. 그러나 축전지가 다 되면 다시 물 위로 떠올라 디젤엔진을 구동시켜 축전지를 재충전해야 한다. 물 위로 떠오르면 잠수함은 더이상 잠수함이 아니다. 작전능력이 떨어지고 노출될 수도 있으니 말이다. 그래서 공기흡인관인 스노클이 필요하다. 그것을 물 위에 내놓고 디젤엔진을 돌린다. 숨통인 셈이다.

잠수함 아래쪽에는 밸러스트 킬(ballast keel)이 있는데, 여기에 물을 넣으면 가라앉는다. 밸러스트 탱크는 잠수함의 내벽과 외벽 사이에 물을 넣거나 빼는 탱크로, 압축공기로 물을 빼내면 부력으로 떠오르고 물을 채우면 잠수한다. 잠수함에서 첨단장비는 쏘나(sonar), 즉 수중음향 탐지장치이다. 물은 공기보다 소리를 훨씬 잘 전달하기 때문에 수중에서 들려오는 음향을 분석해 물체를 판단한다. 함께 전시되어 있는 퇴역전함도 잠수함의 어뢰 한 발이면 파괴될 수 있기 때문에 쏘나체계를 갖추고 있다. 고주파를 쓰면 탐지가쉬운 반면 상대가 먼저 알고 피하게 되므로 동물적 직감으로 서로가 두뇌싸움을 해야 한다. 음문(音紋)을 분석하는 쏘나야말로 잠수함의 생명줄과도 같다.

잠수함의 앞머리에는 어뢰실이 있고 작은 잠수함일수록 선원들은 공간을 활용하기 위해 어뢰 사이에 매트를 걸고 잠을 잔다. 잠수함 또는 소형잠수정에서는 밀폐된 공간에서 생활하기 때문에 선원들은 특수한 훈련을 받는다. 고도의 심리적 안정감을 유지해야 하고 기술적 식견이 없는 상급간부를 절대 태우지 않는 것이 원칙이다. 그런데 안인진에 있는 잠수함엔 고위간부가 타고 있었고, 2001년 2월 하와이 근처에서 일본선박을 들이받아 침몰시킨 미국의 핵잠수함 그린빌(Greeneville)호에도 민간인이 타고 있었다. 나는 강릉 잠수함 사건을 생각할 때마다 『장자(莊子)』의 나무닭[木鷄]이야기 한구절이 떠오른다.

기성자(起省子)라는 투계의 명인이 있었다. 그는 왕의 명령으로 싸움닭을 훈련시키고 있었다. 열흘쯤 지나 왕이 이제 싸움을 시켜도 되겠느냐고 묻자 그는 말했다.

"지금은 닭이 살기(殺氣)가 등등해서 적을 열심히 찾고 있기 때문에 아직 싸울 준비가 안되어 있습니다."

열흘이 지나 왕이 묻자 "아직도 멀었습니다. 다른 닭의 울음소리를 듣거나 낌새를 느끼면 곧 싸울 준비를 하기 때문에 좀더 훈련이 필요합니다"라고 하였다.

다시 열흘 뒤 왕의 물음에 "이제 되었습니다. 다른 닭이 옆에서 소리치며 아무리 싸움을 걸어와도 전혀 움직이지 않습니다. 마치 나무로 만든 닭 같습니다. 이젠 다른 닭들이 그 모양만 보고도 모두 도망치고 맙니다"라고 답했다.

싸움에도 상품(上品)과 하품이 있으니, 하품은 싸움을 먼저 걸고도 지는 것이요, 상품은 싸우지 않고도 이기는 것이다. 나무닭의 비유가 그러하다. 물론 최상품은 싸움 자체를 소멸시키는 것인데, 이는 군사적 영역을 넘어서야 한다.

1996년 9월 16일 강릉 안인진에서 북한의 잠수함이 좌초되었다. 이 사건은 언론의 질타로 시작되었다. 언론은 민간인의 신고로 발견되었다는 점과 신고를 받고도 거의 네 시간이 지나서야 대간첩작전 조치인 '진돗개 하나'가 발령되었다는 점을 주로 비판했다. 네 시간이라면 서울까지 충분히 도착할 시간이다. 이 사건의 1단계는 이렇게 우왕좌왕하며 시작되었고 비난의 화살이 잠수함이 아닌 국방부에게 날아갔다.

이 사건의 2단계는 사흘 뒤 합동참모본부(합참)가 '단순침투가 아니라 명백한 무력도발이기 때문'에 그들을 '무장간첩'이 아니라 '무장공비'로 바꿔 부르면서부터이다. 대통령 훈령 중 하나인 '통합방위지침'에 무력도발을 자행하는 북한의 모든 침투요원을 무장공비로 규정하는 것에 따른 것이다. 요인을 암살하거나 주요기관을 폭파하는 등의 비정규전에 동원되는 것은 간첩(spy)이 아니라 특공대(commando)이다. 국방부는 잠수함에 타고 있던 사람들이 인민군 총참모부 산하 정찰국 소속 요원과 해군 소속 승조원이라고 밝혔다. 정찰활동은 남한·북한·미국이 모두 펼치는 평시작전활동이다. 또 정찰국과 해군 소속이라면, 그들은 대남공작기구의 무장간첩이나 특공대가 아닌 셈이다.

만일 국방부의 발표대로 그들이 공비었다면, 합참은 대간첩작전

잠수함 전시관. 우리는 전쟁을 고민하지 않는다. 그러나 전쟁은 우리를 고민한다.

이 아니라 방어준비태세인 데프콘(Defense Condition) 3단계나 정
보감시태세인 워치콘(Watch Condition) 2단계를 발령했어야 했다.
그러나 전시상태의 선포는 합참에서 손쉽게 할 수 있는 일이 아니
다. 한국군은 한미연합사령부의 결정에 따라 전시작전통제를 받기
때문이다. 결국 미군의 판단이 결정적인 것이다. 그러나 당시 사령
관 존 틸럴리(John Tilalli)는 워치콘을 격상해달라는 합참의 요구에
좀더 지켜보자고만 할 뿐이었다. 합참의 요구를 거절한 것이다.

그렇다면 미국은 잠수함 사건을 어떻게 보고 있었을까.

오끼나와(沖繩)에서 홋까이도오(北海道) 근처까지 일본 전체를
감싸는 일명 '코끼리우리'라고 부르는 거대한 미 해군의 통신망과 토
오꾜오(東京)의 아쯔기(厚木)기지 등에서 발진하는 대잠수함 초계기
(P3C기) 등으로 미군은 동해 밑의 상황을 언제든지 감지할 수 있다.
이들이 수집한 정보는 토오꾜오의 미 해군 통신기지로 모이고, 여기
서 한번 더 거른 정보는 미 해군 7함대의 모항인 요꼬스까(橫須)의
'극동통신쎈터'로 집중된다. 동해에 관한 정보는 우리도 일본도 아닌
미군이 장악하고 있는 셈이다.

사건이 발생한 지 채 두 달이 되지 않은 1996년 11월 미 해군정보
부(ONI)는 「세계로 확대되는 잠수함의 도전」이란 보고서를 펴낸다.
여기에는 북한을 포함한 러시아, 중국 등의 잠수함 운용상황과 북한
의 한국해역 침투경로도 상세하게 소개되어 있다. 미군은 군사위성
등을 통해 북한 잠수함의 움직임을 감시하고 있었다는 것이다. 이
사건도 사전에 알았을 가능성이 무척 높다.

미 태평양사령부는 잠수함 사건 직후, 사건이 발생하기 얼마 전에
원산에서 두 척의 잠수함이 출항했는데, 한 척은 돌아갔고 다른 한
척은 돌아가지 않았으며, 돌아오지 않는 잠수함을 찾기 위해 북한이
항공기를 동원해 수색작전을 폈다고 발표했다. 이는 북한 잠수함의

아침해가 떠오른다. 어둠과 함께, 철책과 함께, 마침내 아침해가 떠오른다.

항해가 통상훈련이었다는 암시를 준다. 만약 정찰활동을 한 게 아니라 무력도발을 한 것으로 판단했다면 수색작전을 폈다는 사실을 발표했을 리 만무하다. 그들은 남한이나 세계여론에 북한의 행위가 도발이 아님을 계속 암시했던 것이다. 미국은 자칫 이 사건이 실제 군사적 충돌로 발전하는 것을 막고자 한 것이다.

그러나 한미관계에서 군사적 주도권을 쥐고 있는 미국이 왜 남한의 눈치를 보았을까. 이것은 한미연합군 체계가 갖는 조직적 결함 때문이다. 알려진 대로 한국군의 전시작전통제권은 한미연합사가 갖고 있다. 그러나 한국군은 전시작전통제권 대상부대의 목록에서 특정부대를 제외하겠다고 '해제통고'를 할 수 있다. 즉 한미연합사의 작전통제 없이도 독자적 행동을 할 수 있다는 것이다. 예컨대 이런 경우는 군부가 쿠데타를 일으키는 상황에서 현실화될 수 있다. 때문에 미국은 남한 정부의 움직임과 관련된 정보를 수집하고 위기상황이 생기기 전에 예비조치를 취하곤 한다. 미국의 빠른 대응은 이런 차원에서 판단해볼 수 있다. 미 국무장관 워런 크리스토퍼(Warren Christopher)는 사건이 발생한 며칠 뒤에 "모든 당사자들이 도발적인 행동을 삼가기를 바란다"라고 논평해 남한의 강경분위기에 제동을 걸었다.

누구도 예상치 못한 잠수함 사건은 남한·북한·미국 모두에게 치명적인 전력상의 결함을 노출시켰다. 남한과 북한은 신문에 난 그대

북의 잠수함 승무원들이
죽은 철성산을 찾았을 때,
눈앞엔 가냘프고도 마른
풀잎들이 흔들리고 있었다.

로이다. 그럼 미국의 경우는 어떠한가. 당시 미군은 동해 앞바다에서 한미합동훈련을 하고 있었다. 최첨단을 자랑하는 미군의 전함이 북한의 작은 잠수함을 놓쳐버린 것이다. 그간 남한과 미국은 최첨단 고성능의 거함주의(巨艦主義)를 추진한 반면, 북한은 소형 재래식을 개조한 다함주의(多艦主義)를 추진했는데 잠수정 사건을 치르자, 북한의 다함주의의 위력을 재평가하게 되었다.

초기 잠수함엔 토끼를 함께 태웠다고 한다. 깊은 바다를 항해하다가 토끼가 갑자기 숨을 할딱거리면 선원들은 산소 부족을 깨닫고 물 위로 재빠르게 솟구쳤던 것이다. 토끼는 이를테면 살아 움직이는 '경보기'였던 셈이다. 토끼가 잠수함의 위기를 예보하듯, 강릉의 잠수함은 한반도의 위기를 예보했다.

잠수함은 안보전시장에 전시되고 있고, 여기서 멀지 않은 칠성산 중턱엔 잠수함 승무원들을 사살한 작전을 기념하여 기념비를 세우고 통일공원을 조성하였다. 통일공원기념비엔 작전 도중 사망한 군인과 민간인의 이름과 그 과정을 청동부조로 양각해놓았다. 죽은 잠수함 선원들의 행적도 이름도 여기에선 알 수가 없다. 동료의 탈출을 돕기 위해, 동포의 손에 죽지 않기 위해, 의리를 지키기 위해, 스스로 자결한 군인들의 몫까지 이 자리에 있어야 하는 것은 아닐까. 1996년 10월 7일 『한겨레신문』에 실렸던 변호사 김형태(金亨泰)의 글을 새겨놓는 것은 어떨까.

맨발바닥으로 우리 앞에 남은 그에 대해 알 수 있는 것이라고는 사회적으로는 그가 우리의 안위를 위협하는 북한군 잠수함 부함장이었다는 것, 그리고 자연인으로서는 나이 서른여덟살, 이름이 유림이라는 것뿐이었습니다. 그가 죽어서 그 수색전에 참가했던 우리 군인들의 생명이 안전하게 되었다는 안도감을 뒤로 하고 말할 수 없는 슬픔이 밀려왔습니다. 그도 어젯밤, 어느 숲속을 쫓기면서 지금이 될지 내일이 될지 모르는 삶의 마지막을 앞두고 숲속 나뭇가지 위로 떠오르는 보름달을 숨죽이고 바라보며 북에 있는 처자들과 조상들을 생각했을까. (…) 이번에 내려온 북한군인들을 생포해서 만경뜰에서 난 햇곡식과 거제 앞바다에서 잡은 햇멸치 그리고 경주법주 한 보따리를 들려 휴전선 너머로 보냈더라면 어떠했을까요. 그래서 유림이 북의 고향집에 가서 이 보따리 풀어 조상님들께 차례 지내고 그 아이들과 처와 오순도순 나누어 먹었더라면 얼마나 좋았을까요.

이런 동화 같은 상상을 하는 제 눈에는 걷잡을 수 없이 눈물이 흐릅니다.

칠성산 너머로 해가 지는 모양이다.
산은 작아도 해 기우니 바다를 제 그림자로 덮는다.

화진포

화진포(花津浦)의 겨울은 푸르디푸른 물결 사이로 수백마리의 고니떼가 유유히 노닐어 말 그대로 '백조의 호수'를 연출한다. 전문탐조가들조차 좀처럼 관찰하기 어렵다는 흑고니와 백조를 비롯하여 청둥·흰죽지·흰뺨검둥·고방 등 오리류 수천마리가 찾아든다. 백로와 왜가리도 가끔 눈에 띈다. 화진포는 염도가 높아 잘 얼지 않는 데다 깨끗한 물과 갈대숲에 풍부한 먹이가 있어 겨울철새들에겐 알맞은 휴식처이다. 인근 마을주민들의 겨울 수입원인 빙어잡이는 이곳의 청정도를 상징하는 지표이기도 하다.

김일성 별장

화진포에는 오래전부터 아름다운 경관으로 많은 별장이 있었는데, 특히 광복 후에는 김일성이, 한국전쟁 후에는 이승만·이기붕 등이 별장을 지었다. 화진포 남단 바닷가 언덕에 김일성 별장이 있다. 1948년부터 장군 김일성과 함께 소년 김정일 등 가족들이 휴양했던 곳으로 전쟁중 훼손된 것을 1964년 현재의 건물로 재건축했고, 안보전시관으로 일반에 공개하고 있다. 별장으로 오르는 계단에는 어린 시절의 김정일과 그의 동생 김경희가 사진촬영을 했던 자리를 표시해놓았고, 별장에서 머물던 때의 김일성 가족사진 등이 남아 있다.

호수 중간쯤 송림 속에는 이승만 별장이 숨어 있다. 남북의 두 상징적인 인물의 별장이 한 호수를 끼고 나란히 마주보고 있는 것이다. 화진포에서 역사의 갈등을 화해시킬 자연의 거대한 품을 사색해봄 직하다.

겸재의 옹천

나는 겸재(謙齋)의 눈을 통해 당대 예술가들의 '금강산기행'이 빠뜨린 소중한 진경 하나를 만날 수 있었다. 바로 옹천이다. 옹천은 고성군과 통천군의 군경계에 있는 바닷가의 깎아지른 듯한 벼랑이다. 큰 독이 물에 뒤집혀 있는 형상이라 해서 이곳에서는 '독벼루'라고도 부른다. 그는 옹천을 두 번 그렸는데, 하나는 서울에 있고 하나는 평양에 있다. 남쪽에 있는 것은 서른여섯 되던 해에 그렸고, 북쪽에 있는 것은 고희를 넘긴 뒤 그린 것이다.

헤이그만국평화회의에서 만난 북측대표한테 선물로 받은 화첩에서 「옹천」을 처음 보았다. 남의 것이 가로화면인데 비해 북의 것은 세로화면이고, 남의 것이 세밀한데 비해 북의 것은 필시 술에 취해 그린 듯 대담하고 통쾌하다. 김창협(金昌協)이 "시가의 묘(妙)함이 산수의 묘함과 통해야 한다"라고 했는데 필치의 묘함이 산수의 묘함과 통하기로는 후자가 더 뛰어난 듯했다. 어쨌든 두 번이나 그의 붓을 들게 했던 옹천은 어떤 곳인가.

고성과 통천을 오가려면 험한 산길을 몇십리 돌아가거나 이곳을 지나야 했다. 그래서 사람들은 벼랑에 간신히 길을 내고 계단을 박아 아슬아슬하게 지나다니도록 했다. 사대부 유람객들은 제 한 몸 가기도 힘든 이 길을 나귀를 끌고 넘어가야 했다. 아차 하면 파도밥이 되기 십상인 이 길이 겸재에게 특별한 감흥을 일으킨 것은 고성과 통천 사람들이 고려 말 왜구들을 이리로 유인하여 섬멸한 이야기를 듣고 나서였다. 칠십대에 그린 옹천의 벼랑길에는 사람의 모습이 보이지 않는다. 대신 파도가 화면을 압도하며 덮치는 듯하다. 분명 겸재는 화제(畫題)를 '옹천'이라고만 썼는데 북쪽에서는 이 그림의 영어제목을 '옹천의 파도'(Waves at Ongchon)로 표기했다. 사실의 파도라면 가까울수록 크고 멀수록 작아야 할 텐데 겸재는 그 반대로 그렸다. 산수화에서 원근을 뒤집으면 불안하고 긴장된 구도가 형성된다. 또한 「금강산전도」와는 반대로 바위에 윤곽선을 그리지 않은 몰골법(沒骨法)을 썼고, 먹물을 스친 듯 묻혀 그린 갈필(渴筆)로 파도를 처리해 물과 바위의 성격을 반전시켰다. 그 때문에 파도는 사실을 넘어 극대화된 정서를 획득하게 되었다.

평양에 있는 겸재의 「옹천」

민통선 평화기행

초판 1쇄 발행 / 2003년 6월 20일
초판 9쇄 발행 / 2019년 12월 19일

지은이 / 이시우 leesiwoo.net
펴낸이 / 강일우
편집 / 염종선·김종곤·김태희·김경태·임선근
펴낸곳 / (주)창비
등록 / 1986년 8월 5일 제85호
주소 / 10881 경기도 파주시 회동길 184
전화 / 031-955-3333
팩시밀리 / 영업 031-955-3399 편집 031-955-3400
홈페이지 / www.changbi.com
전자우편 / nonfic@changbi.com